清皇貴妃冬朝冠：現藏台北故宮博物院。這頂帽子，乾隆企盼能戴在香香公主頭上，而終於無法如願。

春郊閱駿圖卷（部分）：郎世寧與唐岱合作。乘馬者為乾隆。原圖現藏日本京都有鄰館。

乾隆晚年肖像。乾隆時年八十三歲，英國一七九七年所出版《馬戛爾尼大使》一書中所附。William Alexander 作。乾隆五十八年（一七九三），英國派馬戛爾尼伯爵（Earl of Macartney）為大使，朝見乾隆。

長城一角：陳家洛與香香公主「魂斷城頭日已昏」處。

穿西裝之香妃。

維吾爾人少女：黃胄作。

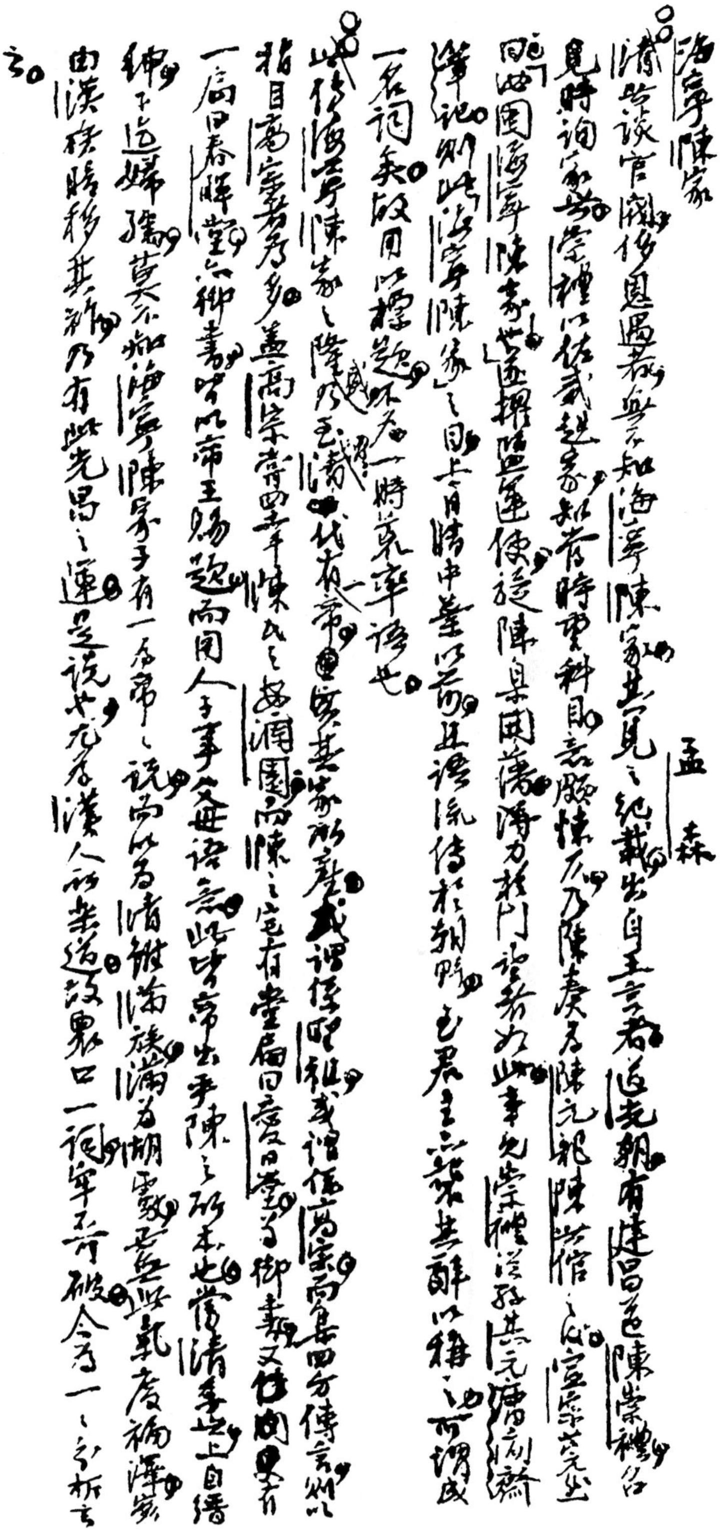

海寧陳家

孟森

清世談官閥，侈恩遇者，無不知海寧陳家。其見之紀載，出自王言者：道光朝，有建昌道陳崇禮，召見時詢家世。崇禮以佐貳起家，知當時重科目，意頗悚仄，乃陳奏為陳元龍陳世倌之後。宣宗莞然，曰：「汝固海寧陳家也。」遂擢鹽運使，旋除臬開藩，得力於門望者如此。事見崇禮從孫其元庸閒齋筆記。則此「海寧陳家」之目，上自清中葉以前，其語流傳於朝野，至君主亦襲其辭以稱之，可謂成一名詞矣。故用以標題，不為一時荒率語也。

世傳海寧陳家之隆盛乃至謂：清代有一帝，實其家所產，或謂係聖祖，或謂係高宗；而集四方傳言，則以指目高宗者為多。蓋高宗嘗四幸陳氏之安瀾園；而陳之宅有堂扁曰愛日堂，為御書，又有一扁曰春暉堂，亦御書。皆以帝王賜題，而用人子事父母語意。此皆帝出乎陳之所本也。當清季世，上自縉紳，下迄婦孺，莫不知海寧陳家子有一為帝之說，而以為清雖滿族，滿為胡虜，必無此氣度福澤，實由漢族暗移其祚，乃有此光昌之運。是說也，尤為漢人所樂道，故眾口一詞，牢不可破。今為一一分析言之。

歷史學家孟森撰述〈海寧陳家〉一文之墨蹟。

安南之役圖：乾隆十全武功之一。乾隆五十四年平安南，清軍海陸傳捷，圖示兵船靠岸登陸情形。原作現藏美國國會圖書館。

大字版

書劍恩仇錄

金庸

④碧血香魂

書劍恩仇錄. 4,碧血香魂 / 金庸作. -- 二版. -- 臺北市：
遠流，2019.04
面； 公分. --(大字版金庸作品集；4)
大字版
ISBN 978-957-32-8520-5 (平裝)

857.9 108003465

大字版金庸作品集④

書劍恩仇錄 (4)碧血香魂 「公元2001年金庸新修版」

Book and Sword, Gratitude and Revenge, Vol. 4

作　者／金　庸

封面設計／唐壽南　內頁插畫／王司馬

發 行 人／王 榮 文
出版・發行／遠流出版事業股份有限公司
臺北市中山北路一段11號13樓
電話／2571-0297　**傳真**／2571-0197　**郵撥**／0189456-1

□2001年8月1日　初版一刷
□2022年3月16日　二版三刷

大字版 每冊380元（本作品全四冊，共1520元）

〔另有典藏版共36冊（不分售），平裝版共36冊，新修版共36冊，新修文庫版共72冊〕

ISBN 978-957-32-8521-2（套：大字版）
ISBN 978-957-32-8520-5（第四冊：大字版）
Printed in Taiwan

YLib 遠流博識網
http://www.ylib.com E-mail:ylib@ylib.com

目錄

陳家洛摟住香香公主，雙腿一挾，白馬騰空竄出。張召重一把擒拉住白馬馬尾，出力後拉。但白馬向前猛竄，反將他身子拖得揚了起來，帶出火圈。

第十六回　我見猶憐二老意　誰能遣此雙姝情

關明梅抱著霍青桐下樹，叫她先吞服一顆雪參丸。霍青桐吞了下去，只覺一股熱氣從丹田中直冒上來，登時全身舒泰。關明梅道：「你眞造化，得了這靈丹妙藥，就好得快了。」陳正德冷冷的道：「就是不吃這藥，也死不了。」關明梅道：「難道說你寧願青兒多受苦楚？」陳正德道：「要是我啊，寧可死了，也不吃他的藥丸。你呢？就算身上沒病，也想吃他給的藥。」關明梅怒火上沖，正要反唇相稽，見霍青桐珠淚瑩然，楚楚可憐，就忍住不說了，把她負在背上，向北而去。陳正德跟在後面，一路嘮嘮叨叨的說個不休。

三人回到玉旺崑雙鷹的居所。霍青桐服藥後再睡了一覺，精神便好得多了。關明梅坐在她床邊詢問，幹麼一個人帶病出來。霍青桐把計殲淸兵、途遇三魔等事詳細說了，可是始終沒說出走的原因。關明梅性子急躁，不住追問。

霍青桐對師父最為敬愛，不再隱瞞，哭道：「他……他和我妹子好，我調兵的時候……爹爹和大夥兒都疑我有私心。」關明梅跳了起來，叫道：「就是你送短劍給他的那個甚麼陳總舵主？」霍青桐點點頭。關明梅怒道：「這人喜新棄舊，你妹子又如此沒姊妹之情。兩人都該殺了。」霍青桐急道：「不，不……」關明梅道：「我去給你算這筆帳！」說著衝出房去。陳正德聽得妻子大叫大嚷，忙過來看，兩人在門邊險些一撞。關明梅道：「跟我來！去殺兩個負心無義之人！」陳正德道：「好！」夫妻倆奔了出去。

霍青桐跳起身來，要追出去說明原委，身上卻只穿著內衣，心頭一急，暈了過去。待得醒轉，師父和師公早去得遠了。她知這兩人性子急躁異常，武功又高，陳家洛一人決計敵不過，如眞把他和妹子殺了，那如何是好？當下顧不得病中虛弱，上馬趕去。

一路上關明梅說天下負心男子最是該殺，氣憤憤的道：「青兒這把古劍是罕有的珍物，好心送了給他，對他何等看重？他卻將青兒置於腦後，又看上了她的妹子，眞該千刀萬剮。」雙鷹對霍青桐均極寵愛，陳正德也道：「青兒的妹子怎地也如此無恥，搶奪親姊姊的人，把她氣成這副樣子。」

雙鷹走到第三天上，見前面沙塵揚起，兩騎馬從南疾馳而來。關明梅「啊」的一聲叫了出來。陳正德問道：「甚麼？」這時也已看清，迎面馳來的正是陳家洛，便即伸手拔劍。關明梅道：「慢著，你瞧他們坐騎多快，縱馬一逃，可追不上了。咱們假裝不知，慢慢下手不遲。」陳正德點點頭，兩人迎了上去。

陳家洛也見到了他們，忙催馬過來，下馬施禮，道：「有幸又見到兩位前輩。兩位可見到霍青桐姑娘麼？」關明梅心中痛罵：「你還假惺惺的裝作惦記她。」說道：「不見呀！有甚麼事情？」忽然眼前一亮，只見一個極美的少女縱馬來到跟前。陳家洛道：「那是你姊姊的師父，快下來見禮。」香香公主下馬施禮，笑道：「我常聽姊姊說起兩位。你們見到我姊姊嗎？」陳正德心想：「怪不得這小子要變心，她果然比青兒美得多。」關明梅心想：「小小姑娘，居然也如此奸滑。」她不露聲色，假問原委。陳家洛說了。關明梅道：「好，咱們一起找去。」四人並轡同行，向北進發。

關明梅見兩人都是面有憂色，心想：「做了壞事，內心自然不安，但不知他們找尋青兒為了甚麼。兩人一起來，多半是存心要把她氣死。」越想越恨，落在後面，悄聲對丈夫說道：「待會你殺那男的，我殺那女的。」陳正德點頭答應。

到得傍晚，四人在一個沙丘旁宿營，吃過飯後圍坐閒談。香香公主從囊中取出枝牛油蠟燭點起。雙鷹在火光下見兩人男的如玉樹臨風，女的如玫瑰籠煙，眞是一對璧人，暗暗嘆息：「這般的人才，心術卻如此之壞。」

香香公主問陳家洛道：「你說姊姊當眞沒危險？」陳家洛實在也十分擔憂，但為了安慰她，說道：「你姊姊武功很好，人又聰明，幾萬清兵都給她殺了，一定沒事。」香香公主對他是全心全意的信任，聽他說姊姊沒事，就不再有絲毫懷疑，說道：「不過她有病，找到她後，還是勸她回去休息的好。」陳家洛點頭道：「是。」

關明梅認定他們是一搭一擋的演戲，氣得臉都白了。此刻天時尚早，香香公主忽向陳正德道：「老爺子，咱們來玩個玩兒好嗎？」陳正德向妻子瞧去。關明梅緩緩點頭，示意別讓對方起疑。陳正德說：「好！甚麼玩兒？」香香公主向關明梅和陳家洛一笑，道：「你們也來，好不好？」兩人點頭同意。

香香公主把馬鞍子拿過來放在四人之間，在鞍上放了一堆沙，按得結實，再在沙堆上放一枝點燃的小蠟燭，說道：「咱們用這把小刀，將沙堆上的沙一塊塊的切下來，切到最後，誰把蠟燭弄掉下來，就罰他唱歌、講故事、或者跳舞。老爺子先來。」把小刀遞給了陳正德。陳正德幾十年沒玩孩子們的玩意了，這時拿著小刀，臉上神情甚是尷尬。關明梅一推他手肘，道：「切吧！」陳正德嘻嘻一笑，把沙堆切下了一塊，將小刀交給妻子。關明梅也切了一塊。輪不到三個圈，沙堆變成了一條沙柱，比蠟燭已粗不了多少，只要稍微一碰，蠟燭隨時可以掉下。陳家洛拿小刀輕輕在沙柱上挖了一個凹洞。香香公主笑道：「你壞死啦！」接過小刀在另一邊挖了個小孔。這時沙柱已有點搖晃，陳正德接過小刀時右手微微顫抖。關明梅笑罵：「沒出息。」香香公主笑著代他出主意，道：「你輕輕挑去一粒沙子也算。」

陳正德依言去挑，手上勁力稍大，沙杜一晃坍了，蠟燭登時跌下熄了，陳正德大叫一聲：「啊喲！」香香公主拍手大笑。關明梅與陳家洛也覺有趣。香香公主笑道：「老爺子，你唱歌呢還是跳舞？」陳正德老臉羞得通紅，拚命推搪。關明梅與丈夫成親以來，不是吵嘴就是一本正經的練武，又或是共同對付敵人，從未這般開開心心的玩耍過，眼見丈夫憨態可掬，心中直樂，笑道：「你老人家欺侮孩子，那可不成！」陳正德推辭不掉，只得說道：「好，我來唱一段崑腔，販馬記！」用小生喉嚨唱了起來，唱到：「我和你，少年夫妻如兒戲，還在那裏哭……」不住用眼瞟著妻子。

關明梅心情歡暢，記起與丈夫初婚時的甜蜜，如不是袁士霄突然歸來，他們原可終身快樂。這些年來自己從來沒好好待他，常對他無理發怒，可是他對自己一往情深，有時吃醋拌嘴，那也是因愛而起，這時忽覺委屈了丈夫數十年，心裏很感歉疚，伸出手去輕輕握住了他手。陳正德受寵若驚，只覺眼前矇矓一片，原來淚水湧入了眼眶。關明梅見自己只露了這一點兒柔情，他便感激萬分，可見以往實在對他過份冷淡，向他又是微微一笑。

這對老夫妻親熱的情形，陳家洛與香香公主都看在眼裏，相視一笑。四人又玩起削沙遊戲來。這次陳家洛輸了，他講梁山伯與祝英台的故事。

天山雙鷹對這故事當然熟悉，但這時兩人不約而同的想到，梁祝是有情人而不能成爲眷屬，自己夫婦卻能白首偕老，雖然過去幾十年中頗有隔閡齟齬，這時卻開始融洽，臨到老來兩情轉篤，確是感到十分甜美。香香公主第一次聽到這故事，她起初不斷好笑，說梁山伯不知祝英台是女扮男裝，實在笨死啦。

陳家洛心想：「我不知李沅芷是女扮男裝，何嘗不笨？」「難道自己眞的瞧不出李沅芷是女扮男裝嗎？」她雖裝得甚像，但面目嬌媚秀美，一望而知是個絕色美人。但一來其時初接總舵主大任，深懼不勝負荷，又逢文泰來被捕，不知如何搭救，戒愼恐懼之際，不敢再惹兒女之情，二來陳家洛一生之中，相處熟稔的女孩子只是晴畫、雨詩那樣的小丫頭，溫柔婉順，他說甚麼就聽甚麼，霍青桐這般英風颯颯，雖美而不可親，一見就只想遠觀而不願接近，似乎自己故意想找個藉口來退縮在一邊。其實他見李沅芷面目美秀，脂粉氣甚重，只當她是個善於調情騙女人的浮浪子弟，但確比自己俊美得多，他一生事事皆佔上風，忽然間給人比了下去，旣感氣惱，又生了醋意成見，不免故意對其貶低，不肯正視眞相。其後天目山徐天宏洞房之夕李沅芷前來混鬧，陳家洛也料到是陸菲青的女弟子，內心深處，卻不願由此消去對霍青桐的芥蒂，此後也正因此而得與香香公主相愛，卻又未免辜負了霍青桐的一番心意，對她未免有愧於心，喜愧參半，不由得嘆了口長氣。

接著陳正德又輸了一次，他卻沒甚麼好唱的了。關明梅道：「我來代你，我也講一個故事。」香香公主拍手叫好。關明梅講的是王魁負桂英的故事。

夜已漸深，香香公主感到身上寒冷，慢慢靠到關明梅身邊。關明梅見她嬌怯畏寒，輕輕把她摟住，又把她被風吹亂了的秀髮理了一理。關明梅講這故事，本想在殺死二人之前教訓一頓，讓他們自知罪孽，死而無怨，講到一半，只覺香氣濃郁，似乎身處奇花叢中，住口低頭看時，見香香公主已在自己懷中睡著了。天山雙鷹並無子女，老夫婦在大漠之中有時實在寂寞異常。霍青桐平日對雙鷹雖也依戀，但她性子剛強直率，與雙鷹談論的多是武功戰陣之事。關明梅忽想：「要是我們有這樣一個玉雪可愛的女兒，可有多好！」這時燭火已被風吹熄，淡淡星光下見她臉露微笑，右臂抱住自己身體，就如小兒抱著母親一般。

陳正德道：「大家休息吧！」關明梅低聲道：「別吵醒她！」輕輕站起，把她抱入帳篷，取氈毯給她蓋上，只聽她在夢中迷迷糊糊的道：「姊姊，拿點羊奶給我小鹿兒，別餓壞了牠。」關明梅一怔，道：「好，你睡吧！」輕輕退出，心想：「她明明是個天眞無邪、心地善良的孩子，怎會做出這等事來？」見陳家洛另支帳篷，與香香公主的帳篷隔得遠遠地，微微點頭。

陳正德走過來低聲道：「他們不住一個帳篷。」關明梅點點頭。陳正德又道：「他還不睡，反來覆去的儘瞧著那柄劍。等他睡了再下手呢，還是過去指明他的罪，給他來個明明白白的？」關明梅很是躊躇，道：「你說呢？」陳正德心中充滿了柔情蜜意，渾無殺人的心思，說道：「咱們且坐一會，等他睡著了再殺，讓他不知不覺的死了吧。」

陳正德攜了妻子的手，兩人偎倚著坐在沙漠之中，默默無言。不久陳家洛進帳睡了。又過了半個時辰，陳正德道：「我去瞧瞧他睡著了沒有。」關明梅點點頭，可是陳正德並不站起，口裏低低哼著不知甚麼曲調。關明梅道：「好動手了吧？」陳正德道：「應該幹了。」但兩人誰也沒先動，顯是都下不了決心。

天山雙鷹生平殺人不眨眼，江湖上喪生於他們手下的不計其數，這時要殺兩個睡熟的年輕人，竟然下不了手。漸漸斗轉星移，寒氣加甚，老夫妻倆互相摟抱。關明梅把臉藏在丈夫懷裏，陳正德輕輕撫摸她的背脊。過不多時，兩人都睡著了。

第二天早晨陳家洛與香香公主醒來，見二老已經離去，都感奇怪。香香公主忽道：「你瞧，那是甚麼？」陳家洛轉頭一看，見平沙上寫著八個大字：「怙惡不悛，必取爾命」。每個字都有五尺見方，想是用劍尖劃的。陳家洛皺起眉頭，細思這八個字的含意。香香公主不識漢字，問道：「畫的甚麼？」陳家洛不願令她擔心，道：「他們說有事要先走一步。」香香公主道：「姊姊這兩位師父真好……」話未說完，突然跳起，驚道：「你聽！」

陳家洛也已聽得遠處隱隱一陣陣慘厲的呼叫，忙道：「狼羣來啦，快走！」兩人匆忙收拾帳篷食水，上馬狂奔。就這樣一耽擱，狼羣已然奔近，幸而兩人所乘的坐騎都神駿異常，片刻之間即把狼羣拋在後面。羣狼飢餓已久，見了人畜，捨命趕來，雖然距離已遠，早已望不見蹤影，還是循著沙上足跡，一路追蹤。

陳家洛和香香公主跑了半日，以爲已經脫險，下馬喝水，剛生了火要煮食，狼嘷聲又近。兩人疾忙上馬，到天黑時估計已把狼羣拋後將近百里，才支起帳篷宿歇，睡到半夜，那白馬縱聲長嘶，亂跳亂嘶，把陳家洛吵醒，只聽得狼羣又已逼近。兩人不及收拾帳篷，提了水囊乾糧，立即上馬。這般逃逃停停，在大漠中兜了一個大弧形，始終擺脫不了狼羣的追逐，卻已累得人困馬乏。那紅馬終於支持不住，倒斃於地，兩人只得合騎白馬逃生。白馬載負一重，奔跑愈慢，到第三日上已不能把狼羣遠遠拋離。

陳家洛心想：「若非這馬如此神駿，早已累死，全虧得牠接連支持了兩日兩夜，但只要再跑半日，也非倒斃不可。」又行了一個多時辰，見左首有些小樹叢，縱馬過去，下馬說道：「且在這裏守著，讓馬休息。」和香香公主合力堆起一堵矮矮的沙牆，採了些枯枝放在牆頭，生起火來，霎時間成爲一個火圈，將二人一馬圍在中間。

佈置好不久，狼羣便已奔到。羣狼怕火，在火圈旁盤旋號叫，卻不敢逼近。陳家洛道：「等馬氣力養足了，再向外衝。」香香公主道：「你說能衝出去麼？」陳家洛心中實在毫無把握，但爲了安慰她，說道：「當然行。」

香香公主見那些餓狼都瘦得皮包骨頭，不知有多少天沒吃東西了，道：「這些狼也很可憐。」陳家洛笑了一笑，心道：「這孩子的慈悲心簡直莫名其妙，我們快成爲餓狼肚裏的食物了，她卻在可憐牠們，還不如可憐自己吧。」望著她雙頰紅暈，肌膚白得眞像透明一般，再見火圈外羣狼張開大口，露出又尖又長的白牙，饞涎一滴滴的流在沙上，嗚嗚怒嗥，只待火圈稍有空隙，就會撲將上來，不覺一陣心酸。

香香公主見到他這等愛憐橫溢的目光，知道兩人活命的希望已極微小，走近身去，拉著他手，說道：「和你在一起，我甚麼也不怕。我倆死了之後，在天國裏仍是快快活活的永不分離。」陳家洛伸手把她摟在懷裏，心想：「我可不信有甚麼天國。那時她在天上，我卻在地獄裏。」又想：「她穿了白衣，倚在天堂裏白玉的欄干上。她想著我的時候，眼淚一滴滴的掉下來。她眼淚一定也是香的，滴在花上，那花開得更加嬌艷芬芳了……」

香香公主轉過頭來，見他嘴角邊帶著微笑，臉上卻神色哀傷，嘆了一口氣，正要合眼，忽見火圈中有一處枯枝漸漸燒盡，火光慢慢低了下去。她叫了一聲，跳起身去加柴，三頭餓狼已竄了進來。陳家洛一把將她拉在身後。白馬左腿起處，已將一頭狼踢了出去。陳家洛身子一偏，抓住一頭巨狼的頭頸，向另一頭灰狼猛揮過去。那狼跳開避過，又再撲上。另外兩頭狼又從缺口中衝進。陳家洛用力一擲，將手中那狼拋將過去，三頭狼滾作一團，互相亂咬狂叫，出了火圈。他拾起地下燒著的一條樹枝，向大灰狼打去。那狼張開大口，人立起來咬他咽喉。他手一送，將一條燒紅的樹枝塞入狼口，兩尺來長的樹枝全部沒入，那狼痛徹心肺，直向狼羣中竄去，滾倒在地。

陳家洛在缺口中加了柴，眼見枯枝愈燒愈少，心想只得冒險去撿。好在樹木就在身後，相距不過十餘丈，於是左手拿起鉤劍盾，右手提了珠索，對香香公主道：「我去撿柴，你把火燒得旺些。」香香公主點頭道：「你小心。」可是並不在火中加柴。她知道這一點兒枯枝培養著兩人生命之火，火圈一熄，兩人的生命之火也就熄了。

陳家洛劍盾護身，珠索開路，展開輕功向樹叢躍去。羣狼見火圈中有人躍出，猛撲上來，當先兩頭早被珠索打倒。他三個起落，已奔近樹旁，這些灌木甚爲矮小，不能攀上避狼，當下左手揮動鉤劍盾，右手不住攀折樹枝。數十頭餓狼圍在他身邊，作勢欲撲，每次衝近，都被盾上明晃晃的九枝鉤劍嚇退。他採了一大批柴，用腳踢攏，俯身拿珠索一縛。就在這時，一頭惡狼乘隙撲上，他劍盾一揮，那狼登時斃命，但劍上有鉤，鉤住了狼身落不下來，餘狼連聲咆哮。他急忙用力一扯，把狼屍扯下來擲出。羣狼撲上去搶奪咬嚼。他乘機提起那綑樹枝，回進火圈。

香香公主見他無恙歸來，高興得撲了上來，縱身入懷。陳家洛笑著攬住了她，把樹枝往地下一擲，抬起頭來，不由得大吃一驚。原來火圈中竟然另有一人。那人身材魁梧，身上衣服已被餓狼撕得七零八落，手中提劍，全身是血，臉色卻頗爲鎮靜，冷冷的望著他，正是死對頭火手判官張召重。

兩人相互瞪視，都不說話。香香公主道：「他從狼羣中逃出來，想是瞧見這裏的火光，奔了過來。你瞧他累成這樣子。」從水囊中倒了一碗水遞過。張召重接住，咕嘟咕嘟一口氣喝下，伸袖子在臉上一抹，揩去汗血。香香公主「呀」的一聲叫了出來，認出他是在兆惠大營中曾與陳家洛打鬥的那個武官，後來在沙坑中又曾與文泰來等惡戰過的。陳家洛劍盾擋胸，珠索一揮，叫道：「上吧！」

張召重目光呆滯，突然仰後便倒，原來他救了和爾大後，出來追蹤陳家洛和香香公主，中途也遇上了狼羣。和爾大爲羣狼咬死，他仗著武功精絕，連殺數十頭惡狼，奪路逃命，在大漠中奔馳了一日一夜，坐騎倒斃，只得步行奔跑，無飲無食，又熬了一日，遠遠望見火光，拚命搶了進來。他全仗提著一口內息苦撐，一鬆勁後再也支持不住，暈了過去。香香公主要過去救護，陳家洛一把拉住，道：「這人陰險萬分，別上他當。」過了半晌，見他毫無動靜，這才走近察看。

香香公主拿些冷水澆在他額頭上，又在他口中灌了些羊乳。張召重悠悠醒來，喝了半碗羊乳，重又睡去。陳家洛心想鬼使神差，教這大奸賊送入我手，這時要殺他不費吹灰之力，但乘人之危，非大丈夫行徑，而且喀絲麗心地仁善，見我殺這無力抗拒之人，必定不喜。但要是饒了他，等他養足力氣，自己可不是他敵手。一時拿不定主意，轉過頭來，見香香公主望著張召重，眼中露出憐憫之意。陳家洛一見到她這副眼神，當即決定再饒這奸賊一次，這一生中不論如何艱險危難，決不能做甚麼事教喀絲麗心中不喜，眼下三人共處絕境，這廝武功卓絕，待他力氣復原，兩人合力，或能把香香公主救出，單靠自己卻萬萬不能，於是也喝了幾口羊乳，閉目養神。

過了一會，張召重醒了過來。香香公主遞了一塊乾羊肉給他，替他用布條縛好腿上幾處狼牙所咬的傷痕。張召重見他兩人以德報怨，不覺慚愧，垂頭不語。陳家洛道：「張大哥，咱們現今同在危難之中，過去種種怨仇，只好暫且拋在一邊，總要同舟共濟才好。」張召重道：「不錯，咱倆現在一鬥，三人都成爲餓狼腹內之物。」他休息了一個多時辰，精神力氣稍復，暗暗盤算脫困之法，心想：「天幸這兩人又撞在我手裏。三人都給惡狼吃了，那沒話說。如能脫卻危難，須當先發制人，殺了這陳公子，再把這美娃娃擄去。今後數十年的功名富貴是十拿九穩的了。」

陳家洛心想如此僵持下去，如何了局，見到火圈外有許多狼糞，想起霍青桐燒狼煙傳訊之法，於是用珠索把狼糞撥近，聚成一堆，點燃起來，一道濃煙筆直昇向天際。張召重搖頭道：「就算有人瞧見，也不敢來救。除非有數千大軍，才能把這成千成萬惡狼趕開。」陳家洛也知這法子無濟於事，但想聊勝於無，不妨寄指望於萬一。

天色漸晚，三人在火圈中加了樹枝，輪流睡覺。陳家洛對香香公主低聲道：「這人很壞，我睡著時，你得加意留心著他。」香香公主點頭答應。陳家洛把樹枝堆在他與張召重之間，防他在自己睡著時突施暗算，香香公主可無力抵禦。

睡到中夜，突然狼嗥之聲大作，震耳欲聾，三人驚跳起來。只見數千頭餓狼都坐在地下，仰頭望著天上月亮，齊聲狂嗥，聲調淒厲，實是令人毛骨悚然。叫了一陣，數千頭餓狼的聲音又倏然而止。這是豺狼數萬年世代相傳的習性，直至後來馴伏爲狗，也常在深夜哭叫一陣。

次日黎明，三人見狼羣仍在火圈旁打轉，毫無走開之意。陳家洛道：「只盼有一隊野駱駝經過，才能把這些惡鬼引開。」突然遠處又有狼嗥，向這邊奔來。張召重皺眉道：「惡鬼越來越多了。」

塵沙飛揚之中，忽見三騎馬向這邊急奔而來，馬後跟著數百頭狼。等到馬上乘者瞧見這邊餓狼更多，想從斜刺裏避開，這邊的餓狼已迎了上去，登時把三騎圍在垓心。馬上三人使開兵器，奮力抵擋。

香香公主叫道：「快去接他們進來呀！」陳家洛對張召重道：「咱們救人去。」兩人手執兵器，向三騎馬衝去，兩下一夾攻，殺開一條血路，把三騎接引到火圈中來。只見一匹馬上另有一人，雙手反綁，伏在馬鞍之上，身子軟軟的不知是死是活，看打扮是個回人姑娘。那三人跳下馬來，一人把那回人姑娘抱下。

香香公主忽然驚叫：「姊姊，姊姊！」奔過去撲在那女子身上。陳家洛吃了一驚，香香公主已把那女子扶起，只見她玉容慘淡，雙目緊閉，正是翠羽黃衫霍青桐。

原來霍青桐扶病追趕師父師公，不久就遇到關東三魔，她無力抵抗，拔劍要想自盡，被顧金標撲上奪去長劍，登時擒住。關東三魔擒得仇人，歡天喜地。依哈合台說，當場把她殺了，給三位盟兄弟報仇。顧金標卻心存歹念，說要擒回遼東，在三位盟兄弟靈前活祭。顧金標是把兄，執意如此，哈合台拗他不過。當下一同回馬啓程東歸。走了一天，被霍青桐故意誤指途逕，竟在大漠中迷失方向。這天遠遠看見一道黑煙，只道必有人家，逕自奔來，那知卻是陳家洛燒來求救的狼煙。

顧金標見陳家洛縱上來要搶人，虎叉嗆啷啷一抖，喝道：「別走近來，你要幹麼？」霍青桐病中虛弱，在狼羣圍攻中已暈了過去，這時悠悠醒轉，斗然間見到陳家洛與妹子，心中一股說不出的滋味，不知是傷心還是歡喜。

香香公主對陳家洛哭道：「你快叫他放開姊姊。」陳家洛道：「你放心！」轉頭對顧金標道：「你們是甚麼人？爲甚麼擒住我的朋友？」滕一雷搶上兩步，擋在顧金標身前，冷冷打量對面三人，說道：「兩位出手相救，在下這裏先行謝過。請教兩位高姓大名。」陳家洛未及回答，張召重搶著道：「他是紅花會陳總舵主。」三魔吃了一驚，滕一雷又問：「請教閣下的萬兒。」張召重道：「在下姓張，草字召重。」滕一雷咦了一聲，道：「原來是火手判官，怪不得兩位如此了得。」當下說了自己三人姓名。

陳家洛暗暗發愁，心想羣狼之圍尚不知如何得脫，接連又遇上這四個硬對頭，現下只有設法要他們先行放開霍青桐再說，說道：「咱們的恩仇暫且不談，眼前餓狼環伺，各位有何脫險良方？」這句話把三魔問得面面相覷，答不出來。哈合台道：「要請陳當家的指教。」陳家洛道：「咱們合力禦狼，或許尚有一線生機。要是自相殘殺，轉眼人人都塡於餓狼之腹。」滕哈兩人微微點頭，顧金標怒目不語。陳家洛又道：「因此請顧老兄立即放了我這朋友。大夥共籌退狼之策。」顧金標道：「我不放，你待怎樣？」陳家洛道：「那麼咱們七人之中，輪到你第一個去餵狼。」顧金標虎叉一抖，喝道：「我卻要先拿你去餵狼！」陳家洛道：「我這朋友你是非放不可！咱倆不動手，大家也未見得能活，只要一動手，不論誰勝誰敗，總是鬧個兩敗俱傷，那就死定了。請顧朋友三思吧。」

滕一雷低聲道：「老二，先放了再說。」顧金標好容易把一個如花似玉的霍青桐擒到在手，這時寧可不要性命也不肯放，不住搖頭。滕一雷心下盤算：「我們三人對他三人，人數是一樣。但聽說火手判官劍術拳法，是武林中數一數二人物。瞧他二人適才殺狼身手，都著實了得。這美貌少女既與他們在一起，手下想必不弱。當眞打起來，只怕不是對手。」他這一思量，不覺氣餒，低聲道：「老二，你放不放？鬧起來我可無法幫你。」

顧金標自見霍青桐後，全神貫注，執迷不悟，他也知道張召重的名氣，決定單獨向形貌文弱的陳家洛挑戰，惡狠狠的道：「你如贏得我手中虎叉，把這女子拿去便了。是英雄好漢，咱二人就單打獨鬥，一決勝敗。」陳家洛實不願這時在狼羣之中自相殘殺，微微沉吟，尚未答話。張召重已搶著道：「你放心，我誰也不幫就是。」這句話似是對陳家洛說，其實卻是說給顧金標聽，要他不必疑慮，儘管挑戰。

顧金標大喜，叫道：「你要是不敢，那就別管旁人閒事。否則的話，拳腳兵刃，兄弟都可奉陪。我三個盟弟都死在紅花會手裏，此仇豈可不報？」最後這句話卻是說給滕哈二人聽的，意思說我是爲了公憤，並非出於私慾，你們可不能袖手不理。

陳家洛向霍青桐姊妹望去，見霍青桐臉露怨憤，香香公主焦慮萬狀，把心一橫，想道：「這姊妹兩人都對我有情，我今日爲她們死了，報答了她們的恩義，也免得我左右爲難，傷了她們手足之情。」慨然道：「這位姑娘是我好朋友，我拚得性命不在，也要你放。」霍青桐眼圈一紅，心想他對我倒也不是全無情義。顧金標道：「我也拚得性命不在，決不肯放。」張召重笑道：「好吧，那麼你們拚個你死我活吧。」三魔聽他語氣，已辨出他對陳家洛頗有幸災樂禍之心。

陳家洛道：「咱二人拚鬥，不論是你殺了我，還是我殺了你，對別人都無好處。這樣吧，咱二人一起出去殺狼。誰殺得多，就算誰勝。」他想這法子至少可稍減羣狼的威脅，不致把禦狼的力量互相抵消。哈合台首先贊成，鼓掌叫好。張召重道：「要是陳當家的得勝，顧二哥就把這位姑娘交給他。要是顧二哥殺的狼多，陳當家的不得再有異言。」

陳家洛和顧金標怒目相視，俱不答應，只因殺狼之事，誰都沒必勝把握，可是又決不能讓霍青桐落入對方手裏。陳家洛心想：他使獵虎叉，一定擅於打獵，或許殺狼有高強手段。顧金標卻想：他要比賽殺狼，料來有相當把握，我偏不上他的當，說道：「你要和我鬥，那就是拚賭性命。輕描淡寫的玩意，可沒興致陪你玩。」

張召重忽道：「在下與三位今日雖是初會，但一向是很仰慕的。至於陳當家的呢，我們過去頗有點過節，但此刻也不談了。我雙方誰也不幫。現今我有個主意，既可一決勝敗，雙方也不傷和氣。各位瞧著成不成？」滕一雷聽他說與陳家洛有樑子，心中一喜，忙道：「張大哥請說。火手判官威震武林，主意必定是極高明的。」張召重微微一笑，道：「不敢。咱們身處狼羣包圍之中，自相拚鬥，總是不妙。陳當家的你說是不是？」陳家洛點點頭。張召重又道：「比賽殺狼吧，這位顧二哥又覺得太過隨便，不是好漢行徑。我獻一條計策：你們兩位赤手空拳的一起走入狼羣，誰膽小，先逃了回來，誰就輸了。」

眾人聽了，都是心中一寒，暗想此人好生陰毒，赤手空拳的走入狼羣，誰還能活著性命回來？張召重又道：「要是那一位不幸給狼害了，另一位再回進火圈，也算勝了。」陳家洛雙眉一揚，說道：「要是咱兩人都死了，那怎樣？」哈合台道：「我敬重你是條好漢子，著落在我身上，放了這位姑娘就是。」陳家洛道：「哈兄的話我信了，這位姑娘你們可也不能欺侮她。」伸手向香香公主一指。哈合台道：「皇天在上，我答應了陳當家的。如有異心，教惡狼第一個吃我。」陳家洛抱拳道：「好，多謝了。」心中盤算已定，別說狼羣圍伺，就算一條狼也沒有，自己孤身遇上這四個強敵，也必有死無生，現下決意捨了自己性命，無論如何要比顧金標遲回火圈，由此救出霍青桐姊妹，那也心願已足，漢家光復的大業，只好偏勞紅花會眾兄弟了，把劍盾珠索往地下一擲，向顧金標一擺手道：「顧朋友，走吧！」

顧金標拿著虎叉，躊躇不決。他雖是亡命之徒，素來剽悍，但要他空手走入狼羣，可實在不敢。張召重只怕賭賽不成，激他道：「怎麼？顧朋友有點害怕了吧？這本來是挺危險的。」顧金標仍是沉吟。

香香公主不懂他們說些甚麼，只是見到各人神色緊張。霍青桐卻每句話都聽在耳裏，見陳家洛甘願爲她捨命，心中感動異常，叫道：「你別去！寧可我死了，也不能讓你有絲毫損傷。」她平素眞情深藏不露，這時臨到生死關頭，情不自禁的叫了出來。只聽得噹啷一聲，一柄獵虎叉擲在地下。

顧金標見她對陳家洛如此多情，登時妒火中燒。他性子狂暴，脾氣一發作，那就是天不怕地不怕了，叫道：「我就是給豺狼咬掉半個腦袋，也不會比你這小子先回來。走吧！」

陳家洛向霍青桐和香香公主一笑，並肩和顧金標向火圈外走去。霍青桐嚇得又要暈去，叫道：「別……別去……」香香公主卻睜著一雙黑如點漆的眼珠，茫然不解。

兩人正要走出火圈，滕一雷忽然叫道：「慢著。」兩人停步轉身。滕一雷道：「陳當家的，你身上還有把短劍。」陳家洛笑道：「對不起，我忘了。」解下短劍，走到霍青桐面前，道：「別傷心！你見了這劍，就如見到我一樣。」將劍放在她身上。

霍青桐流下淚來，喉中哽住了說不出話，就在這時，一個念頭在腦中忽如電光般一閃，低聲道：「你低下頭來。」陳家洛低頭俯耳過去。霍青桐低聲說道：「用火摺子！」陳家洛一怔，隨即恍然，轉頭對張召重道：「張大哥，剛才我忘了解下短劍，請你公證人再瞧一瞧。」張召重在陳顧兩人衣外摸了一遍，說道：「顧二哥，請你把暗器也留下吧。」

顧金標氣憤憤的把十多柄小叉從懷中摸出，用力擲在地下，把辮子在頭頂一盤，神情大變，眼中如要噴出血來，突然奔到霍青桐跟前，一把抱住，正要低頭去吻，忽然後心被人抓住，提起來往地下一摜。顧金標平日和盟兄弟練武，大家交手慣了的，知道這一下除了哈合台再無別人，果然聽得哈合台喝道：「老二，你要不要臉？」顧金標一摔之後，頭腦稍覺清醒，大吼一聲，發足向狼羣中衝去。

陳家洛雙足一點，使開輕功，已搶在他之前。

羣狼本來在火圈外咆哮盤旋，忽見有人奔出，紛紛撲上。顧金標心知這次遇上了生平從所未有的凶險，只好多挨一刻是一刻，見兩頭惡狼從左右同時撲到，身子一偏，左手疾探，已抓住左邊那狼的項頸，右手搶住牠的尾巴，提了起來。武學之中有一套功夫叫做「櫈拐」，據說有一位武林前輩夏夜在瓜棚裏袒腹乘涼，忽然敵人大舉來襲，一時之間，四面八方都是手執兵刃的強敵。他身無武器，隨手提起一條板櫈，攔架擊打，把敵人打得大敗而逃。這套功夫流傳下來，武林中學練的人著實不少，以備赤手遇敵時防身之用。因長櫈所在都有，會了這套武術，便如處處備有兵器。顧金標抓住這狼，靈機一動，便將之當作板櫈，展開「櫈拐」中的招式，橫掃直劈，舞了開來。狼身長短與板櫈相近，也有四條腿，他舞得呼呼生風，羣狼一時倒撲不近身。

陳家洛使的卻是「八卦遊身掌」身法，在狼羣中東一晃，西一轉，四下亂跑。這本是威震河朔王維揚的拿手功夫，在杭州獅子峯上，曾打得張召重一時難以招架。陳家洛當日在鐵膽莊與周仲英比武，也曾使過。他的造詣比之王維揚自是遠遠不及，卻也是腳步輕捷，身法變幻。初時羣狼倒也追他不上，但餓狼紛紛湧來，四下擠得水洩不通，教他再無發足奔跑的餘地。他知這套武功已管不了事，當下從懷中取出火摺，迎風一晃，火摺點亮，揮了個圈子。火摺上的火光十分微弱，羣狼卻立時大駭，紛紛倒退，雖然張牙舞爪，作勢欲撲，終究不敢撲上，只在喉頭發出嗚咽咆哮之聲。

香香公主猛見陳家洛衝入狼羣，大惑不解，奔到霍青桐跟前，說道：「姊姊，他幹甚麼呀？」霍青桐垂淚道：「他爲了救咱們姊妹，寧可送掉自己性命。」香香公主先是一驚，隨即淡淡一笑，說道：「他死了，我也不活。」霍青桐見她處之泰然，心想她說這句話出乎自然，便似是天經地義之事，既無心情激盪，也不用思索，可見對他的痴愛，已自然而然成爲她心靈中的一部份了。

張召重見陳顧兩人霎時都被羣狼圍住，心中暗喜，突見陳家洛取出火摺，惡狼嚇得後退，不覺一呆，但想火摺不久就會燒完，也只不過稍延時刻而已。

滕、哈二人卻只瞧著顧金標，先見他大展剛勇，提著一頭巨狼舞得風雨不透，各自心喜，忽見他使一招「懶漢閂門」，舉起巨狼向外猛碰，跟迎面撲上來的一頭狼當頭一撞。兩頭狼都急了，不顧三七二十一張口就咬，一頭臉上咬得見骨，另一頭頸中鮮血淋漓。羣狼見血，更加蜂湧而來，撲上來你一口我一口，將顧金標手中的巨狼撕得稀爛，最後只賸他左手一個狼頭，右手連著尾巴的一個狼臀。這麼一來，情勢登時危急，他想再去抓狼，一頭惡狼扭頭便咬，若非縮手得快，左手已被咬斷，同時右邊又有兩頭餓狼撲了上來。

哈合台解下腰中所纏鋼絲軟鞭，叫道：「老大，我去救他。」滕一雷還未回答，霍青桐冷冷的道：「關東豪傑要不要臉？」哈合台登時楞住，再看狼羣中兩人情勢，又已不同。

陳家洛見火摺子快要點完，忙撕下長衣前襟點燃了，腳下不住移動，奔向灌木。就這麼慢得一慢，兩頭惡狼迎面撲到。他從兩狼之間穿過，折了一條樹枝在手，運勁反擊，將搶在前面的餓狼打得腦漿迸裂。羣狼撲上去分屍而食，追逐他的勢頭登時緩了。他忙踢攏一堆枯葉生了火，又拾起一段枯枝點燃了，揮動驅狼，一有空隙，便攀折枯枝，增大火頭，片刻之間，已在身周布置了一個小小火圈，將餓狼相隔在外。

霍青桐和香香公主見他脫險，大喜若狂。那邊顧金標卻已難於支持，他想倣效陳家洛的法子，身邊卻沒帶著火摺，只得揮拳與餓狼的利爪銳齒相鬥，手上腳上接連被咬。

哈合台大驚，對霍青桐道：「算陳當家的贏了就是！」拔出她身上短劍，割斷她手腳上的繩索，又道：「現下我可去救他了！」軟鞭揮動，疾衝出去，但奔不到幾步，羣狼密密層層的湧來，腿上登時被咬了兩口，雖然打死了兩頭狼，卻已無法前進。滕一雷大叫：「老四，回來。」哈合台倒躍回來，取了一條點燃的樹枝，想再衝出，但相距太遠，眼見顧金標就要被羣狼撲倒。他提高聲音，向陳家洛叫道：「陳當家的，你贏啦，我們已放了你朋友。請你大仁大義，救救顧老二。」

陳家洛遠遠望去，果見霍青桐已經脫縛，站在當地，心想：「爲了對付惡狼，多一個幫手好一個。」拾起一根點燃的樹枝，向顧金標擲去，叫道：「接著！」顧金標雙臂雙腿全是鮮血，眼見樹枝投來，縱身躍起，在空中接住，揮了個圈子。豺狼怕火，那是數萬年來相傳的習性，見他手上有火，立即退開。顧金標揮動樹枝，慢慢向陳家洛走來。陳家洛又擲過去一條著火的樹枝。顧金標雙手有火，走近樹叢。

陳家洛道：「快撿柴。」當下兩人各用枝條縛了一綑樹枝，負在背上，手中拿了點燃的樹枝，揮動著向火圈走去。羣狼不住怒嗥，讓出一條路來。

兩人越走越近，陳家洛走在前面，香香公主靠近火圈，張開了雙臂，迎他回來。陳家洛臉露微笑，正要縱入，霍青桐叫道：「慢著，讓他先進來。」陳家洛登時醒悟，放下柴束，住足回頭，讓顧金標先進火圈。他想雙方曾有約言，誰先進火圈誰輸，雖然自己救了他性命，但只怕這等無義小人臨時又有反覆。

顧金標滿眼紅絲，抛下背上枯柴，舉起火枝往陳家洛面上一晃，乘他斜身閃避，左掌向他背後猛推，想將他推進火圈。陳家洛側身閃避，這一掌從衣服上擦過。顧金標右手揮出，一根火枝對準了他臉上擲去。

陳家洛頭一低，那火枝直飛進火圈之中。顧金標衝面一拳，他八十一路長拳講究的是勢勁鋒銳，出手快捷，一拳方發，次拳跟上。陳家洛見他只一轉眼間便以怨報德，心中大怒，右手伸出拿他脈門，左手一招「金針渡劫」，直刺他面門，那是「百花錯拳」中一招以指當劍之法。顧金標從未見過這古怪拳法，一楞之下，疾忙倒退，左腳踏在一頭餓狼身上。那狼痛得大叫，張口便咬。陳家洛一招得勢，不容他再有緩手之機，掌劈指戳，全是「百花錯拳」中最厲害招數。滕一雷、哈合台站在火圈邊觀戰，見了他這路拳法，都感心驚。

陳家洛左手雙指疾向對方太陽穴點去，顧金標伸臂擋格，回敬一拳，料想他定然後退，那知他竟然不理會，飛起左腳，顧金標胯上早著，一個踉蹌，右拳已被抓住。陳家洛運勁回拖，乘著敵人向後掙脫之勢，突然間改拖爲送，顧金標又是一個出其不意，己力再加上敵勁，那裏還站立得定，登時仰跌。這一交只要摔倒，四周環伺的羣狼立時湧上，那裏還有完整屍骨？火圈中各人都驚叫起來。

顧金標危急中一個「鯉魚打挺」，突然身子拔起，左掌揮落，把一頭向上撲來的餓狼打落，借勢在空中一個觔斗，頭上腳下的順落下來。陳家洛左足一點，從他身側斜飛而過，右手連揮，已分別點中他左腿膝彎和右腿股上穴道。顧金標雙腳著地時那裏還站立得住，暗叫：「完蛋！」雙手在地下急撐，又想翻起，羣狼已從四面八方撲到。

陳家洛搶得更快，伸出右手抓住他後心，揮了一圈。顧金標兇悍已極，下半身雖然動彈不得，大喝一聲，雙拳齊發，猛力向陳家洛胸口打到，要和他拚個同歸於盡。陳家洛罵了一聲：「惡強盜！」左指其快如風，又在他「中府」、「璇璣」兩穴上分點。顧金標雙拳打到半途，手臂突然癱瘓，軟軟垂下。陳家洛把他身子又揮了一圈，逼開撲上來的餓狼，便欲向遠處狼羣中投去。

霍青桐叫道：「別殺他！」陳家洛登時醒悟：「即使殺了此人，還是彼眾我寡，且與滕哈二人結了死仇，不如暫時饒他，賣一個好，那麼自己與張召重爭鬥之時，他們或許可以兩不相助。」手臂迴縮，轉了個方向，將他拋入火圈，這才縱身躍回。

哈合台接住顧金標，陳家洛再行著地。這次性命的賭賽，終於是陳家洛贏了。

他正要上前和霍青桐、香香公主敘話，霍青桐忽叫：「留神後面！」只覺腦後風生，疾忙低頭矮身，兩頭餓狼從頭頂竄過。原來兩狼眼見到口的美食又進火圈，飢餓難當之下，鼓起勇氣，跳了進來。一頭餓狼逕向香香公主撲去，陳家洛搶上抓住狼尾，出力疾扯。那狼負痛，回頭狂嗥，同時另一頭狼也撲了過來。陳家洛反掌斬去，那狼偏頭避讓，一掌斬在頸裏，在地下打了個滾，撲上來又咬。霍青桐掉轉短劍劍頭，柄前尖後，向陳家洛擲去，叫道：「接著！」陳家洛伸手抄出，攬住劍柄，挺劍向左邊巨狼刺去。這狼身軀巨大，竟然十分的靈便狡猾，閃避騰挪，陳家洛連刺兩劍都給牠躲了開去。

這時火圈外又有三頭狼跟蹤躍入，一頭被哈合台用摔跤手法抓住頭頸摜出圈外，另一頭被張召重一劍斬爲兩段，第三頭卻在與滕一雷纏鬥。哈合台把顧金標帶回來的樹枝加旺了火頭，羣狼才不繼續進來。

這邊陳家洛挺劍向左虛刺，惡狼那知他是虛招，向右閃避，短劍早已收回，自右方猛刺而下。惡狼這時萬萬躲避不開，也是情急智生，突張巨口，咬住了劍鋒。陳家洛用力向前疾送，那狼舌頭雖被劃破，但知這是生死關頭，仍是忍痛咬緊。陳家洛向後迴拔，那狼死不放鬆，身子被提了起來，兩行利齒卻在劍鋒上猶如生了根一般。陳家洛心中焦躁，身子略側，飛腿踢中了另一條撲上來的惡狼後臀，那狼汪汪大叫，飛出火圈。他奮力掙奪，隨著左手出掌，打在巨狼雙目之間。那狼向後仰頭，他手中頓覺一鬆，短劍終於拔出。衆人只覺寒光閃耀，短劍劍鋒上紫光四射。

陳家洛這一掌已把巨狼打得頭骨破碎而死，可是牠口中還是咬著一段劍刃。衆人都感奇怪，短劍明明在陳家洛手裏，又未斷折，狼口中的劍刃又從何而來？

陳家洛走上前去，左手三指平捏半段劍刃向後拉扯，豈知那狼雖死，牙齒仍如鐵鉗般牢牢咬住劍刃。他右手用短劍在狼顎上一劃，狼臉筋骨應手而斷，直如切豆腐一般。他心感詫異，舉起短劍看時，臉上突覺寒氣侵膚，不覺毛骨悚然，劍鋒發出瑩瑩紫光，已非霍青桐所贈之劍，但劍柄仍然一模一樣。他更是不解，俯身拿出狼口中那段劍刃，這才發覺劍刃中空，宛如劍鞘，把短劍插入劍鞘，全然密合。原來這短劍共有兩個劍鞘，第二層劍鞘開有刃口，鞘尖又十分鋒銳，見者自然以為便是劍刃，豈知劍內另有一柄砍金斷玉、鋒銳無匹的寶劍。霍青桐贈送短劍之時，曾說故老相傳，劍中蘊藏著一個極大秘密，一向無人參透得出。今日只因機緣巧合，巨狼死命咬住，兩下用力拉扯，才拔出了第二層劍鞘，否則有誰想得到這柄鋒利的短劍之中，竟是劍內有劍？

這時滕一雷已將火圈中最後一頭狼打死，先解開顧金標被點的穴道，拔出匕首，割下四條狼腿，在火上燒烤。霍青桐叫道：「快拿開，你們不要性命嗎？」滕一雷愕然道：「甚麼？」霍青桐道：「這些餓狼聞到烤肉香氣，那裏還忍耐得住？」滕一雷心想不錯，忙把狼腿從火上拿開。顧金標坐著喘息了一會，裹縛了身上六七處給惡狼咬傷的大創口，至於較小的創口，一時也無暇理會，只覺飢餓難當，拿起狼腿，鮮血淋漓的吃了起來。

香香公主將短劍拿在手裏把玩，讚嘆第二層劍鞘固然設想聰明，而且手工精巧已極，絲毫不露破綻。她向劍鞘裏張望，見裏面有一粒白色的東西，搖了幾搖，卻倒不出來。她取過一根細樹枝，在鞘裏輕輕撥動，一顆白色的小丸滾了出來。陳家洛和霍青桐見了都感奇怪，聚首細看，見是一顆蠟丸。陳家洛問霍青桐道：「打開來瞧瞧，好不好？」霍青桐點點頭。他手指微一用勁，蠟丸破裂，裏面是個小紙團，攤開紙團，卻是一張薄如蟬翼的紗紙，紙上寫著許多字，都是古文回字。

張召重望見他們發現了這張紙，假裝取柴添火，走來走去偷看了幾眼，見紙上寫的都是回文，一字不識，不禁大失所望。

陳家洛回文雖識得一些，苦不甚精，紙上寫的又是古時文字，全然不明其義，於是把紙攤在霍青桐前面。霍青桐一面看一面想，看了半天，把紙一摺，放在懷裏。陳家洛道：「那些字說的甚麼？」霍青桐不答，低頭凝思。香香公主知道姊姊的脾氣，笑道：「姊姊在想一個難題，別打擾她。」

霍青桐用手指在沙上東畫西畫，畫了一個圖形，抹去了又畫一個，後來坐下來抱膝苦苦思索。陳家洛道：「你身子還弱，別多用心思。紙上的事一時想不通，慢慢再想，倒是籌劃脫身之策要緊。」霍青桐道：「我想的就是既要避開惡狼，又要避開這些人狼。」說著小嘴向張召重等一努。香香公主聽姊姊叫他們作「人狼」，名稱新鮮，拍手笑了起來。

霍青桐又想了一會，對陳家洛道：「請你站上馬背，向西瞭望，看是否有座白色山峯。」陳家洛依言牽過白馬，躍上馬背，極目西望，遠處雖有叢山壁立，卻不見白色山峯，凝目再望一會，仍是不見，向霍青桐搖搖頭。

霍青桐道：「照紙上所說，那古城離此不遠，理應看到山峯。」陳家洛跳下馬背，問道：「甚麼古城？」霍青桐道：「小時就聽人說，這大沙漠裏埋著一個古城。這城本來十分富庶繁榮，可是有一天突然颳大風沙，像小山一樣的沙丘一座座給風捲起，壓在古城之上。城裏好幾萬人沒一個能逃出來。」轉頭對香香公主道：「妹妹，這些故事你知道得最清楚，你說給他聽。」

香香公主道：「關於那地方有許多故事，可是那古城誰也沒親眼看見過。不，有好多人去過的，但很少有人能活著回來。據說那裏有無數金銀珠寶。有人在沙漠中迷了路，無意中闖進城去，見到這許多金銀珠寶，眼都花了，自然開心得不得了，將金銀珠寶裝在駱駝上想帶走，但在古城四周轉來轉去，說甚麼也離不開那地方。」

陳家洛問道：「爲甚麼？」香香公主道：「他們說，古城的人一天之中都變成了鬼，他們喜歡這個城市，死了之後仍都不肯離開。這些鬼不捨得財寶給人拿走，因此迷住了人，不讓走。只要放下財寶，一件也不帶，就很容易出來。」陳家洛道：「就只怕沒一個肯放下。」霍青桐道：「是啊，見到這許多金銀珠寶，誰肯不拿？他們說，要是不拿一點財寶，反而在古城的屋裏放幾兩銀子，那麼水井中還會湧出清水來給他喝。銀子放得多，清水也就越多。」陳家洛笑道：「這古城的鬼也未免太貪心了。」

香香公主道：「我們族裏有些人欠了債沒法子，就去尋那地方，但總是一去就永不回來。有一次，一個商隊在沙漠裏救了一個半死的人。他說曾進過古城，可是出來時走來走去儘在一個地方兜圈子，他見到沙漠上有一道足跡，以爲有人走過，於是拚命的跟著足跡追趕，那知這足跡其實就是他自己的，這麼兜來兜去，終於精疲力盡，倒地不起。那商隊要他領著大夥兒再去古城，他死不答應，說道：就是把古城裏所有的財寶都給了他，也不願再踏進這鬼城一步。」

陳家洛道：「在沙漠上追趕自己的足跡兜圈子，這件事想想也眞可怕。」香香公主道：「還有更可怕的事呢。他獨個兒在沙漠中走，忽然聽到有人叫他名字。他隨著聲音趕去，聲音卻沒有了，甚麼也沒瞧見，就這樣迷了路。」陳家洛道：「有人忽然發見這許多財寶，歡喜過度，神智一定有點失常，沙漠中路又難認，很容易走不回來。要是他下了決心不要財寶，頭腦一清醒，就容易認淸楚道路了。倒不一定眞有鬼迷人。」

霍青桐靜靜的道：「劍鞘裏藏著的字紙，就是說明去那座古城的路徑方位。」陳家洛「啊」的一聲。

香香公主笑道：「我們不想要金銀財寶。就算拿到了，那些鬼也不放人走。知道了路徑也沒甚麼用，倒是這口劍好，這般鋒利，遇到敵人的兵器時，只怕一碰就能削斷。」拔下三根頭髮，放在短劍的刃鋒之上，道：「聽爹爹說，眞正的寶劍吹毛能斷，不知這劍成不成？」對著短劍刃鋒吹一口氣，三根頭髮立時折爲六段。她喜得連連拍手。霍青桐拿出一塊絲帕，往上丟去，絲帕緩緩飄下，舉起短劍一撩，絲帕登時分爲兩截。

張召重和關東三魔齊聲喝采，學武之人眼見如此利器，都不禁眼紅身熱。

陳家洛嘆道：「寶劍雖利，殺不盡這許多餓狼，也是枉然。」霍青桐道：「紙上說明，古城環繞著一座參天玉峯而建。照說，那山峯離此不遠，應該可以望見，怎麼會影蹤全無，可教人猜想不透了。」香香公主道：「姊姊你別用這些閒心思啦，就是找到了山峯，又有甚麼用處？」霍青桐道：「那麼咱們就可逃進古城。城裏有房屋，有堡壘，躲避狼羣總比這裏好得多。」陳家洛叫道：「不錯！」躍身而起，又站上馬背，向西凝望，但見天空白茫茫的一片，那裏有甚麼山峯的影子？

張召重等見他們說個不休，偏是一句話也不懂，陳家洛又兩次站上馬背瞭望，不知搗甚麼鬼。四人商量逃離狼羣之法，說了半天，毫無結果。香香公主取出乾糧，分給衆人。

香香公主這時想起了她養著的那頭小鹿，不知有沒有吃飽，抬起了頭，望著天邊痴想，突然叫道：「姊姊，你看。」霍青桐順著她手指望去，只見半空中有一個黑點，一動不動的停在那裏，問道：「那是甚麼？」香香公主道：「是一頭鷹，我瞧著牠從這裏飛過去，怎麼忽然在半空中停住不動了。」霍青桐道：「你別眼花了吧？」香香公主道：「不會，我淸淸楚楚瞧著這鷹飛過去的。」陳家洛道：「倘若不是鷹，那麼這黑點是甚麼？但如是鷹，怎麼能在空中停著不動？這倒奇了。」三人望了一會，那黑點突然移動，漸近漸大，轉眼間果然是一頭黑鷹從頭頂掠過。

香香公主緩緩舉起手來，理一下被風吹亂了的頭髮。陳家洛望著她晶瑩如玉的白手，在雪白的衣襟前橫過，忽然省悟，對霍青桐道：「你看她的手！」霍青桐瞧了瞧妹子的手，道：「喀絲麗，你的手眞是好看。」香香公主微微一笑。陳家洛笑道：「她的手當然好看，可是你留意到了嗎？她的手因爲很白，在白衣前面簡直分不出甚麼是手，甚麼是衣服。」霍青桐道：「嗯？」香香公主聽他們談論自己的手，不禁有點害羞，眼睛低垂的靜聽。

陳家洛道：「那隻鷹是停在一座白色山峯的頂上啊！」霍青桐叫了起來：「啊！不錯，不錯。那邊的天白得像羊乳，這高峯一定也是這顏色，遠遠望去就見不到了。」陳家洛喜道：「正是。那鷹是黑色的，因此就看得淸淸楚楚。」香香公主這才明白，他們談的原來是那古城，問道：「咱們怎麼去呢？」霍青桐道：「得好好想一想。」取出字紙來又看了好一回，道：「等太陽再偏西，倘若那眞是一座山峯，必有影子投在地下，就能算得出去古城的路程遠近。」陳家洛道：「可別露出形跡，要教這些壞蛋猜測不透。」霍青桐道：「不錯，咱們假裝是談這條狼。」

陳家洛提過一條死狼，三人圍坐著商量，手中不停，指一下死狼鼻子，又拔一根狼毛細細觀察，拉開狼嘴來瞧牠牙齒。日頭漸漸偏西，大漠西端果然出現了一條黑影，這影子越來越長，像一個巨人躺在沙漠之上。三人見了，都是喜動顏色。霍青桐在地下畫了圖形計算，說道：「這裏離那山峯，大約是二十里到二十二里。」一面說，一面將死狼翻了個身。陳家洛把一條狼腿拿在手裏，撥弄利爪，道：「咱們如再有一匹馬，加上那白馬，三人當能一口氣急衝二十幾里。」霍青桐道：「你想法兒讓他們心甘情願的放咱們出去。」

陳家洛道：「好，我來試試。」隨手用短劍剖開死狼肚子。

張召重和關東三魔見他們翻來翻去的細看死狼，不住用回語交談，很是納悶。張召重道：「這死狼有甚麼古怪？陳當家的，你們商量怎生給牠安葬嗎？」陳家洛登時靈機一動，道：「我們是在商量如何脫險。你瞧，這狼肚子裏甚麼東西也沒有。」張召重道：「這狼肚子餓了，所以要吃咱們。」關東三魔聽著都笑了起來。哈合台道：「我們上次遇到狼羣，躲在樹上，羣狼在樹下打了幾個轉，便即走了。這一次卻耐心眞好，圍住了老是不走。」滕一雷道：「上次幸得有黃羊駱駝引開狼羣。這當兒只怕周圍數百里之內，甚麼野獸都給這些餓狼吃了個乾淨，只賸下我們這一夥。」陳家洛道：「這些狼肚子空成這個樣子，只要有一點東西是可以吃的，那裏還肯放過？」張召重道：「你瞧這死狼瞧了半天，原來見到的是這麼一片大道理。」陳家洛道：「要逃出險境，只怕就得靠這道道理。」

關東三魔同時跳起身來，走近來聽。張召重忙問：「陳當家的有甚麼好法子？」陳家洛道：「大家在這裏困守，等到樹枝燒完，又去採集，可是總有燒完的時候，那時七個人一齊送命，是不是？」張召重與關東三魔都點了點頭。陳家洛道：「咱們武林中人，講究行俠仗義，捨身救人。此刻大夥同遭危難，只要有一個人肯爲朋友賣命，騎馬衝出，狼羣見這裏有火，不敢進來，見有人馬奔出，自然一窩蜂的追去。那人把狼羣引得越遠越好，其餘六人就得救了。」張召重道：「這個人卻又怎麼辦？」陳家洛道：「他要是僥倖能遇上淸兵回兵大隊人馬，就逃得了性命。否則爲救人而死，也勝於在這裏大家同歸於盡。」

滕一雷道：「法子是不錯，不過誰肯去引開狼羣？那可是有死無生之事。」陳家洛道：「滕大哥有何高見？」滕一雷默然。哈合台道：「那只好拈鬮，拈到誰，誰就去。」

張召重正在想除此之外，確無別法，聽到哈合台說拈鬮，心念一動，忙道：「好，大家就拈鬮。」

陳家洛本想自告奮勇，與霍青桐姊妹三人衝出，卻聽他們說要拈鬮，如再自行請纓，只怕引起疑心，說道：「那麼咱五人拈吧，兩位姑娘可以免了。」顧金標道：「大家都是人，幹麼免了？」哈合台道：「男子漢大丈夫，不能保護兩個姑娘，已是萬分羞愧，怎麼還能讓姑娘們救咱們出險？我寧可死在餓狼口裏，否則就是留下了性命，終身也教江湖上朋友們瞧不起。」滕一雷卻道：「雖然男女有別，但男的是一條命，女的也是一條命。除非不拈鬮，要拈大家都拈。」他想多兩個人來拈，自己拈到的機會就大為減少。顧金標對霍青桐又愛又恨，心想你這美人兒大爺不能到手，那麼讓狼吃了也好。

四人望著張召重，聽他是何主意。張召重已想好計謀，知道決計不會輪到自己，心想：「這兩個美人兒該當保全，一個是皇上要的，另一個我自己為甚麼不要？」當下昂然說道：「大丈夫寧教名在身不在。張某是響噹噹的男子漢，豈能讓娘兒們救我性命？」滕顧二人見他說得慷慨，不便再駁。顧金標道：「好，就便宜了這兩個娘兒。」滕一雷道：「我來作鬮！」俯身去摘樹枝。

張召重道：「樹枝易於作弊。用銅錢作鬮為是。」從袋裏摸出十幾枚制錢，挑了五枚同樣大小的，其餘的放回袋裏，說道：「這裏是四枚雍正通寶，一枚順治通寶，各位請看，全是一樣大小。」滕一雷逐一檢視，見無異狀，說道：「誰摸中順治通寶，誰就出去引狼。」張召重道：「正是如此。滕大哥，放在你袋裏吧。」滕一雷把五枚銅錢放入袋內。

張召重道：「那一位先摸？」他眼望顧金標，見他右手微抖，笑道：「顧二哥莫怕。生死有命，富貴在天，我先摸！」伸手到滕一雷袋裏，手指一摸，已知厚薄，拈了一枚雍正通寶出來，笑道：「可惜，我做不成英雄了。」張開右掌，給四人看了。原來四枚雍正通寶雖與順治通寶一般大小，但那是雍正末年所鑄，與順治通寶所鑄的時候相差了六七十年。順治通寶在民間多用了六七十年，磨損較多，自然要薄一些。只是厚薄相差甚微，常人極難發覺。張召重在武當門中練芙蓉金針之前，先練錢鏢。錢鏢的準頭手勁，與銅錢的輕重大小極有關係，他手上銅錢摸得熟了，手指一觸，立能分辨。

其次是陳家洛摸，他只想摸到順治通寶，便可帶了二女脫身，但沒想到制錢厚薄之分，卻摸到一枚雍正通寶。張召重道：「顧二哥請摸吧。」顧金標拾起虎叉，嗆啷啷一抖，大聲道：「這枚順治通寶，註定是要我們兄弟三人拿了，這中間有弊！」張召重道：「各憑天命，有甚麼弊端？」顧金標道：「錢是你的，又是你第一個拿，誰信你在錢上沒做記號。」張召重鐵青了臉道：「那麼你拿錢出來，大家再摸過。」顧金標道：「各人拿一枚制錢出來，誰也別想冤誰。」張召重道：「好吧！死就死啦，男子漢大丈夫，如此膽小怕死。」

滕一雷把袋裏所贌的三枚制錢拿出來還給張召重，另外又取出一枚雍正通寶，顧哈兩人拿出來的也都是雍正通寶。其時上距雍正年間不遠，民間制錢，雍正通寶遠較順治通寶爲多。陳家洛道：「我身邊沒帶銅錢，就用張大哥這枚吧。」張召重道：「畢竟是陳當家的氣度不同。四枚雍正通寶已經有了，順治通寶就用這一枚。顧老二，你說成不成？」顧金標怒道：「不要順治通寶！銅錢上順治、雍正，字就不同，誰都摸得出來。」其實要在頃刻之間，憑手指撫摸而分辨錢上所鑄小字，殊非易事，顧金標雖然明知，卻終不免懷疑，又道：「你手裏有一枚雍正通寶是白銅的，其餘四枚都是黃銅的，誰拿到白銅的就是誰去。」張召重一楞，隨即笑道：「一切依你！只怕還是輪到你去餵狼。」手指微一用力，已把白銅的銅錢捏得微有彎曲，和四枚黃銅的混在一起。顧金標怒道：「要是輪不到你我，咱倆還有一場架打！」張召重道：「當得奉陪。」隨手把五枚制錢放在哈合台袋裏，說道：「你們三位先拿，然後我拿，最後是陳當家的拿。這樣總沒弊了吧？」他自忖：「即使只留下兩枚，我也能拿到黃銅的。這姓陳的小子很驕傲，不會跟我爭先恐後。」

他這麼說，關東三魔自無異言。滕一雷道：「老四，你先摸吧。」哈合台道：「老大還是你先來。」張召重笑道：「先摸遲摸都是一樣，毫無分別。」關東三魔見他在生死關頭居然仍是十分鎮定，言笑自若，也不禁佩服他的勇氣。

哈合台伸手入袋，霍青桐忽以蒙古話叫道：「別拿那枚彎的。」哈合台一怔，第一枚摸到的果然有點彎曲，忙另拿一枚，取出一看，正是黃銅的。

原來五人議鬮之時，霍青桐在旁冷眼靜觀，察覺了張召重潛運內力揑彎銅錢。她見關東三魔中哈合台爲人最爲正派，先前顧金標擒住了她要橫施侮辱，哈合台曾力加阻攔，這次又是他割斷她手腳上的繩索，因此以蒙古話示警報德。

第二個是顧金標摸。哈合台用遼東黑道上的黑話叫道：「扯抱（別拿）轉圈子（彎的東西）。」顧滕兩人側目怒視張召重，心想：「你這傢伙居然還是做了手腳。」既知其中機關，自然都摸到了黃銅制錢。

陳家洛與張召重先聽霍青桐說了句蒙古話，又聽哈合台說了句古裏古怪的話，甚麼「扯抱轉圈子」，不知是甚麼意思，臉上都露出疑惑之色。陳家洛眼望霍青桐，香香公主搶著道：「別拿那枚彎的。」霍青桐也用回語道：「白銅的制錢已給這傢伙揑彎了。」陳家洛心道：「我們正要找尋藉口離去。現下輪到這奸賊去摸，他定會拿了不彎的黃銅制錢，留下白銅的給我。我義不容辭的出去引狼，她們姊妹就跟我走。我們顯得被迫離開，決不會引起疑心。」張召重心想：「這次你被狼果腹，死了也別怨我。」便要伸手到哈合台袋中。

陳家洛忽見顧金標目光灼灼的望著霍青桐，心中一凜：「只怕他們用強，不讓兩姊妹和我一起走，那可糟了。」這時張召重的手已伸入袋口，陳家洛再無思索餘地，叫道：「你拿那枚彎的吧，不彎的留給我。」

張召重一怔，將手縮了回來，道：「甚麼彎不彎的？」陳家洛道：「袋裏還有兩枚制錢，一枚已給你捏彎了，我要那枚不彎的。」一伸手，已從哈合台袋裏把黃銅制錢摸了出來，笑道：「你作法自斃，留下白銅的給你自己！」張召重臉色大變，長劍出鞘，喝道：「說好是我先摸，怎麼你搶著拿？」一劍「春風拂柳」，向陳家洛頸中削去。

陳家洛頭一低，右手雙指戳他頸側「天鼎穴」。張召重竟不退避，迴劍斜撩，一招「斜陽一抹」，反削他手指。陳家洛也不躲縮，手腕翻處，右手小指與拇指中暗挾著的短劍抖將上來，噹的一聲，已把敵劍攔腰削斷，短劍乘勢直送，張召重只覺寒氣森森，青光閃閃，寶劍直逼面門。他面臨凶險，仍欲危中取勝，左手五指突向陳家洛雙目抓去，這一招勢道凌厲無比。陳家洛舉左臂一擋，短劍下刺敵人小腹。這麼緩得一緩，張召重已化解了險招，反身一躍，退出三步。關東三魔與霍青桐見兩人這幾下快如閃電，招招間不容髮，不禁駭然。

陳家洛乘勢進逼，猱身直上。張召重手中沒了兵器，半截長劍突向霍青桐擲去。陳家洛怕她病中無力，不能閃避，如箭般斜身射出，擋在她面前，伸手在劍柄上一擊，半截長劍落在地下。那知張召重這一下卻是聲東擊西，一將他誘到霍青桐身邊，立即縱到香香公主身旁，拿住她雙手，轉身喝道：「快出去！」陳家洛一呆，停了腳步。張召重叫道：「你不出去，我把她丟出去餵狼！」將香香公主提起來打了個圈子，只要一鬆手，她立即飛入狼羣。

這一下變起倉卒，陳家洛只覺一股熱血從胸腔中直衝上來，腦中一亂，登時沒了主意。張召重又叫：「你快騎馬出去，把狼引開！」陳家洛知道這奸賊心狠手辣，說得出做得到，處此情勢之下，只得解開白馬韁繩，慢慢跨上。

張召重又提著香香公主轉了個圈子，叫道：「我數到三，你不出火圈，我就拋人。一——二——三！」他「三」字一出口，只見兩騎馬衝出火圈。

原來霍青桐乘三魔一齊注視陳張兩人之際，已割斷韁繩，跨上馬背，手中揮動火把，縱馬衝出，心想：「他先前為我拚命而入狼羣，現下我為他捨身。我也不去甚麼古城，讓餓狼在大漠中將我咬成碎片，一了百了。但願他和喀絲麗得脫危難，終身快樂。」就在此時，陳家洛也縱馬出了火圈。

關東三魔齊聲驚叫，陳家洛已揪住兩頭撲上來的餓狼頭頸，右腿在白馬頸側一推，左腿在馬腹上一捺，那馬靈敏異常，立即回頭轉身。陳家洛腳尖在馬項下輕輕一點，那馬一聲長嘶，四足騰空，躍入火圈。陳家洛大喝聲中，將兩頭惡狼向張召重擲去。張召重眼見兩狼張牙舞爪的迎面撲到，只得放下香香公主，縮身閃避。陳家洛兩把圍棋子雙手齊發，俯身伸臂，攬住香香公主的纖腰，雙腿一夾，那白馬又騰空竄出火圈。

張召重反手猛劈，將一頭狼打得翻了個身，向前俯身急衝，陳家洛匆忙中所發的圍棋子本沒準頭，都給他避了開去。張召重這一衝守中帶攻，左手一把抓住白馬馬尾，出力後拉，要把白馬硬生生拉回。但他身子凌空，無從借力，那白馬又力大異常，向前猛竄之際，反將他身子拖得揚了起來，帶出火圈。他雙腿後挺，一個觔斗正待翻上馬背，再行搶奪香香公主，忽覺背後風生，知道不妙，半空中疾忙換勢反躍，又倒翻一個觔斗。陳家洛短劍向他後心刺出，只道必定得手，那知此人武功實在高強，身在空中，於千鈞一髮之際仍能扭轉身軀，只見他右足在一頭餓狼頭上一點，躍回了火圈。

霍青桐揮舞著火把，早已深入狼羣。陳家洛縱馬追去，但見有惡狼撲上，都被他短劍一揮，不是刺中咽喉，就是削去了尖嘴，眞如砍瓜切菜，爽脆無比。兩騎馬不一刻已衝出狼羣，向西疾馳，衆狼不捨，隨後趕來。

兩匹馬奔跑比羣狼迅速得多，轉瞬就把狼羣拋在數里之外。要知衝出狼羣不難，難的是在如何擺脫這些餓狼窮日累夜、永無休止的追逐。三人暫脫危難，狂喜之下，一齊下馬，情不自禁的擁在一起。霍青桐隨即臉上一紅，輕輕推開陳家洛手臂，上馬向西疾馳。

二騎三人奔行不久，山石漸多，道路曲折，空中望去山峯不遠，地面行走路程卻長。直跑到天黑，那白色山峯才巍然聳立在前。霍青桐道：「據紙上所說，古城環繞這山峯而建，看來此去不到十里路了！」三人下馬休息，取水給馬飲了。

陳家洛不住撫摸白馬的鬣毛，心想若不是得此駿馬之力，自己雖能衝出，香香公主仍在奸賊之手，那麼自己也必不忍離去，勢非重回火圈不可。霍青桐想起適才和陳家洛擁抱，臉上又是一陣發燒，此刻三人相聚，心中自也消了先前要以死相報的念頭。

三人休息片刻，馬力稍復，狼羣之聲又隱隱可聞。陳家洛道：「走吧！」躍上了另一匹馬。霍青桐望了他一眼，明白他的用意，於是與妹子合乘白馬，再向西行。

夜涼如水，明月在天，雪白的山峯皎潔如玉。香香公主望著峯頂，道：「姊姊，我想山頂上一定有仙人，你說有嗎？」霍青桐右手提韁，左手摟著她，笑道：「咱們去瞧瞧吧，不知是男仙還是女仙。」談笑之間，山峯的影子已投在他們身上。三人仰望峯巔，崇敬之心，油然而生。陳家洛心道：「古人說：高山仰止。咱三人大難不死，這時尤感山川之美。」

山峯雖似觸手可及，但最後這幾里路竟是十分的崎嶇難行。此處地勢與大漠的其餘地方截然不同，遍地黃沙中混著粗大石礫，丘壑處處，亂岩嶙嶙，坐騎幾無落蹄之處，行得數里，一眼望去，山道竟有十數條之多，不知那一條才是正路。

陳家洛道：「這麼許多路，怪不得人們要迷路了。」霍青桐取出字紙，在月光下看了一會，說道：「紙上說，入古城的道路是『左三右二』。」陳家洛問道：「甚麼叫做『左三右二』？」霍青桐道：「紙上也沒說明白。」

猛聽得萬狼齊嗥，悽厲曼長，聲調哀傷。三人都是毛骨悚然。香香公主道：「牠們哭得這樣傷心，不知爲了甚麼？」陳家洛笑道：「想來是爲了肚子餓。」霍青桐道：「這時已當子夜，羣狼停下來對月嗥叫，只待叫聲一停，立即發性狂追。咱們快找路進去。」

陳家洛道：「這裏左邊有五條路，紙上說『左三右二』，那麼就走第三條路。」霍青桐道：「倘若前面是絕路，再退回來就來不及了。」陳家洛道：「那麼咱三人死在一起！」香香公主道：「好，姊姊，咱們走吧。」霍青桐聽得「三人死在一起」這句話，胸口一陣溫暖，眼眶中忽然濕了，一提馬韁，從第三條路上走了進去。

路徑愈走愈狹，兩旁山石壁立，這條路顯是人工鑿出來的，走了一陣，右邊出現三條岔路。霍青桐大喜，道：「得救啦，得救啦。」三人精神大振，催馬走上第二條路。只是道路不知已有多少年無人行走，有些地方長草比人還高，有些地方又全被沙堆阻塞，三人下馬牽引，才將馬匹拉過沙堆。陳家洛隨手搬過幾塊岩石，放在沙堆之上，阻擋羣狼的追勢。

行不到里許，前面左邊又是五條歧路。香香公主忽然驚叫一聲，原來路口有一堆白骨。陳家洛下馬察看，辨明是一個人和一頭駱駝的骸骨，嘆道：「這人定是徬徨歧途，難以抉擇，以致暴骨於斯。」三人從中間第三條路進去，這時道路驟陡，一線天光從石壁之間照射下來，只覺陰氣森森，寒意逼人。

不多時路旁又現一堆白骨，骸骨中光亮閃耀，竟是許多寶石珠玉。霍青桐道：「這人拿到了這麼多珠寶，可是終究沒能出去。」陳家洛道：「我們走的是正路，尚且時時見到骸骨，錯路上只怕更是白骨累累了。」香香公主道：「咱們出來時誰也不許拿珠寶，好嗎？」陳家洛笑道：「你怕那些鬼不讓咱們出來，是不是？」香香公主道：「你答應我吧！」

陳家洛聽她柔聲相求，忙道：「我一定不拿珠寶，你放心好啦。」心想：「有你姊妹二人相伴，全世界的珍寶加在一起也比不上。」突然又暗自慚愧：「我爲甚麼想的是姊妹二人？」

三人高低曲折的走了半夜，天色將明，人困馬乏。霍青桐道：「歇一會吧。」陳家洛道：「索性找到房子之後，放心大睡。」霍青桐點點頭。

行不多時，陡然間眼前一片空曠，此時朝陽初升，只見景色奇麗，莫可名狀。一座白玉山峯參天而起，峯前一排排的都是房屋。千百所房屋斷垣牓瓦，殘破不堪，已沒一座完整，但建築規模恢宏，氣象開廓，想見當年是一座十分繁盛的城市。一眼望去，高高矮矮的房子櫛比鱗次，可是聲息全無，甚至雀鳥啾鳴之聲亦絲毫不聞。三人從沒見過如此奇特可怖的景象，爲這寂靜的氣勢所懾，連大氣也不敢喘上一口。隔了半晌，陳家洛當先縱馬進城。

這地方極是乾燥，草木不生，三人走進最近的一所房屋。屋中物品雖然經歷了不知多少年月，但大部仍然完好。香香公主見廳上有一雙女人的花鞋，色澤仍是頗爲鮮艷，輕輕喊了一聲，想拿起來細看，那知觸手間登時化爲灰塵，不由得嚇了一跳。陳家洛道：「這地方是個盆地，四周高山拱衛，以致風雨不侵，千百年之物仍能如此完好，實是罕見罕聞。」

三人沿路只見遍地白骨，刀槍劍戟，到處亂丟。陳家洛道：「故事中說這古城是被天降黃沙所埋，看情形完全不像。」霍青桐道：「是啊！那有沙埋的痕跡？倒像是經過了一場大戰，全城居民都給敵人殺光一般。」香香公主道：「城外千百條岔道，如果不知秘訣，任誰都要迷路。敵人不知怎麼進來的。」霍青桐道：「那定是有奸細了。」走進一所房子，取出字紙放在桌上，伏身細看。那知桌已朽爛，外形雖仍完整，她雙臂一壓，立即垮倒。

霍青桐拾起字紙，看了一會，道：「這些屋子已如此朽壞，只怕禁不起狼羣的撲擊。」見紙上密麻的文字中間繪有一幅小圖，指著圖中一處道：「這是城子中心，又畫著這許多記號，多半是個重要所在，如是宮殿堡壘，建築一定牢固。咱們到那裏去避狼吧。」陳家洛道：「好！」

三人循著圖中所畫道路，向前走去。城中道路也是曲折如迷宮，令人眼花撩亂，如不是有圖指示，也眞走不進去。

走了小半個時辰，來到圖中所示中心，三人不禁大失所望，原來便是玉峯山腳，卻那裏有甚麼宮殿堡壘。只是玉峯近看尤其美麗，通體雪白，瑩光純淨，做玉匠的只要找到小小的一塊白玉，已然終身吃著不盡，那知這裏竟有這樣一座白玉山峯。三人抬頭仰望，只覺心曠神怡，萬慮俱消，暗暗讚歎造物之奇。

一片寂靜之中，遠處忽然傳來隱隱的狼嗥，香香公主驚叫起來：「狼羣來啦！難道惡狼也有路徑紙？這眞奇了。」陳家洛笑道：「惡狼的鼻子就是路徑紙。咱們走過的地方留下了氣息，羣狼跟著追來，永遠錯不了。」霍青桐笑道：「你身上這麼香，別說是狼，就是人，也能跟著來……」話說到一半，突然指著地圖，對陳家洛道：「你瞧，這明明是山峯，怎麼裏面還畫了許多路？」陳家洛看了，道：「難道山峯裏面是空的，可以進去？」

霍青桐道：「除此之外，再無其他原因……怎樣進去呢？」細看紙上文字解釋，用漢語輕輕讀了出來：「如欲進宮，可上大樹之頂，向神峯連叫三聲：『愛龍阿巴生』！」香香公主道：「愛龍阿巴生，那是甚麼？」霍青桐道：「是句暗號吧，可是那裏有甚麼大樹了？」聽狼嗥之聲又近了些，說道：「進屋躲起來吧！」

三人轉過身來，回頭向就近的屋子奔去。陳家洛跨出兩步，忽見地下凸起一物，形狀有異，俯身看時，盤根錯節，卻是個極大的樹根，叫道：「大樹在這裏！」兩姊妹走過來看。香香公主道：「那株大樹只賸下這個樹根。」霍青桐道：「爬到樹頂一叫，宮門就開，那宮殿必在山峯之內。難道這句話眞是符咒，有甚麼仙法不成？」

香香公主一向相信神仙，忙道：「仙法當然是有的。」陳家洛笑道：「那時候山峯裏有人，一聽見暗號，推動裏面機關，山峯上就現出洞口來。」提氣大叫三聲：「愛龍阿巴生！」自然全無動靜，不禁失笑。香香公主嘆道：「過了這許多年，裏面的人一定都死啦。」仰望山峯，忽道：「只怕洞門就在那邊。你們瞧，上面不是有鑿出來的踏腳麼？」陳家洛和霍青桐也都見到了山峯上有斧鑿痕跡，都十分歡喜。

陳家洛道：「我上去瞧瞧。」右手握了短劍，凝神提氣，往峭壁上奔去，上得丈餘，舉劍戳入玉峯，一借力，再奔上丈餘，已到踏腳的所在。霍青桐和香香公主齊聲歡呼。

陳家洛向下揮了揮手，察看峯壁，洞口的痕跡很是明顯，只是年深月久，洞口大半已被沙子堵塞。他左手緊抓峯壁上一塊凸出的玉岩，右手用短劍撥去沙子，將洞旁碎塊玉石一塊塊抽出來，抛向下面，不多一刻，抽空的洞口已可容身。他爬進去坐下。從懷中拿出點穴珠索，解開了一條條接將起來，懸掛下去。

霍青桐將珠索縛在妹子腰上。陳家洛雙手交互拉扯，把她慢慢提起。快提到洞口，香香公主忽然驚呼。陳家洛左手向上一揮，將她提近身來，右手伸去，攬住了她纖腰，安慰道：「別怕，到啦！」香香公主臉色蒼白，叫道：「狼！狼！」陳家洛向下望時，只見七八頭惡狼已衝到峯邊，霍青桐揮舞長劍，竭力抵拒。那白馬振鬣長嘶，向古城房屋之間飛馳而去。

陳家洛忙從洞口抽下幾塊玉石，居高臨下，用重手法將霍青桐身邊的幾頭狼打得四散奔逃，隨即掛下珠索。霍青桐怕自己病後虛弱，無力握繩，於是劍交左手，繼續揮動，右手把珠索縛在腰裏，叫道：「好啦！」陳家洛用力一扯，霍青桐身子飛了起來。兩頭餓狼向上猛撲，霍青桐長劍一揮，削下一個狼頭，另一頭狼卻咬住了她靴子不放。香香公主嚇得大叫。霍青桐在空中彎腿把狼拉近，又是一劍把狼攔腰斬爲兩截，上半截狼身仍是連著皮靴一起拉上。

陳家洛扶她坐下，去拉半截死狼，竟拉之不脫，忙問：「沒咬傷麼？」霍青桐皺眉道：「還好。」從他手中接過短劍，切斷狼嘴，只見兩排尖齒深陷靴中，破孔中微微滲出血來。香香公主道：「姊姊，你腳上傷了。」幫她脫去靴子，撕下衣襟裹傷。陳家洛掉轉了頭，不敢看她赤裸的白足。香香公主裹好傷後，指著下面數千頭在各處房屋中亂竄的狼大罵：「你們這些壞東西，咬痛了姊姊的腳，我再不可憐你們啦。」

陳家洛和霍青桐都不禁微笑，轉頭向山洞內望去，黑沉沉的甚麼也瞧不見。霍青桐取出火摺一晃，嚇了一跳，原來下去到地總有十七八丈高，峯內地面遠比外面的爲低。陳家洛道：「這洞久不通風，現在還下去不得。」過了好一會，料想洞內穢氣已大部流出，陳家洛道：「我先下去瞧瞧。」霍青桐道：「下去之後，再上來可不易了。」陳家洛微笑道：「不能上來，就不上來了。」霍青桐臉上一紅，目光不敢和他相接。

陳家洛把珠索一端在山石上縛牢，沿著索子溜下，繩索盡處離地還有十丈左右，沿壁又溜數丈，輕飄飄的縱下地來，著地處甚爲堅實。他伸手入懷去摸火摺，才想起昨日與顧金標在狼羣中賭命之時已把火摺點完，仰首大叫：「有火摺麼？」霍青桐取出擲下。他接住晃亮，火光下只見四面石壁都是晶瑩白玉，地下放著幾張桌椅，伸手在桌上一按，桌子居然仍是堅牢完固，原來山洞密閉，不受風侵，是以洞中物事並不腐朽。他折下椅子一隻腳點燃起來，就如一個火把。

霍青桐姊妹一直望著下面，見火光忽強，又聽陳家洛叫道：「下來吧！」霍青桐道：「妹妹，你先下去！」香香公主拉著繩索慢慢溜下，見陳家洛張開雙臂站在下面，眼睛一閉就跳了下去，隨即感到兩條堅實的臂膀抱住了自己，再把自己輕輕放在地下。接著霍青桐也跳了下來，陳家洛抱著她時，只把她羞得滿臉飛紅。

這時峯外羣狼的嗥叫隱隱約約，已不易聽到。陳家洛見白玉壁上映出三人影子，自己身旁是兩位絕世美女，經玉光一照，尤其明艷不可方物，但三人深入峯腹，吉凶禍福，殊難逆料，生平遭遇之奇，實以此時為最了。

香香公主見峯內奇麗，欣喜異常，拿起燃點的椅腳，逕向前行。陳家洛又折了七條椅腳三人分別捧在手裏，走過了長長一條甬道，山石阻路，已到盡頭。陳家洛心中一震，暗想：「難道過去沒通道了麼？進退不得，如何是好？」只見盡頭處閃閃生光，似有一堆黃金，走近看時，卻是一副黃金盔甲，甲冑中是一堆枯骨。

那副盔甲打造得十分精致。香香公主道：「這人生前定是個大官貴族。」霍青桐見胸甲上刻著一頭背生翅膀的駱駝，道：「這人或許還是個國王或者是王子呢。聽說那些古國中，只有國王才能以飛駱駝作徽記。」陳家洛道：「那就像中土的龍了。」從香香公主手中接過火把，在玉壁上察看有無門縫或機關的痕跡，火把剛舉起，就見金甲之上六尺高處，有一把長柄金斧揷在一個大門環裏。

霍青桐喜道：「這裏有門。」陳家洛將火把交給了她，去拔金斧，但門環上的鐵鏽已鏽住斧柄，取不出來。他拔出短劍，刮去鐵鏽，雙手拔出金斧，入手甚是沉重，笑道：「如果這柄金斧是他的兵器，這位國王陛下膂力倒也不小。」

石門右首還有四個門環，均有兩尺多長的粗大鐵鈕扣住，他削去鐵鏽，將鐵鈕一一掀起，抓住門環向裏拉扯，紋絲不動，於是雙手撐門，用力向外推去，玉石巨門嘰嘰發聲，緩緩開了。這門厚達丈許，那裏像門，直是一塊巨大的岩石。

三人對望了一眼，臉上均露欣喜之色。陳家洛右手高舉火把，左手拿劍，首先入門，一步跨進，腳下喀喇一聲，踏碎了一堆枯骨。他舉火把四周照看，見是一條僅可容身的狹長甬道，刀劍四散，到處都是骸骨。

霍青桐指著巨門之後，道：「你瞧！」火光下只見門後刀痕累累，斑駁凹凸。

陳家洛駭然道：「這裏的人都給門外那國王關住了。他們拚命想打出來。可是門太厚，玉石又這麼堅硬。」霍青桐道：「就算他們有數十柄這般鋒利的短劍，也攻不破這座小山般的玉門。」陳家洛道：「他們在這裏一定想盡了法子，最後終於一個個絕望而死……」香香公主道：「別說啦！別說啦！」只覺這情景實在太慘，不忍再聽。陳家洛一笑，住口不說了。

霍青桐道：「那國王怎麼儘守在門外不走，和他們同歸於盡？這可令人想不透了。」拿出地圖一看，喜道：「走完甬道，前面有大廳大房。」

三人慢慢前行，跨過一堆堆白骨，轉了兩個彎，前面果然出現一座大殿。走到殿口，只見大殿中也到處都是骸骨，刀劍散滿了一地，想來當日必曾有過一場激戰。香香公主嘆道：「不知道爲甚麼要這樣惡鬥？大家太太平平、高高興興的過日子不好嗎？」

三人走進大殿，陳家洛突覺一股極大力量拉動他手中短劍，噹的一聲，短劍竟爾脫手，揷入地下。同時霍青桐身上所佩長劍也掙斷佩帶，落在殿上。三人嚇了一大跳。霍青桐俯身拾劍，一彎腰間，忽然衣囊中數十顆鐵蓮子嗤嗤嗤飛出，錚錚連聲，打在地下。

這一驚非同小可，陳家洛左手將香香公主一拖，右手拉了霍青桐同時向後躍開數步，陳家洛擋在二女身前，雙掌一錯，凝神待敵，但向前望去，全無動靜。陳家洛用回語叫道：「晚輩三人避狼而來，並無他意，冒犯之處，還請多多擔待。」隔了半晌，無人回答。

陳家洛心想：「這裏主人不知用甚麼功夫，竟將咱們兵刃憑空擊落，更能將她囊中鐵蓮子吸出。如此高深的武功別說親身遇到，連聽也沒聽見過。」又高聲叫道：「請貴主人現身，好讓晚輩參見。」只聽大殿後面傳來他說話的回聲，此外更無聲息。

霍青桐驚訝稍減，又上前拾劍，那知這劍竟如釘在地上一般，費了好大的勁才拾了起來，一個沒抓緊，又是噹的一聲被地下吸了回去。

陳家洛心念一動，叫道：「地底是磁山。」霍青桐道：「甚麼磁山？」陳家洛道：

「到過遠洋航海的人說，極北之處有一座大磁山，能將普天下懸空之鐵都吸得指向南北。他們飄洋過海，全靠羅盤指南針指示方向。鐵針所以能夠指南，就由於磁山之力。」

霍青桐道：「這地底也有座磁山，因此把咱們兵刃暗器都吸落了？」陳家洛道：「多半如此，再試一試吧。」

他拾起短劍，和一段椅腳都平放於左掌，用右手按住了，右手一鬆，短劍立即射向地下，斜插入石，木頭的椅腳卻絲毫不動。陳家洛道：「你瞧，這磁山的吸力著實不小。」拾起短劍，緊緊握住，說道：「黃帝當年造指南車，在迷霧中大破蚩尤，就在於明白了磁山吸鐵的道理。古人的聰明才智，令人景崇無已。」她姊妹不知黃帝的故事，陳家洛簡略說了。

霍青桐走得幾步，又叫了起來：「快來，快來！」陳家洛快步過去，見她指著一具直立的骸骨。骸骨身上還掛著七零八落的衣服，骨格形狀仍然完整，骸骨右手抓著一柄白色長劍，刺在另一具骸骨身上，看來當年是用這白劍殺死了那人。霍青桐道：「這是柄玉劍！」陳家洛將玉劍輕輕從骸骨手中取過，兩具骸骨支撐一失，登時喀喇喇一陣響，垮作一堆。

那玉劍刃口磨得很是鋒銳，和鋼鐵兵器不相上下，只是玉質雖堅，如與五金兵刃相碰，總不免斷折，似不切實用。接著又見殿中地下到處是大大小小的玉製武器，刀槍劍戟都有，只是形狀奇特，與中土習見的迥然不同。陳家洛正自納罕，霍青桐忽道：「我知道啦！」微微一頓，道：「這山峯的主人如此處心積慮，佈置周密。」陳家洛道：「怎麼？」霍青桐道：「他仗著這座磁山，把敵人兵器吸去，然後命部下以玉製兵器加以屠戮。」

香香公主指著一具具鐵甲包著的骸骨，叫道：「瞧呀！這些攻來的人穿了鐵甲，更加被磁山吸住，爬也爬不起來了。」見姊姊還在沉思，道：「這不是很清楚了嗎？還在想甚麼呀？」霍青桐道：「我就是不懂，這些手拿玉刀之人既然殺了敵人，怎麼又都一個個死在敵人身旁？」陳家洛也早就在推敲這個疑團，一時難以索解。

霍青桐道：「到後面去瞧瞧。」香香公主道：「姊姊，別去啦！」霍青桐一怔，見她臉現惻然之色，伸手挽住她臂膀，道：「別怕！那邊或許沒有死人了。」

走到大殿之後，見是一座較小的殿堂，殿中情景卻尤爲可怖，數十具骸骨一堆堆相互糾結，骸骨大都直立如生時，有的手中握有兵刃，有的卻是空手。陳家洛道：「別碰動了！如此死法，定有古怪原因。」霍青桐道：「這些人大都是你砍我一刀，我打你一拳，同時而死。」陳家洛道：「武林中高手相搏，如果功力悉敵，確是常有同歸於盡的。但這許多人個個如此，可就令人大惑不解了。」

三人繼續向內，轉了個彎，推開一扇小門，眼前突然大亮，只見一道陽光從上面數十丈高處的壁縫裏照射進來。陽光照正之處，是一間玉室，看來當年建造者依著這道天然光線，在峯中度準位置，開鑿而成。

三人突見陽光，雖只一線，也大爲振奮。石室中有玉床、玉桌、玉椅，都雕刻得甚是精致，床上斜倚著一具骸骨。石室一角，又有一大一小的兩具骸骨。

陳家洛熄去火把，道：「就在這裏歇歇吧。」取出乾糧清水，各自吃了一些。霍青桐道：「那些餓狼不知在山峯外要等到幾時，咱們跟牠們對耗，糧食和水得儘量節省。」

三人數日來從未鬆懈過一刻，此時到了這靜室之中，不禁困倦萬分，片刻之間，都在玉椅上沉沉睡去。

陳家洛和霍青桐、香香公主姊妹二人共入玉峯，想到兩姊妹一個是可敬可感，一個是可親可愛，實在是難分輕重。

第十七回　爲民除害方稱俠　抗暴蒙污不愧貞

張召重與關東三魔見狼羣一窩蜂般疾追陳家洛等三人而去，雖覺兩個如花美女膏於狼吻未免可惜，但自身得脫大難，卻也不勝慶幸。四人坐下休息，烤食火圈中的死狼。顧金標見樹枝又將燒盡，懶得去採，把狼糞撥在火裏，添火燒烤狼肉。過不多時，一柱黑煙沖天而起，雖經風吹，仍是裊裊不散。

正在飽餐狼肉之際，忽然東邊又是塵頭大起。四人見狼羣又來，忙去牽馬。這時只賸下了兩匹馬，都是關東三魔帶來的。張召重伸手挽住一匹馬的韁繩，哈合台縱身撲到，搶住韁繩，喝問：「你想幹麼？」張召重揮掌正待打出，見滕一雷和顧金標都挺兵刃逼上前來。他長劍已被陳家洛削斷，手中沒了兵刃，急中使詐，叫道：「忙甚麼？那又不是狼！」關東三魔回頭一望，張召重已翻身上了馬背。他一瞥之下，見煙塵滾滾中竟是大羣駝羊，並無餓狼蹤跡，隨口撒謊，不料說個正著。他本擬上馬向西奔逃，這時下不了台，兜轉馬頭，反向煙塵之處迎去，叫道：「我上去瞧瞧。」

奔出不及一里，只見迎面一騎馬急馳而來，衝到跟前，乘者韁繩一勒，那馬斗然停住，再也不動。張召重心中暗讚：「好騎術！」乘者是個灰衣老者，見他是清軍軍官裝束，用漢語問道：「狼羣呢？」張召重向西一指。這時大羣駝羊已蜂擁而至，後面一個禿頭紅臉老者、一個白髮矮小老婦騎著馬押隊，只聽羊咩馬嘶之聲，亂成一片。

張召重正要詢問，關東三魔已牽了馬過來，見了那灰衣老者立即恭敬施禮，說道：「又見著你老人家啦。你老人家好？」那老者哼了一聲，道：「也沒甚麼不好。」原來就是天池怪俠袁士霄。

天山雙鷹那天清晨捨下陳家洛與香香公主後，想起霍青桐病體未痊，急著趕回看望，走了兩天，只見袁士霄趕著大羣駝羊而來。陳正德爲了討好愛妻，過去著實親熱。袁士霄見他忽然改性，關明梅則在一旁微笑，很感奇怪。

陳正德道：「袁大哥，趕這一大羣駝羊去那裏啊？」袁士霄白眼一翻，道：「我給你弄得傾家蕩產了呀。」陳正德奇道：「怎麼啊？」袁士霄道：「上次我買了許多駱駝牛羊，滿想把狼羣引入陷阱，那知……」陳正德笑道：「那知給我這糟老頭子瞎搗亂，壞了大事。」袁士霄道：「可不是麼？我有甚麼法子？只好再弄錢去買駝羊啊！」陳正德笑道：「袁大哥花了多少錢？小弟賠還你的。」自那晚起妻子對他溫柔體貼，他往常暴躁妒忌的性格竟爾大變，一心要討妻子歡喜，居然對袁士霄低聲下氣，加意遷就，實是前所未有。袁士霄道：「誰要你賠？」陳正德笑道：「那麼我們給你效一點小勞！聽你差遣，同去找狼如何？」袁士霄向關明梅望去，見她微笑點頭，便道：「好吧！」於是三人趕了駝羊，循著狼糞蹤跡，一路尋來。這天望見遠處狼煙，地下狼糞又越來越多，只怕狼羣就在左近，有人被困求救，忙朝著煙柱奔來，遇見了張召重與關東三魔。

張召重不知這老者是何等樣人，但見三魔執禮甚恭，心知必非尋常人物。袁士霄四下察看了一回，對四人道：「咱們去捉狼，你們都跟我來。」四人吃了一驚，怔住了說不出話來，心想這老兒莫非瘋了，見了狼羣逃避猶恐不及，居然說去捉狼。關東三魔曾蒙他救命，又知他有一身驚人武功，不敢怎樣。張召重卻鼻子中哼了一聲，說道：「我還想再吃幾年飯，恕不奉陪。」說了轉身要走。

陳正德大怒，一把向他腰裏抓去，喝道：「你不聽袁大俠吩咐，莫非想死？」張召重運力右掌，一招「烘雲托月」，手腕翻過，下肘轉了個小圈，向陳正德手上打去，剛要打到，日光下見他五指猶如鷹爪，心裏一驚，立即收轉手掌，變招握拳，向他手腕猛擊。陳正德一抓不中，也是變拳打落。兩人雙臂相格，功力悉敵，不分上下，各自震開三步，心中都暗暗稱奇：怎麼在大漠之中竟會遇上如此高手？

張召重喝道：「朋友，請留下萬兒來。」陳正德罵道：「憑你也配做我朋友？你到底聽不聽袁大俠吩咐？」張召重交手一招，已知這老兒武功與自己相若，可是他口口聲聲稱那灰衣老者為「袁大俠」，十分尊敬，看來那人武功更高。到底袁大俠是誰？一時卻想不起來，心想武林中儘有浪得虛名之輩，莫讓他訛了，但若倔強不從，他們六人聯上了手，自己孤身決不能敵，當下不亢不卑的說道：「在下想請教袁大俠的高姓大名，倘若確是前輩高人，自當遵命。」

袁士霄道：「哈哈，你考較起老兒來啦！老兒生平只考較別人，從不受人考較。我問你，剛才你使『烘雲托月』，後變『雪擁藍關』，要是我左面給你一招『下山斬虎』，右面點你『神庭穴』，右腳同時踢你膝彎之下三寸，你怎生應付？」張召重一呆，答道：「我下盤『盤弓射鵰』，雙手以擒拿法反扣你脈門。」袁士霄道：「守中帶攻，那也是武當門下的高手了。」

張召重一驚，暗想：「我只跟那禿頭老兒拆了一招，再答了他一句話，他竟然便知我武功門派。」只聽袁士霄道：「當年我在湖北，曾和馬眞道長印證過武功。」

張召重胸頭一震，臉如死灰。袁士霄又道：「我右手以綿掌『陰手』化解你的擒拿，左肘直進，撞你前胸……」張召重搶著道：「那是大洪拳的『肘鎚』。」袁士霄道：「不錯，但是這『肘鎚』只是虛招，待你含胸拔背，我左掌突發，反擊你面門。當年馬眞道長就躲不開這一招，後來是我說了給他聽。且看你會不會拆。」

張召重潛心思索，過了一會，道：「要是你變招快，我自然來不及躲，我發『鴛鴦腿』攻你左脅，教你不得不閃避收招。」袁士霄哈哈一笑，道：「這招不錯，當今武當門中，多半武功以你爲第一。」張召重道：「我隨即點你胸口『玄機穴』！」袁士霄喝道：「好！攻勢綿若江湖，的是高手。我踏西北『歸妹』，攻你下盤。」張召重道：「我退『訟』位，進『无妄』，點『天泉』。」

顧金標和哈合台聽他二人滿口古怪詞句，大惑不解。哈合台一扯滕一雷的衣襟，悄聲問道：「他們說的是甚麼黑話？」滕一雷說道：「不是黑話，是伏羲六十四卦方位和人身穴道。」顧哈二人這才明白，原來這兩人是在嘴頭比武，從來只聽說有「紙上談兵」，如此口上搏鬥卻是聞所未聞。

只聽袁士霄道：「右進『明夷』，拿『期門』。」張召重道：「退『中孚』，以鳳眼手化開。」袁士霄道：「進『既濟』，點『環跳』，又以左掌印『曲垣』。」張召重神色緊迫，頓了片刻，道：「退『震』位，又退『復』位，再退『未濟』。」

哈合台低聲道：「怎麼他老是退？」滕一雷向他搖搖手。只聽兩人越說越快，袁士霄笑吟吟的神色自若，張召重額頭不斷滲汗，有時一招想了好一陣才勉強化開。關東三魔均想：「倘若眞是對敵，那容你有思索餘地，只要慢得一慢，早就給人打倒了。」

兩人口上又拆了數招，張召重道：「旁進『小畜』，虛守中盤。」袁士霄搖手道：「這招不好，你輸啦！」張召重道：「請教。」袁士霄道：「我竄進『賁』位，足踢『陰市』，又點『神封』，你解救不了。」張召重道：「話是不錯，但你既在『賁』位，只怕手肘撞不到我的『神封穴』。」袁士霄道：「不用手肘！你不信，就試試！小心了。」右腿飛起，向他膝上三寸處「陰市穴」踢到，張召重反身躍開，叫道：「你如何傷我……」語聲未畢，袁士霄右手一伸，手指已點中他胸口「神封穴」。張召重胸口劇痛，立時咳嗽不止，忙伸手在左胸推宮過血，咳嗽方停。袁士霄笑道：「怎樣？」

眾人見他身子微動，手指一顫之間便已點中對方穴道，武功當眞深不可測，盡皆駭然。

張召重神色沮喪，不敢再行倔強，道：「在下聽袁大俠吩咐就是。」陳正德道：「你這武功，在武林中也算頂兒尖兒的了。請教閣下萬兒。」張召重道：「在下姓張名召重。不敢請教三位。」陳正德道：「啊，原來是火手判官。袁大哥，他是馬眞道長的師弟。」袁士霄點頭道：「嗯，他師兄不及他。咱們走吧。」一馬當先，向前馳去。

駝羊羣中雜著不少馬匹，張召重和哈合台挑兩匹騎了，六人押著畜隊跟著袁士霄而去。馳了一會，張召重問陳正德道：「老爺子，狼很多呀，怎麼個捉法？」關東三魔也在惴惴不安，很是關切。陳正德道：「你們瞧袁大俠的手勢行事便是，幾頭小狼，有甚麼可怕的，眞沒出息。」張召重就不再問，心想他既如此十拿九穩，難道我就示弱於他？其實陳正德也不知袁士霄如何捉狼，只是老氣橫秋的信口胡吹，想起狼羣的兇惡，心中實在也是大爲慄慄。關明梅知他虛張聲勢，暗暗好笑。

跑了一陣，袁士霄兜轉馬頭，對衆人道：「這裏的狼糞很新鮮，狼羣過去不久，看來向西二十多里，就可和這羣惡鬼遇上。再走十里，大家換一匹坐騎。」衆人點頭答應。袁士霄又道：「等追到狼羣，我當先領路。你們六位三人在左，三人在右，將駝馬趕在中間，別讓逃亂了，以免狼羣分散。」滕一雷待要詢問詳情，袁士霄已轉頭向前。

各人馳了十八九里，狼糞越來越濕。關明梅道：「狼羣就在前面了。怎麼聽到了這許多駝馬叫聲，竟不追來？」陳正德道：「這也眞奇了。」再走數里，地勢陡變，見羣山圍繞，中間一座白玉高峯參天而起。天山雙鷹久在大漠，早聽說過這玉峯的諸般神奇傳說，不意今日得能親見，只見陽光斜照玉峯，隱隱泛彩，奇麗無倫。

袁士霄叫道：「狼羣走進迷宮裏去了，大家鞭打駝馬！」各人舉起馬鞭，往駝馬身上抽去，一時駝鳴馬嘶之聲大作。過不多時，一頭大灰狼從叢山中奔了出來。

袁士霄長鞭揮起，在空中噼啪抽擊，高聲大叫，縱馬向南疾奔。天山雙鷹、張召重、關東三魔六人押著大隊駝馬跟隨其後。奔出數里，後面狼嘷之聲大作。陳正德回頭望去，只見灰撲撲的一片，不知有幾千幾萬頭餓狼張牙舞爪的追來。他縱馬追上張召重與關東三魔，見四人雖然強自鎮定，但都臉如土色。哈合台眼中如要滴血，狂叫吆喝，催趕駝馬，他是牧人出身，熟悉駝馬性子，好幾匹駝馬要離隊奔逃，都被他或用口叫，或以鞭打，盡數驅趕歸隊，竟沒走散一頭。關明梅讚道：「哈大哥，好本事！」

狼羣雖然兇狠頑強，但奔跑的長力不夠，十多里後，已給拋得不見蹤影。再馳出十多里，袁士霄叫道：「休息一會吧！」衆人下馬喝水吃肉。哈合台把駝馬趕在一塊。袁士霄見他約束牲口的本領極精，笑道：「多虧了你。」待得狼羣追近，駝馬隊已休息了好一會。

這般追追停停，向南直奔了七八十餘里。前面塵頭起處，兩名回人乘馬馳到，叫道：「袁老爺子，成功了麼？」袁士霄道：「來啦，來啦！你叫大夥兒預備。」兩名回人掉頭先行。衆人見前面有了接應，放下了一大半心。

奔不多時，只見大漠上出現了一座極大的圓形沙城。奔近時，見城牆高逾四丈，牆上有一狹小門口，袁士霄一馬當先，進了城門，天山雙鷹和哈合台驅趕大隊駝馬都跟了進去。駝馬隊將盡，羣狼也已奄至。張召重馳到門口，稍一遲疑，一拉馬韁，從牆邊繞了開去。滕一雷和顧金標見狀，也勒馬繞開。

成千成萬頭餓狼蜂擁衝進沙城，向駝馬撲咬。等到狼羣盡數入城，突然胡笳大鳴，兩旁沙溝裏猛然搶出數百名回人來。每人背上都負了沙袋，湧向城門，紛紛拋下沙袋，片刻之間，已將門口堵死。

張召重見他們拍手歡呼，心想不知那老頭兒怎樣了，見數十名回人站在沙城牆頂，於是躍下馬來，沿踏級奔上牆頂，只見衆回人手持長索，正在把袁士霄等四人吊上來。他向下望去，嚇了一跳，那沙城徑長百餘丈，內面城牆陡削，係以沙磚砌成，牆壁用細泥堊光，光溜溜的絕無落腳之處，數百匹駝馬和千萬頭餓狼擠在城中，撕咬嗥叫，血流遍地。

袁士霄和天山雙鷹站在牆頂，哈哈大笑，得意已極。陳正德道：「狼羣爲害天山南北，殺人無算，數百年來始終難以驅除。袁大哥一舉將之滅絕，這番大功德造福百世。爲民除害，才是眞正的大俠。」袁士霄道：「咱們在這裏吃了回族老哥們幾十年飯，今日總算小小有一點報答。」又道：「若非衆人齊心合力，我一人又怎辦得到？單這座沙城，三千多人就整整造了半年時光。今日你們幾位也幫了大忙。」關明梅道：「要餓死這些惡狼，只怕還得很長一段時候呢。」袁士霄道：「可不是麼？還有這許多駝馬，先讓這羣畜生飽餐了一頓。」

衆回人歡聲大作，高歌相慶。幾名首領更向袁士霄等極口稱謝，拿出羊肉和馬乳酒來招待。爲首的回人道：「翠羽黃衫在黑水圍困清兵，我們在這裏圍困狼羣。狼已入伏，大夥兒這就幫她去了……」話未說完，突然望見張召重站在遠處，身上卻是清官裝束，很是疑惑，但想他既與袁士霄同來滅狼，也就不多問。

陳正德道：「袁大哥，我有一件事非說不可，你可別見怪。」袁士霄笑道：「哈，你臨到老了，居然學會了客氣。」陳正德道：「你的徒弟人品太壞，可得好好管教管教。」袁士霄一楞，道：「甚麼？家洛？」陳正德道：「不錯！」把他拉在一旁，將陳家洛先騙了霍青桐的心、後來又移愛他妹子的事說了。袁士霄怒道：「家洛很講信義，決無此事。」關明梅道：「那是我們親眼見到的。」說了如何遇到陳家洛與香香公主。

袁士霄呆了半晌，不由得不信，怒火大熾，叫道：「我受他義父重託，把他從小撫養長大，那知他人品如此卑劣，我日後有何面目見于大哥於地下？」關明梅見他憤激氣苦，眼中淚珠瑩然，自是內心難受失望已極，正想出言相勸，袁士霄叫道：「咱們去找這三人來當面對質，我決不容他欺心負義。」

關明梅低聲道：「大家當面把話說個明白，那最好不過，別把話憋在心裏，一憋就是幾十年，害了人家，也害了自己。」袁士霄聞絃歌而知雅意，這數十年來，他日夜深悔少年時意氣用事，以致好好一對愛侶不能成爲眷屬，眼前的關明梅雖然白髮滿頭，在他心中所見，卻仍是她十八九歲時那個明眸皓齒、任性愛嬌的大姑娘。他眼望遠處，嘆道：「咱們今日還能見面，我也已心滿意足，這一輩子總算是不枉的了。」

關明梅望著漸漸在大漠邊緣沉下去的太陽，緩緩說道：「甚麼都講個緣法。從前，我常常很是難受，但近來我忽然高興了。」伸手把陳正德大褂上一個鬆了的扣子扣上了，又道：「一個人天天在享福，卻不知道這就是福氣，總是想著天邊拿不著的東西，那知道最珍貴的寶貝就在自己身邊。現今我是懂了。」陳正德紅光滿面，神采煥發，望著妻子。

關明梅走到袁士霄身邊，柔聲道：「一個人折磨自己，折磨了幾十年，甚麼罪過也該贖清了，何況本來也沒甚麼罪過。我很快活，你也別再折磨自己了吧！」袁士霄不敢回頭，突然飛身上馬，說道：「去找他們吧！」天山雙鷹乘馬隨後跟去。

張召重見強敵離去，登時精神大振。皇帝派他來尋訪陳家洛和香香公主，這兩人不知有否膏於狼吻，必須去訪查確實，以便回奏。他想：「姓陳的小子和這兩個女人倘若都給狼吃了，那沒話說。要是還活著，那小子武功只比我稍遜一籌，霍青桐一出手相助，我馬上要敗，還是攛掇這三魔同去爲妙。」於是一扯顧金標的袖子，兩人走開幾步。張召重低聲道：「顧二哥，你想不想你那美人兒？」顧金標只道他存心譏嘲，怒道：「你待怎樣？」張召重道：「我和那姓陳的小子有仇，要去殺他，你如同去，那美人就是你的了。」顧金標遲疑道：「只怕這三人都已給狼吃了……老大又不知肯不肯去？」張召重道：「要是給狼吃了，那是你沒福消受。你老大嗎，我去跟他說。」顧金標點點頭，心想：「老大不好女色，不見得肯同去。」

　　張召重走到滕一雷跟前，說道：「滕大哥，我要去找那姓陳的小子算帳。要是你肯相助一臂之力，他那柄短劍就是你的。」如此寶物，學武的人那個不愛？滕一雷想：就算陳家洛已葬身狼腹，那短劍也決吃不下去，當下就答應了。張召重大喜，只聽滕一雷叫道：「老四，咱們走吧。」哈合台正在沙城牆頂，與衆回人興高采烈的談論狼羣，聽老大相呼，轉頭叫道：「那裏去？」滕一雷道：「去找紅花會陳當家他們。要是他們屍骨沒給吃完，就給他們葬了，也算是大家相識一場。」哈合台自與余魚同及陳家洛相識之後，對紅花會人物很是欽佩，聽滕一雷說要去給陳家洛安葬，自表贊同。當下四人向回人討了乾糧食水，上馬向北，循原路回去。

　　走到半夜，滕一雷想就地宿歇，張召重與顧金標卻極力主張連夜趕路，又行了一陣，皓月在天，照得如同白晝一般，忽見路旁一個人影一閃，鑽進了一座石砌的大墳之中。四人起了疑心，縱馬來到墳前。張召重喝問：「甚麼人？」

　　過了半晌，一個頭戴花帽的回人腦袋從墳墓的洞孔中探了出來，嘻嘻一笑，說道：「我是這墳裏的死人！」他說的是漢語，四人都不禁嚇了一跳。顧金標喝道：「是死人，這夜晚幹麼出來？」那人道：「出來散散心。」顧金標怒道：「死人還散心？」那人連連點頭，說道：「是，是，諸位說的對。算我錯啦，對不住，對不住！」說著把頭縮了進去。哈合台哈哈大笑。顧金標大怒，下馬伸手入墳，想揪他出來，那知摸來摸去掏他不著。

張召重道：「顧二哥，別理他，咱們走吧！」四人兜轉馬頭，正要再走，忽見一頭瘦瘦小小的毛驢在墳邊嚼草。顧金標喜道：「乾糧吃得膩死啦，烤驢肉倒還眞不壞！常言道：天上龍肉，地下驢肉。」一縱馬上去，伸手牽住了韁繩，見驢子屁股光禿禿的沒有尾巴，笑道：「不知誰把驢尾巴先割去吃了……」

話聲未畢，只聽得颼的一聲，驢背上多了一人，月光下看得明白，正是剛才鑽進墳裏去的那人。他身手好快，一晃之間，已從墳裏出來，飛身上了驢背。四人不敢輕忽，忙勒馬退開。這人哈哈大笑，從懷裏拿出一條驢子尾巴，晃了兩晃，說道：「驢子尾巴上今天沾了許多污泥，不大好看，因此我把它割下來了。」

張召重見這人滿腮鬍子，瘋瘋癲癲，不知是甚麼路道，但適才上驢的身手好快，於是一提馬韁，坐騎倏地從毛驢旁掠過，右手揮掌向他肩頭打去。那人一避，張召重左手已把驢尾奪過，見驢尾上果然沾有污泥，忽然間頭上一涼，伸手一摸，帽子卻不見了，只見那人捧著那頂帽子，笑道：「你是淸兵軍官，來打我們回人。這頂帽兒倒好看，又有鳥毛，又有玻璃球兒。」

張召重又驚又怒，隨手把驢尾擲了過去，那人伸手接住。張召重雙掌一錯，跳下馬來，叫道：「你是甚麼人？來來來，咱們比劃比劃！」

那人把張召重的官帽往驢頭上一戴，拍手大笑，叫道：「笨驢戴官帽，笨驢戴官帽！」雙腿一夾，毛驢向前奔出。張召重拔步趕去，突聽呼的一聲響，風聲勁急，有暗器擲來，當即伸手接住，冷冰冰，光溜溜，竟是自己官帽上那枚藍寶石頂子，更是怒不可遏，便這麼一阻，驢子已然遠去，當即拾起一塊石子，對準他後心擲去。

那人卻不閃避，張召重大喜，心想這下子可有得你受的，只聽噹的一聲，石子打在一件鐵器之上，嗡嗡之聲不絕，便似是打中了鐵鈸銅鑼之類的樂器一般。那人大叫大嚷：「啊喲，打死我的鐵鍋啦，不得了，鐵鍋一定沒命啦。」四人愕然相對，那人卻去得遠了。張召重悻悻罵道：「這傢伙不知是人是鬼？」三魔搖頭不語。張召重道：「走吧，這鬼地方眞邪門，甚麼怪物都有。」

四人驅馬急馳，中途睡了兩個時辰，翌日一早趕到了迷城之外，雖見歧路岔道多得出奇，但狼糞一路撒佈，正是絕好的指引，循著狼糞獸跡，到了白玉峯前，抬頭便見到陳家洛挖的洞穴。

陳家洛睡到半夜，精力已復，一線月光從山縫中照射進來，只見霍青桐和香香公主斜倚在白玉椅上沉沉入睡，靜夜之中，微聞兩人鼻息之聲，石室中瀰漫著淡淡清香，花香無此馥郁，麝香無此清幽，自是香香公主身上的奇香了。

他思潮起伏：不知峯外羣狼現下是何模樣，自己三人能否脫險？脫險之後，那皇帝哥哥又不知能否確守盟言，將滿洲胡虜逐出關外？

忽聽得香香公主輕輕嘆了口氣，嘆聲中滿是欣愉喜悅之情，陳家洛尋思：「她身處險地，卻如此安心，那是甚麼原因？自然因她信我必能帶她脫離險境，終身對她呵護愛惜了。」

「我心中眞正愛的到底是誰？」這念頭這些天來沒一刻不在心頭縈繞，忽想：「那麼到底誰是眞正的愛我呢？倘若我死了，喀絲麗一定不會活，霍青桐卻能活下去。不過，這並不是說喀絲麗愛我更加多些……我與忽倫四兄弟比武之時，霍青桐憂急擔心，極力勸阻，對我十分愛惜。她妹妹卻並不在乎，只因她深信我一定能勝。那天遇上張召重，她笑吟吟的說等我打倒了這人一起走，她以爲我是天下本事最大的人……要是我和霍青桐好了，喀絲麗會傷心死的。她這麼心地純良，難道我能不愛惜她？」

想到這裏，不禁心酸，又想：「我們相互已說得清清楚楚，她愛我，我也愛她。對霍青桐呢，我可從來沒說過。霍青桐是這般能幹，我敬重她，甚至有點怕她……她不論要我做甚麼事，我都會去做的。喀絲麗呢？喀絲麗呢？……她就是要我死，我也肯高高興興的爲她死……那麼我不愛霍青桐麼？唉，實在我自己也不明白，她是這樣的能幹聰明，對我又如此情深愛重。她吐血生病，險些失身喪命，不都是爲我麼？」

一個是可敬可感，一個是可親可愛，實在難分輕重。

這時月光漸漸照射到了霍青桐臉上，陳家洛見她玉容憔悴，在月光下更顯得蒼白，心想：「雖然我們相互從未傾吐過情愫，雖然我剛對她傾心，立即因那女扮男裝的李沅芷一番打擾，使我心情有變，但我萬里奔波，趕來報訊，不是爲了愛她麼？她贈短劍給我，難道只爲了報答我還經之德？儘管我們沒說過一個字，可是這與傾訴了千言萬語又有甚麼分別？」又想：「日後光復漢業，不知有多少劇繁艱巨之事，她謀略尤勝七哥，如能得她臂助，獲益良多。不過……唉，難道我心底深處，是不喜歡她太能幹麼？是的，我敬她多於愛她，我內心有點兒怕她。」想到這裏，矍然心驚，輕輕說道：「陳家洛，陳家洛，你胸襟竟是這般小麼？」又過半個多時辰，月光緩緩移到香香公主的身上，他心中在說：「和喀絲麗在一起，我只有歡喜，歡喜，歡喜……」又想：「當在西湖三潭映月和李沅芷動手之後，我已明明白白的知道她是女子。此後我對喀絲麗情根深種，只有情不自禁的狂喜，從未想到這是有負於霍青桐。陳家洛，你負心薄倖，見異思遷，那就是了，豈能爲自己的薄德開脫？」

他睜大眼睛望著頭頂的一線天光，良久，良久，眼見月光隱去，眼見日光斜射，室中慢慢的亮了。香香公主打了個呵欠醒來，睜開一半眼睛向著他望了望，微微一笑，臉色就像一朵初放的小花。

她緩緩坐起身來，忽然驚道：「你聽！」只聽得外面甬道上隱隱傳來幾個人的腳步之聲。在這千百年的古宮之中，怎會有人行走？難道眞的有鬼？只聽腳步聲愈來愈近，雖然相距甚遠，但在寂靜之中，一步一步的聽得淸淸楚楚。兩人寒毛直豎，都驚呆了。陳家洛一拉霍青桐的手臂，她從夢中驚醒過來。三人疾奔出去。

奔到大殿，陳家洛撿起三柄玉劍，每人手中拿了一把，低聲道：「玉器可以辟邪。」這時腳步聲已到殿外。三人躲在暗處，不敢稍動。只見火光閃晃，走進四個人來。當先兩人手執火把，卻是張召重與顧金標。

忽然噹啷、噹啷數聲響處，張召重等四人兵刃脫手飛出，落在地下。滕一雷的獨足銅人內蘊鋼鐵，在手中抖動不已，鏢囊中的十二隻鋼鏢卻激射出去。

陳家洛知道機不可失，乘他們目瞪口呆、驚惶失措之際，大喝一聲，手持玉劍，從暗處跳將出來，啪啪兩劍，已把張顧兩人手中火把打落，殿中登時漆黑一團。張召重雙掌護身，返身奔出。關東三魔隨後跟出，只聽砰的一聲，又是一聲「啊唷」，不知誰在石壁上重重撞了一頭。四人腳步聲漸漸遠去，霍青桐忽然驚呼：「啊唷，糟糕，快追，快追！」陳家洛立時醒悟，摸索著疾追出去，甬道還未走完，只聽得嘰嘰之聲，接著蓬的一聲大響，石門已給關上。陳家洛飛身撲到，終於遲了一步，石門後光溜溜的無著手之處，那裏還拉得開來？

霍青桐和香香公主先後奔到。陳家洛回過身來，撿了一塊木材點燃，但見石門上刀劈斧砍之痕累累，盡是地下那些骸骨生前拚命掙扎的遺跡。霍青桐慘然道：「完啦！」香香公主拉著她手道：「姊姊，別怕！」陳家洛強自笑道：「我們三人畢命於此，也眞奇怪得緊。」不知何故，心中忽然感到一陣輕鬆，竟似難題頓解，如釋重負，拾起地下的一個骷髏頭骨，說道：「老兄，老兄，你多了三個新朋友啦。」香香公主噗的一聲，笑了出來。霍青桐向兩人白了一眼，隔了半晌，說道：「咱們回去玉室，靜下心來好好想一下。」三人回歸玉室。霍青桐伏身祈禱，然後拿出字紙和地圖來反覆審視，苦苦思索。陳家洛知道處此絕境，若能脫身，不是來了外援，就是張召重等改變心思，進來捉拿自己。但這地方如此隱秘，外援如何能到？而張召重等適才受了這般大驚嚇，十九不敢再進來冒險。

香香公主忽感困倦，斜坐在白玉椅上，柔聲唱歌。霍青桐似乎全沒聽到她的歌聲，雙手捧住了頭，皺著眉頭出神。香香公主唱了一會，住口不唱了，道：「姊姊，你息一忽兒吧！」站起身來，走到白玉床邊，對躺在床上的那具骸骨道：「對不住啦，請你挪一挪，讓點地方出來，給我姊姊休息！」輕輕把骸骨攏在一堆，推向床角，忽然「咦」了一聲，撿起一卷東西，道：「這是甚麼？」

陳家洛和霍青桐湊近去看，見是一本羊皮册子，年深日久，幾已變成了黑色，邊緣已然霉爛，在陽光下一照，見册中寫滿了字跡，都是古回文。羊皮雖黑，但文字更黑，仍歷歷可辨。霍青桐翻幾頁看了，一指床上的骸骨，說道：「是這女子臨死前用血寫的，她叫瑪米兒。」陳家洛道：「瑪米兒？」香香公主道：「那是『很美』的意思。我們玉瓶上畫的美女，就是她了。我們的壁畫、地氈上，也有她的肖像。」霍青桐道：「大家都說，玉瓶上的畫像，有點像喀絲麗。這個瑪米兒，是我們族裏偉大的女英雄。」

霍青桐放下羊皮卷，又去細看地圖。陳家洛道：「難道地圖上畫著另有出路？」霍青桐道：「似乎甚麼地方有個秘密通道，不過我就是想不通。」陳家洛嘆了一口氣，對香香公主道：「你把這瑪米兒姑娘的絕命書譯給我聽，好麼？」香香公主點點頭，輕輕唸了起來：

「城裏成千成萬的人都死了，神峯裏暴君的衆衛士和伊斯蘭的勇士們都死了。我的阿里已到了眞主那裏，他的瑪米兒也要去了。我把我們的事寫在這裏，讓眞主的兒子們將來知道，不管是勝是敗，我們伊斯蘭的勇士們戰鬥到底，永不屈服！」

陳家洛道：「原來這位姑娘不但美麗，而且勇敢。」香香公主繼續唸道：

「暴君隆阿欺壓了我們四十年。這四十年中，他徵了千萬百姓來給他造了這座迷城，在神峯中開鑿了宮殿。這些百姓都給他殺了。他死了之後，他的兒子桑拉巴比他更兇狠。伊斯蘭教徒養十頭羊，每年要給他四頭，養五頭駱駝，每年要給他兩頭。我們一年比一年窮了。那一家有美麗的姑娘，就給他拉進迷城中去。進了迷城之後，沒一個能活著出來。

「我們是穆聖教導的英雄兒女，能受這些異教徒的欺壓嗎？當然不能！二十年之中，我們的戰士曾五次攻打迷城，總是因為不識路徑，走不出來。有兩次曾攻進了神峯，暴君桑拉巴卻不知使甚麼妖法，把我們戰士的刀劍都收去了，終於給他的衛士殺得一個不賸。」

陳家洛道：「那就是大殿下這座磁山作怪了。」香香公主點點頭，接著唸下去：「這一年，我剛十八歲，我爸爸媽媽都給桑拉巴手下的人殺了，我哥哥做了伊斯蘭教徒的族長。春天，我遇見了阿里。他是我族裏的英雄。他殺死過三頭老虎，羣狼見了他就四散奔逃，天山頂上的兀鷹嚇得不敢下來。他抵得過十個好漢，不，抵得過一百個。他的眼睛像麋鹿那樣溫柔，他的身體像鮮花那樣美麗，可是他的威武卻像沙漠中颳的大風……」

陳家洛笑道：「這位姑娘喜歡誇大，把她意中人說得這麼了不起。」香香公主神色端嚴，向他瞧了一眼，道：「為甚麼說她誇大？難道沒這樣的人麼？」又唸下去：

「阿里來到我們帳裏，和我哥哥商量攻打迷城。他得到了一部漢人寫的竹片書，他想了一年，想出了武功的道理，就算空手沒有刀劍，也能把桑拉巴的武士們打死。於是他招了五百個勇士，把他想到的道理教給他們，他們又練了一年。這時我已經是阿里的人了。我第一眼見到他，就是他的了。他是我的心，是我的鮮血，是我的容貌。他對我說，他一見了我，就知道這次一定能夠打勝。他們練好了武功，可是不知道迷城的路徑，更加不知道神峯裏的秘密。阿里和我哥哥商量了十天十夜，沒有法子。因爲外面的人一走進迷城，就給他們殺了。沒一個人能活著出來。大夥兒一起又商量了十天十夜，仍然沒有法子。本事再大，再勇敢，進不了迷城，總是一場空。

「我說：『哥哥啊，讓我去吧！』他們知道我說的是甚麼意思。阿里是大勇士，但他忽然流下淚來。於是我帶了一百頭山羊，在迷城外面放牧。第四天上，桑拉巴手下的人就把我捉去獻給了他。我哭了三天三夜才順從他。他很喜歡我，我要甚麼就給我甚麼。」

陳家洛聽到這裏，對這位古代姑娘不禁肅然起敬。心想她以一個十八歲的姑娘，竟能犧牲自己，眞是了不起，而能犧牲寶貴的愛情，那是更加的了不起。只聽香香公主又唸道：

「起初，桑拉巴不許我走出房門一步，但是他越來越喜歡我了。我每天想念我們的人，想念在大草原中放羊唱歌，那眞是快活。我最想念的，是我的阿里。桑拉巴見我一天一天的憔悴瘦弱，問我要甚麼。我說要到各處去逛逛。他忽然大怒，打了我一掌，於是我有七個白天不跟他說話，有七個黑夜不向他笑。第八天上，他帶我出去了，以後每隔三天，他帶我出去一次，先在迷城各處玩，後來甚至到了迷城的口子上。我把每一條道路都記得清清楚楚，我知道了迷城道路『左三右二』的道理。最後，就算我瞎了眼睛，也能在迷城各處來去，不會迷路了。這花了大半年時光，我想哥哥和阿里一定已等得很不耐煩，可是我還沒知道神峯的秘密，後來，我肚子裏有了孩子，那是桑拉巴的孽種。他很喜歡，我卻恨得每天哭泣。他問我要甚麼，我說：『我給你懷了孩子，但是你一點也不愛我。』他說：『我不愛你？你要甚麼東西，難道我不肯給你麼？你要大海底下的紅珊瑚呢，還是南方的藍寶石？』我說：『人家說，你有一座翡翠池，美麗的人在池裏洗了澡更加美，醜的人洗了就更加醜。』

「他的臉蒼白了，聲音顫抖了，問我是誰說的。我騙他說我做了個夢，是神仙說的。其實，我也不知道是不是眞的有翡翠池，不過宮裏的女人都這樣偷偷的說，桑拉巴從來不准誰看到，連說也不許說。他說：『去洗澡是可以的，不過誰見到這池子之後，就得舌頭割掉，以免把秘密說了出去，這是祖宗定下的規矩。』他求我別去，我一定要去。我說：『你心裏一定以爲我很醜，我在翡翠池洗了澡，你怕我更加醜了。』從此我不跟他說話，又不對他笑，終於他帶我去了。

「到這翡翠池，要從神峯的宮殿裏經過。我身上帶了一把小刀，想在翡翠池中刺死他，因爲宮裏到處都有兇惡的衛士守衛，翡翠池四周卻一個人也沒有，可是小刀給大殿底下的磁山收去了。我洗了澡後，不知道是不是真的更加美麗些，不過他是更愛我了。但他還是割去了我的一段舌頭，怕我把秘密說出去。我沒有死，後來傷好了，知道了一切，但沒法去告訴哥哥和阿里。

「我日日夜夜向眞主祈禱，眞主終於聽見了他可憐女兒的心聲。眞主賜給了我聰明智慧。桑拉巴有一把短劍，佩在身上從不離開。這柄短劍有兩層鞘子，裏面一層鞘子就像是一把劍一般。我向他討了來。我詳細寫明了走進迷城的路徑，又畫了迷城的地圖，把進出的通道仔仔細細的畫在上面，我把地圖封在一顆蠟丸裏，藏在第二層劍鞘裏面。在我生了孩子的第三個月，他帶我出去打獵。我乘沒人見到，就把短劍丟在迷城外面的騰博湖裏。我回來之後，放了許多鷹出去，在鷹腳上都寫上了『騰博湖』的名字。」

霍青桐撇下地圖，凝神聽妹子譯讀古册：

「有幾頭鷹被桑拉巴手下人射了下來，他們見到『騰博湖』的名字，心想騰博湖很出名，大漠上幾歲的孩兒也都知道，因此誰也沒起疑心。我知道這許多鷹中，一定會有一兩頭給我們族裏的人捉到，哥哥和阿里就會到騰博湖中去仔細找尋，就會知道迷城的路徑。

「唉，那知道他們雖然找到了短劍，卻查不出劍中的秘密，不知道劍鞘中另有劍鞘。哥哥和阿里說，我送這把劍出來，定是叫他們進攻，去殺暴君桑拉巴。他們就攻了進來。大部分勇士都迷了路，轉來轉去永遠沒能出來。我的哥哥，我那力氣比兩頭駱駝還要大的哥哥，就這樣迷失了。阿里和其餘勇士捉到了一個桑拉巴的手下，迫著他帶路，攻進了神峯。在大殿上，他們的刀劍都被磁山收了去，桑拉巴的武士拿玉刀玉劍來殺他們。然而阿里和他的勇士學會了本事，雖然空手，仍是一個個的和他們一起戰死。桑拉巴見他手下的武士都死了，阿里又緊緊迫著他，就逃進玉室來，想帶我從翡翠池旁逃出去……」

霍青桐跳了起來，叫道：「啊，他們能從翡翠池旁逃出去。」香香公主唸道：

「阿里追了上來，我一見到他，忍不住就撲上去。我們抱在一起，他用許多好聽的名字來叫我，我的舌頭少了一截，不能還叫他，可是他懂得我心裏的聲音。那卑鄙的桑拉巴，可惡的桑拉巴，比一千個魔鬼還要壞一萬倍的桑拉巴，突然從後面一斧……」

香香公主唸到這裏，情不自禁的尖叫一聲，把羊皮古册丟在床上，滿臉驚懼之色。

霍青桐輕輕拍她肩頭，撿起古册，繼續譯唸下去：

「……從後面一斧，將我的阿里的頭砍成了兩半，他的血濺在我身上。桑拉巴從床上抱起孩子，放在我手裏，叫道：『咱們快走！』我舉起那個孽種，用力往地下一摔，他就死在阿里的鮮血堆裏。桑拉巴見我摔死了自己的兒子，驚得呆了，舉起了黃金的斧頭，我伸長了頭頸讓他砍，他忽然嘆了口氣，從來路衝了出去。

「阿里到了眞主身旁，我也要跟他去。我們的勇士很多，桑拉巴的武士都被我們殺光了，他一定也活不成。他永遠不能再來欺壓我們伊斯蘭教徒。他兒子給我摔死了，他的後代也不能來欺壓我們，因爲他沒後代了。以後我們的人就能在沙漠上草原上平安過活，年輕姑娘可以躺在她心愛的人懷裏唱歌。我哥哥、阿里和我都死了，可是我們已打敗了暴君。暴君的堡壘造得再堅固，我們還是能夠攻破。願眞神安拉佑護我們的族人。」

霍青桐唸到最後一個字，緩緩把古册掩上，三人深爲瑪米兒的勇敢和貞烈所感動，很久說不出話來。香香公主眼中都是淚水，嘆道：「爲了使大家不受暴君的欺侮，她竟肯離開自己像心肝一樣的人，她願意舌頭給割掉，還親手摔死自己的兒子……」

陳家洛陡然一驚，身上冷汗直冒，心想：「比起這位古代的姑娘來，我實是可恥極矣。我身繫漢家光復大業的成敗，心中所想的卻只是一己的情慾愛戀。我不去籌劃如何驅逐胡虜，還我河山，卻在爲愛姊姊還是愛妹妹而糾纏不清……我曾逞血氣之勇，親送喀絲麗到清兵營中，全不想萬一失手，豈非誤了光復大事？現今又陷身這山腹之中。我死不足惜，可是怎對得起紅花會數萬弟兄，怎對得起天下在韃子鐵蹄下受苦受難的父老兄弟姊妹？」越想越是難受，額頭汗水涔涔而下。

香香公主見他神色有異，掏出手帕來給他抹去汗水。陳家洛手一格，推開了手帕。香香公主見他忽現厭惡之色，不禁錯愕。陳家洛一定神，登時心軟，接過她手帕抹汗，打定了主意：「光復大業成功之前，我決不再理會自己的情愛塵緣，她兩姊妹從今而後都是我的好朋友，都是我的妹子。」拔出短劍，一劍插入圓桌的桌面，立覺神清氣爽，連日來煩惱一掃而空。香香公主見他臉有喜色，這才放心。

這一切霍青桐卻如不聞不見，她又再細看字紙和地圖，揣摸古册中所寫的語句，沉吟道：「這遺書中說，桑拉巴來到這玉室，要和她一起逃到翡翠池邊去，然而這玉室已是盡頭，再無通路……後來桑拉巴並沒逃出去，仍然從原路殺回。想來他有異常勇力，伊斯蘭勇士們擋他不住，被他衝出大門，把伊斯蘭戰士都關在裏面，一直到死……不過地圖上明明畫著，另有通道通到池邊……」

陳家洛心中不再受愛慾羈絆，頭腦立時清明，叫道：「如有通道，必在這玉室之中。」想起在杭州提督府地道中救文泰來時，張召重曾從牆上密門逸脫，於是點起火把，在玉室壁上細看有無縫隙，上下四周都照遍了，並無發見。霍青桐查察玉床，也不見有何異狀。陳家洛又想起文泰來所述在鐵膽莊中被捕之事，叫道：「難道桌子底下另有地道？」運起內力在圓桌桌面下一抬，石桌紋絲不動，喜道：「定是桌子有古怪。」依他內力，就算石桌有千斤之重，這一抬之下也必稍動，但看那石桌又無特異之處，不論橫推直拉，桌腳始終便如釘牢在地下一般。霍青桐拿火把到桌腳下一照，心中登時涼了，原來圓桌是整塊從玉石中彫刻出來的，連在地上，自然抬不動了。

三人勞頓半天，毫無結果，肚子卻餓了。香香公主拿出醃羊肉和乾糧，大家吃一些，靠在椅上養神。

過了大半個時辰，日光漸正，射到了圓桌桌面。香香公主忽道：「啊，桌上還刻著花紋。」走近細看，見刻的是一羣背上生翅的飛駱駝，花紋極細，日光不正射時全然瞧不出來，刻工甚是精致，然而駱駝的頭和身子卻並不連在一起，各自離開了一尺多位置。她忍不住拿住圓桌邊緣，自右自左一扳，圓桌的邊緣與桌心原來分爲兩截，可以移動，但扳得寸許便不動了。陳家洛和霍青桐一齊使力，慢慢把邊緣扳將過去，使得刻在桌緣一圈的駱駝頭與刻在桌心的駱駝身子連成一體，剛剛湊合，只聽軋軋連聲，玉床上出現了一個大洞，下面是一道梯級。三人又驚又喜，齊聲大叫。

陳家洛舉起火把，當先進入，兩人跟在後面。轉了四五個彎，再走十多丈路，前面豁然開朗，竟是一大片平地。四周羣山圍繞，就如一隻大盆一般，盆子中心碧水瑩然，綠若翡翠，是個圓形的池子，隔了這千百年，竟然並不乾涸，想來池底另有活水源頭。

三人見了這奇麗的景色，驚喜無已。霍青桐笑道：「喀絲麗，遺書上說，美麗的人下池洗澡，可以更加美麗，你去洗一下吧。」香香公主紅了臉，笑道：「姊姊年紀大先洗。」霍青桐笑道：「啊喲，我可越洗越醜啦。」香香公主轉頭對陳家洛道：「你評評這個理。姊姊欺侮人，說她自己不美。」陳家洛微笑不語。霍青桐道：「喀絲麗，你到底洗不洗？」香香公主搖搖頭。霍青桐走近池邊，伸下手去，只覺清涼入骨，雙手捧起水來，但見澄淨清澈，更無纖毫苔泥，原來圓池四周都是翡翠，池水才映成綠色。就口而飲，甘美沁入心脾。三人喝了個飽，只見潔白的玉峯映在碧綠的池中，白中泛綠，綠中泛白，明艷潔淨，幽絕清絕。香香公主伸手玩水，不肯離開。

霍青桐道：「現下要想法子怎生避開外面那四個惡鬼。」陳家洛道：「咱們先把瑪米兒的遺骨拿出來葬在池邊，好嗎？」香香公主拍手叫好，又道：「最好把她的阿里和她葬在一起。」陳家洛道：「好，想來玉室角落裏的就是阿里的遺骨。」

三人重回到玉室，撿起骸骨，只見阿里的骸骨旁有一綑竹簡。陳家洛提了起來，穿竹簡的皮帶已經爛斷，竹簡一提就散成片片，見簡上塗了黑漆，簡身仍屬完整，簡上用朱漆寫著密密的漢字。

陳家洛心頭一喜，卻見頭一句是「北冥有魚，其名爲鯤」，翻簡看下去，見一篇篇都是《莊子》。他初時還道是甚麼奇書，這《莊子》卻是從小就背熟了的，不禁頗感失望。

香香公主問道：「那是甚麼呀？」陳家洛道：「是我們漢人的古書，這些竹簡雖是古董，可是沒甚麼用，只有考古家才喜歡。」隨手擲在地上，竹簡落下散開，只見中間有一片有些不同，每個字旁加了密密圈點，還寫著幾個古回文。陳家洛撿了起來，見是《莊子》第三篇「養生主」中「庖丁解牛」那一段，指著回文問香香公主道：「這是些甚麼字？」香香公主道：「破敵秘訣，都在這裏。」陳家洛一怔，問道：「那是甚麼意思？」霍青桐道：「瑪米兒的遺書中說，阿里得到一部漢人的書，想出了空手殺敵之法，難道就是這些竹簡？」陳家洛道：「莊子教人達觀順天，跟武功全不相干。」丟下竹簡，捧起遺骨走了出來。三人把兩副遺骨同穴葬在翡翠池畔的山石地裏，祝告施禮。

陳家洛道：「咱們出去吧。那匹白馬不知有沒逃脫狼口。」香香公主道：「全靠牠救了我們性命。牠很聰明，又跑得快……」陳家洛想起狼羣之兇狠，白馬之神駿，不禁惻然。

霍青桐忽問：「那篇《莊子》說些甚麼？」陳家洛道：「說一個屠夫殺牛的本事很好，他肩和手的伸縮，腳與膝的進退，刀割的聲音，無不因便施巧，合於音樂節拍，舉動就像跳舞一般。」香香公主拍手笑道：「那一定很好看。」霍青桐道：「搏擊殺敵能這樣就好啦。」

陳家洛一聽，頓時呆了。《莊子》這部書他爛熟於胸，想到時已絲毫不覺新鮮，這時忽被一個從未讀過此書的人一提，真所謂茅塞頓開。「庖丁解牛」那一段中的章句，一字字在心中流過：「三年之後，未嘗見全牛也。方今之時，臣以神遇而不以目視，官知止而神欲行。依乎天理，批大卻，導大窾，因其固然……」再想到：「彼節者有間，而刀刃者無厚，以無厚入有間，恢恢乎其於遊刃必有餘地矣。……行爲遲，動刀甚微，謋然已解，如土委地，提刀而立，爲之四顧，爲之躊躇滿志。」心想：「那庖丁看到的，只是牛身上關節與筋骨之間的空處，那便是有間，牛刀不能斬在筋骨和肌肉上，只要向空處輕輕劃過，一條大牛便毫不費力的散成了散塊。」又想：「張召重這廝武功中必有破綻，我只消看出他的破綻，那便是有間，手掌微微一動，以無厚入有間，就把那奸賊殺了……」霍青桐姊妹見他突然出神，互相對望了幾眼，不知他在想甚麼。

陳家洛忽道：「你們等我一下！」飛奔入內，隔了良久，仍不出來。兩人不放心了，一同進去，只見他喜容滿臉，在大殿上的骸骨旁揮掌踢足。香香公主大急，以爲他神智胡塗了，叫道：「你幹麼呀？」陳家洛全然不覺，舞動了一會，又呆呆瞪視另一堆骸骨。香香公主叫道：「你別嚇人呀，來吧！」只見他依照著一具骸骨的姿勢，手足又動了起來，叫道：「有間！」順著那骸骨的臂骨，斬向敵身。

霍青桐聽他在舉手投足之中勢挾勁風，恍然大悟，原來他是在鑽研武功，拉著妹子的手道：「別怕，他沒事，咱們在外面等他吧！」

兩人回到翡翠池畔，香香公主問道：「姊姊，他在裏面幹麼呀？」霍青桐道：「想是他看了那些竹簡之後，悟到了武功上的奇妙招數，在照著骸骨的姿勢研探，咱們別去打擾他。」香香公主點點頭，隔了一會，又問：「姊姊，你怎麼不也去練？」霍青桐道：「竹簡上的漢字很古怪，我不明白，再說，他練的武功很高深，我還不能練。」香香公主嘆了一口氣，道：「現下我知道了。」霍青桐道：「甚麼？」香香公主道：「大殿上那許多骸骨，原來生前都會高深武功，他們兵器給磁山吸去之後，就空手和桑拉巴手下的武士對打。」霍青桐道：「對啦。不過這些人也未必武功極好，料來他們學會了幾招最厲害的殺手，在緊急關頭就打中敵人的要害，和敵人同歸於盡。」香香公主道：「唉，這許多人都很勇敢……啊喲，他學來幹甚麼呢？難道也要和敵人同歸於盡嗎？」霍青桐道：「不，武功好的人，不會和敵人同歸於盡的。他定是在鑽研這些招數的奇妙之處。」

香香公主微微一笑，道：「那我就放心啦！」望著碧綠的湖水，忽道：「姊姊，咱們一起下去洗澡好麼？」霍青桐笑道：「眞胡鬧。他出來了怎麼辦？」香香公主笑道：「我眞想下去洗澡。」望著清涼的湖水呆呆出神，輕輕的道：「要是我們三個能永遠住在這裏，那可有多好！」霍青桐怦然心動，滿臉暈紅，忙仰頭瞧著白玉山峯。

等了良久，陳家洛仍不出來。香香公主脫下皮靴，把腳放在水裏，將頭枕在姊姊腿上，望著天上悠悠白雲，慢慢睡著了。

余魚同將削斷了的金笛拿了出來，說道：「師叔，這段笛子倒是純金的。」李沅芷不肯接，駱冰硬把半截金笛塞在她手裏。

第十八回　驅驢有術居奇貨　除惡無方從佳人

余魚同和李沅芷一起出來尋訪霍青桐，自然明白七哥派他們二人同行的用意。李沅芷一片深情，數次相救，他自衷心感激，然她越是情痴，自己越是不由自主的想避開她，甚麼原因可也說不上來。一路上李沅芷有說有笑，他卻總是冷冷的。李沅芷惱了，一天早晨，偷偷躲在一個沙丘後面，瞧他是否著急。那知他見她不在，叫了幾聲沒聽得答應，就逕自向前走了。李沅芷氣苦之極，在沙丘後面哭了一場，打起精神再追上去。余魚同淡淡的道：「啊，你在後面，我還道你先走了呢！」饒是李沅芷機變百出，對這心如木石之人卻是束手無策。她打定了主意：「他眞逼得我沒路可走之時，我就一劍抹了脖子。」

行到中午，忽見迎面沙漠中一跛一拐的行來一頭瘦小驢子，驢上騎著一人，一顚一顯的似在瞌睡。走到近處，見那人穿的是回人裝束，背上負了一隻大鐵鍋，右手拿了一條驢子尾巴，小驢臀上卻沒尾巴，驢頭上竟戴了一頂清兵驍騎營軍官的官帽，藍寶石頂子換成了一粒小石子。那人四十多歲年紀，頦下一叢大鬍子，見了二人眉開眼笑，和藹可親。

余魚同心想霍青桐在大漠上英名四播，回人無人不知，便勒馬問道：「請問大叔，可見到翠羽黃衫麼？」卻擔心他不懂漢語。那知那人嘻嘻一笑，以漢語問道：「你們找她幹麼呀？」余魚同道：「有幾個壞人來害她，我們要通知她提防。要是你見著她，給帶個訊成不成呀？」那人道：「好呀！怎麼樣的壞人？」李沅芷道：「一個大漢手裏拿個獨腳銅人，另一個拿柄虎叉，第三個蒙古人打扮。」那人點頭道：「這三個人確是壞蛋，他們想吃我的毛驢，反給我搶來了這頂帽子。」余李兩人對望了一眼。余魚同道：「他們還有同伴麼？」那人道：「就是這個戴官帽的了，你們是誰呀？」余魚同道：「我們是木卓倫老英雄的朋友。這幾個壞蛋在那裏？可別讓他們撞著翠羽黃衫。」那人道：「聽說霍青桐這小妮子很不錯哪。要是四個壞蛋吃不到我毛驢，肚子餓了，把這大姑娘烤來吃了，可不妙啦！」

李沅芷心想關東三魔有勇無謀，多加一個清軍軍官，渾不必放在心上，不如找上前去，想法結果了他們，教這瞧不起人的余師哥佩服我的手段，於是問道：「他們在那裏？你帶我們去，給你一錠銀子。」那人道：「銀子倒不用，不過得問問毛驢肯不肯去。」把嘴湊在驢子耳邊，嘰哩咕嚕的說了一陣子話，然後把耳朵湊在驢子口上，似乎用心傾聽，連連點頭。

二人見他裝模作樣，瘋瘋癲癲，不由得好笑。那人聽了一會，皺起眉頭說道：「這驢子戴了官帽之後，自以爲了不起啦。牠瞧不起你們的坐騎，不願意一起走，生怕沒面子，失了自己身分。」余魚同一驚：「這人行爲奇特，說話皮裏陽秋，罵盡了世上趨炎附勢的暴發小人，難道竟是一位風塵異人？」

李沅芷瞧他的驢子又跛又瘦，一身污泥，居然還擺架子，不由得噗哧一笑。那人眼睛一橫道：「你不信麼？那麼我的毛驢就跟你們的馬匹比比。」余李二人胯下都是木卓倫所贈駿馬，和這頭跛腿小驢自有雲泥之別。李沅芷道：「好呀，我們贏了之後，你可得帶我們去找那三個壞蛋。」那人道：「是四個壞蛋。要是你們輸了呢？」李沅芷道：「隨你說吧。」那人道：「那你就得把這頭毛驢洗得乾乾淨淨，讓牠出出風頭。」李沅芷笑道：「好吧，就是這樣。咱們怎樣個比法？」

那人道：「你愛怎樣比，由你說便是。」李沅芷見他說話十拿九穩，似乎必勝無疑，倒生了一點疑慮，心想：「難道這頭跛腳驢子當眞跑得很快？」靈機一動，道：「你手裏拿著的是甚麼呀？」那人把驢子尾巴一晃，道：「毛驢的尾巴。牠戴了官帽，嫌自己尾巴上有泥不美，就此不要了。」余魚同聽他語帶機鋒，含意深遠，更加不敢輕忽，向李沅芷使個眼色，要她留神。

李沅芷道：「你給我瞧瞧。」那人把驢尾擲了過來，李沅芷伸手接住，隨手玩弄，一指遠處一個小沙丘，道：「咱們從這裏跑到那沙丘去。你的驢子先到是你勝，我的馬先到是我勝。」那人道：「不錯，我的驢子先到是我勝，你的馬先到是你勝。」李沅芷對余魚同道：「你先去那邊，給我們作公證！」余魚同道：「好！」拍馬去了。

李沅芷道：「走吧！」語聲方畢，猛抽一鞭，縱馬直馳，奔了數十丈，回頭望去，見那毛驢一跛一拐，遠遠落在後面。她哈哈大笑，加緊馳驟，突然之間，一團黑影從身旁掠過，定睛看時，竟是那人把驢子負在肩頭，放開大步，向前飛奔。她這一驚非同小可，險些坐鞍不穩，跌下馬來，疾忙催馬急追。但那人奔跑如風馳電掣一般，始終搶在馬頭之前。不到片刻，兩人奔到沙丘，終於是騎人的驢比人騎的馬搶先了丈餘，先上沙丘。李沅芷把手中驢尾用力向後擲出，縱馬奔上沙丘，叫道：「我的馬先到啦！」

那人和余魚同愕然相顧，明明是驢子先到，怎麼她反說馬先到？那人道：「喂，大姑娘，咱們說好的：驢子先到我勝，你的馬先到你勝，是不是？」李沅芷伸手掠著在風中飛揚的秀髮，說道：「不錯。」那人道：「咱們並沒說一定得人騎驢子，是不是？」李沅芷道：「不錯。」那人道：「不管是人騎驢，還是驢騎人，總之是驢子先到。你得知道，牠是戴官帽的，笨驢做了官，可就爬在人的頭上啦。」

李沅芷道：「咱們說好的，驢子先到你勝，馬先到我勝，是不是？」那人道：「對啦！」李沅芷道：「咱們並沒說，到了一點兒驢子也算到，是不是？」那人一拉鬍子，神色迷惘，說道：「這我可胡塗啦，甚麼叫做『到了一點兒驢子』？」李沅芷指著那條被她遠遠擲在後面的驢尾巴，道：「我的馬整個兒到了，你的驢子可只到了一點兒，牠的尾巴還沒有到！」

那人一呆，哈哈大笑，說道：「對啦，對啦！是你贏了，我領你們去找那四個壞蛋去吧。」過去拾起驢尾，對驢子道：「笨驢啊，你別以爲戴了官帽，就不要你那泥尾巴啦！人家可沒忘記啊。你想不要，人家可不依哪。」縱身騎上驢背，道：「笨驢啊，你騎在人頭上騎不了多久，人又來騎你啦！」

余魚同見那驢子雖只幾十斤重，就如一頭大狗一般，但能負在肩頭而跑得疾逾奔馬，卻非具深湛武功不可，忙上前行了一禮，說道：「我這個師妹很是頑皮，老前輩別跟她一般見識。請你指點路徑，待晚輩們去找便是，可不敢勞動你老大駕。」那人笑道：「我輸了，怎麼能賴？」轉過驢頭，叫道：「跟我來吧！」余魚同見他肯一同前去，心中大喜。他知關東三魔武功驚人，和自己又結了深仇，若在大漠之中撞到，可實是一樁禍事，有這武功高強的大鬍子回人相助，就不怕了。

三人並轡緩緩而行。余魚同請教他姓名，那人微笑不答，不住瘋瘋癲癲的說笑話，可是妙語如珠，莊諧並作，或諷或嘲，李沅芷聽了也不禁暗自欽佩。

跛腳驢子走得極慢，行了半日，不過走了三十里路，只聽後面鸞鈴響處，徐天宏和周綺趕了上來。余魚同給他們引見道：「這位是騎驢大俠，他老人家帶我們去找關東三魔。」徐天宏聽他說得恭敬，忙下馬行禮。那人也不回禮，笑道：「你老婆該多歇歇了，幹麼還這般辛苦趕道啊？」徐天宏愕然不解。周綺卻面上一紅，揚鞭催馬，向前疾奔。

那人熟識大漠中道路，傍晚時分領他們到了一個小鎮。將走近時，只見雞飛狗走，塵揚土起，原來一小隊清兵剛剛開到，衆回人拖兒攜女，四下逃竄。徐天宏奇道：「清兵大部就殲，少數的殘餘也都已被圍，怎麼這裏又有清兵？」說話之間，迎面奔來二十餘個回民，後面有十餘名清兵大聲吆喝，執刀追來。那些回民突然見到騎驢的大鬍子，大喜過望，連叫：「納斯爾丁・阿凡提，快救我們！」徐天宏等不懂他們說些甚麼，只聽見他們不住叫「納斯爾丁・阿凡提」，想來就是他的名字了。阿凡提叫道：「大家逃啊！」一提驢韁，向大漠中奔去，衆回人和清兵隨後跟來。

奔了一段路，距小鎮漸遠，幾名回人婦女落了後，被清兵拿住。周綺忍耐不住，拔刀勒馬，轉身砍去，呼呼兩刀，將一名清兵的腦袋削去了一半。其餘清兵大怒，圍了上來。徐天宏、余魚同、李沅芷一齊回身殺到。周綺突然胸口作惡，眼前金星亂舞。一名清兵見她忽爾收刀撫胸，撲上來想擒拿，周綺「哇」的一聲，嘔吐起來，沒頭沒腦都吐在那清兵臉上。只見他伸手在臉上亂抹，周綺隨手一刀將他砍死，不覺手足酸軟，身子晃了幾晃。徐天宏忙搶過扶住，驚問：「怎麼？」

這時余魚同和李沅芷已各殺了兩三名清兵。其餘的發一聲喊，轉頭奔逃。阿凡提把背上鐵鍋提在手中，伸手一揮，罩在一名清兵頭上，叫道：「鍋底一個臭冬瓜！」李沅芷挺劍刺去，那清兵眼被蒙住，如何躲避得開，登時了帳。阿凡提提起鐵鍋，又罩住了第二名清兵，李沅芷跟著一劍。也不知他用甚麼手法，鐵鍋罩下，清兵必定躲避不開。他鍋子一罩，李沅芷跟上一劍，片刻之間，兩人把十多名清兵殺得乾乾淨淨。李沅芷高興異常，叫道：「鬍子叔叔，你的鍋子眞好。」阿凡提笑道：「你的切菜刀也很快。」

余魚同見李沅芷殺了許多清兵，心想：「她爹爹是滿清提督，她卻毫無顧忌的大殺清兵。那麼她的的確確是決意跟著我了。」心中又喜又愁，不禁長嘆一聲。

這時徐天宏擒住了一名清兵，逼問他這隊官兵從何而來。那清兵跪地求饒，結結巴巴的半天才說清楚。原來他們是從東部開到的援軍，聽說兆惠大軍兵敗，正分批兼程赴援。徐天宏從回民中挑了兩名精壯漢子，請他們立即到葉爾羌城外去向木卓倫報信，以便布置應敵，兩名回人答應著去了。徐天宏在那清兵臀上踢了一腳，喝道：「滾你的吧！」那淸兵沒命的狂奔而去。

徐天宏回顧愛妻，見她已神色如常，不知剛才何以忽然發暈，問道：「甚麼地方不舒服？」周綺臉上一陣暈紅，轉過了頭不答。阿凡提笑道：「母牛要生小牛了，吃草的公牛會歡喜得打轉，可是吃飯的公牛哪，卻還在那兒東問西問。」徐天宏大喜，滿臉堆歡，笑問：「老前輩你怎知道？」阿凡提笑道：「這也眞奇怪。母牛要生小牛，公牛不知道，驢子卻知道了。」衆人哈哈大笑，余魚同便向兩人道喜，大夥上馬繞過小鎭而行。

到得傍晚，衆人紮了帳篷休息。徐天宏悄問妻子：「有幾個月啦？我怎不知道？」周綺笑道：「你這笨牛怎會知道。」過了一會，道：「咱們要是生個男孩，那就姓周。爹爹媽媽一定樂壞啦。可別像你這般刁鑽古怪才好。」徐天宏道：「以後可得小心，別再動刀動槍啦。」周綺點頭道：「嗯，剛才殺了個官兵，血腥氣一沖，就忍不住要嘔，眞受罪。」

第二天早晨，阿凡提對徐天宏道：「過去三十里路，就到我家。我有一個很美的老婆在那裏……」李沅芷插嘴道：「眞的麼？那我一定要去見見。她怎麼會喜歡你這大鬍子？」阿凡提笑道：「哈哈，那是天大秘密。」對徐天宏道：「你老婆騎了馬跑來跑去，拳打腳踢，對肚裏那頭小牛只怕不好，還是在我家裏休息，等咱們找到那幾個壞蛋，幹掉之後，再回來接她。」徐天宏連聲道謝。周綺本來不願，但想到自己兩個哥哥、一個弟弟都已死了，自己懷的孩子將來要繼承周家的香煙，也就答應了。

到了鎮上，阿凡提把衆人引到家裏，他提起鍋子，噹噹噹一陣敲。內堂裏出來了一個三十多歲的女人，果然相貌甚美，皮膚又白又嫩，見了阿凡提，歡喜得甚麼似的，口中卻不斷咒罵：「你這大鬍子，滾到那裏去啦？到這時候才回家，你還記得我麼？」阿凡提笑道：「快別吵，我這可不是回來了麼？拿點東西出來吃啊，你的大鬍子餓壞啦。」阿凡提的妻子笑道：「你瞧著這樣好看的臉，還不飽麼？」阿凡提道：「你說得很對，你的美貌臉蛋兒是小菜，要是有點麵餅甚麼的，就著這小菜來吃，那就更美啦。」她伸手在他耳上狠狠扭了一把，說道：「我可不許你再出去了。」轉身入內，搬出來許多麵餅、西瓜、蜜糖、羊肉饗客。李沅芷雖不懂他們夫婦說些甚麼，但見他們打情罵俏，親愛異常，心中一陣淒苦。

正吃之間，外面聲音喧嘩，進來一羣回人，七張八嘴的對阿凡提申訴各種糾紛爭執，又把他拉到了市集去評理。徐天宏等都跟著去看熱鬧。阿凡提又說又笑的給他們排解，不斷的引述可蘭經，衆人都感滿意。余魚同聽他滿腹經文，隨口而出，不禁十分佩服。

阿凡提大聲道：「只要照著安拉和先知的指導做事，終究是不錯的。」忽然後面一個聲音叫道：「大鬍子，又做甚麼傻事啦？」阿凡提回頭看去，見是天池怪俠袁士霄，心中大喜。他二人一回一漢，分居天山南北，所作所爲盡是扶危濟困、行俠仗義之事，兩人素來交好。阿凡提一把拉住袁士霄手臂，笑道：「哈哈，你這老傢伙來啦，快到我家裏又看我老婆又吃抓飯去。」袁士霄笑道：「你老婆有甚麼了不起的好看，成日猴子獻寶似的……」話未說完，徐天宏與余魚同已搶上來拜見。袁士霄道：「罷了，罷了，我又不是你們師父，磕甚麼頭？家洛呢？」徐天宏道：「總舵主比我們先走一步……呀，陳老爺子和老太太也來啦！」轉身向站在袁士霄身後的天山雙鷹施禮，見關明梅牽著陳家洛乘坐的白馬，心中一驚，問道：「這馬嗎，老前輩從那裏見到的？」

關明梅道：「我見過你們總舵主騎這馬，因此認得，剛才見牠在沙漠裏亂奔亂闖，我們三人費了好大的勁才拉住了。」徐天宏大驚，說道：「難道總舵主遇險？咱們快去相救。」

衆人齊到阿凡提家裏，飽餐之後，與周綺作別。徐天宏、周綺夫婦成親以來首次分別，自是依依不捨。阿凡提的妻子見丈夫回家才半天，便又要出門，拉住他鬍子大哭大鬧。阿凡提笑嘻嘻的安慰，說道：「我找了一位太太來陪你。她跟你一樣年輕美貌，肚裏又懷了孩子，那是一共有兩個人陪你啦，他們兩個人都不生鬍子，勝於我一個大鬍子。」她只是哭鬧不休，叫道：「我愛你的大鬍子！不許你大鬍子走！」阿凡提笑道：「你要留下我的大鬍子！好！」突然伸手拔下自己十幾根鬍子，塞在老婆的手裏，奪門而出。

阿凡提騎了這頭大狗似的驢子，雙腳幾乎可以碰到地面，遠遠望去，驢子就如生了六條腿一般。袁士霄道：「大鬍子，你騎的是甚麼呀？是老鼠呢還是貓？」阿凡提道：「老鼠那有這麼大呀？」袁士霄道：「那多半是頭大老鼠。」

李沅芷騎了駱冰的白馬，放鬆韁繩，由牠在前領路。阿凡提的驢子實在走得太慢，衆人行一程，等一程，行到傍晚，不過走了三十多里路，大家都急了。徐天宏對阿凡提道：「老前輩，我們總舵主恐怕遭到了危難，我們想先走一步。」阿凡提道：「好吧，好吧。到前面鎭上，我另買一頭中用些的驢子就是。這頭笨驢不中用，牠偏偏還自以爲了不起。」催驢趕上，與李沅芷並轡而行。

白馬比毛驢高出一半，阿凡提仰頭問李沅芷道：「大姑娘，你幹麼整天不開心呀？」李沅芷心想，這位怪俠雖然假作痴呆，其實聰明絕倫，回人有甚麼爲難之事，向他請教，立即應手而解，便道：「鬍子叔叔，對付不識好歹的人，你有甚麼法子？」阿凡提道：「我拿鐵鍋往他頭上一罩，你就一劍。」李沅芷搖頭道：「不成，比如說他……他是你很……很親近的人。你待他越是好，他越是發驢子脾氣。」阿凡提一扯鬍子，已了然於胸，笑道：「我天天騎驢子，對付笨驢的倔脾氣，倒很有幾下子。不過這法子可不能隨便教你。」

李沅芷柔聲道：「鬍子叔叔，要怎樣才能教呀？」阿凡提道：「咱們還得打個賭，你贏了我才教。」李沅芷笑道：「好呀，咱們再來賽跑。」阿凡提道：「賭別的吧，賽跑你準輸。」取出驢尾來一晃，道：「我不會再上你當啦。」李沅芷道：「你不信就試試。」阿凡提道：「好，瞧你又有甚麼鬼門道。」指著前面的一個小市鎮道：「誰先到第一間屋子誰贏！」李沅芷道：「好呀，鬍子叔叔，你又輸了！」雙腿微微一夾，一提韁，那白馬如箭離弦，騰空竄出。

阿凡提負起驢子，發足追來。這白馬是數世一見的神駒，這一發力奔馳，直如雷轟電掣一般，他如何追趕得上？還沒追得一半路，白馬已奔到市鎮。阿凡提放下驢子，呵呵大笑道：「又上了這小妮子的當。我雖知這是匹好馬，那想得到竟有這般快。」

徐天宏等見他如此武功，盡皆驚佩，一頭幾十斤的小驢負在背上並不爲奇，奇的是他腳下竟如此神速，若非這匹寶馬，尋常坐騎非給他追上不可。

穿過市鎮，行不多時，驀地裏白馬一陣長嘶，騰躍狂奔。李沅芷大驚勒韁，竟然約束不住。衆人見白馬發狂，都吃了一驚，散開了追趕攔截。只見白馬直向大漠中急衝，奔到幾個人面前，斗然停住，李沅芷下馬與他們說話。遠遠望去，那些是甚麼人卻瞧不清楚。突然那白馬又回頭馳來，奔到半途，徐天宏與余魚同認出馬上之人已換了駱冰，心中大喜，忙迎上去。雙方走近，見後面是文泰來、衛春華、章進、心硯四人，最後一人白髮蒼蒼，背負長劍，拉住了李沅芷的手在不住詢問，竟是武當派前輩綿裏針陸菲青。原來那白馬戀主，又有靈性，遠遠望見駱冰，就沒命的奔去。

余魚同搶到陸菲青跟前，雙膝跪下，叫了聲：「師叔！」伏地大哭。陸菲青伸手扶起，淚水也不禁撲簌簌的流了下來，嗚咽道：「我得知你師父的噩耗之後，連日連夜趕來，途中與文四爺他們遇上，他們也正在追捕這奸賊……你放心，咱爺兒倆定要給你師父報仇！」當下雙方廝見了。文泰來等都掛慮陳家洛的安危。

衆人到市鎮打尖，阿凡提去買驢子，李沅芷悄悄跟在後面。阿凡提也不理她，自行選了一頭高頭健驢，身高幾有原來那頭沒尾驢的兩倍。阿凡提把沒尾驢折價讓給了驢販，笑道：「官帽害死了這笨驢，可不能讓這畜生再戴了。」把官帽摔在地下，踏得稀爛。李沅芷等他付了銀兩，替他牽過驢子，笑吟吟的和他並肩而行。

阿凡提道：「我從前養了一頭毛驢，那脾氣眞是倔得嚇人。我要牠走，牠偏偏站住，要牠站著呢，這傢伙又給你打圈兒。有一天呀，我要牠拉了車兒上磨坊去，就只這麼幾十步了，那知忽然說甚麼也不肯走啦。越是趕，越是後退，哄也不行，打也不行，管牠叫親爺爺親奶奶呢，也不成，你猜我怎麼辦？」李沅芷知他在妙語點化，當下用心傾聽，不敢嬉笑，道：「你老人家總有法子。」阿凡提笑道：「好呀，大姑娘想女壻，甚麼也肯，本來叫我鬍子叔叔，現今可叫『你老人家』啦！」李沅芷臉一紅，道：「我是說你的驢子呀！」

阿凡提道：「不錯，不錯。後來我一想，成啦！我拉這笨驢轉了個身，磨坊在東，我讓驢子朝著西邊，然後使勁的趕，牠仍是一步一步的倒退，退呀退的，這可到了磨坊啦。」李沅芷喃喃自語：「你要牠往東，牠偏偏往西……那麼你就要牠往西。」阿凡提一豎拇指，道：「不錯，就是這麼辦。後來哪，我又想出了一個法兒。我在鞭子上掛了一個胡蘿蔔，伸在笨驢前面。笨驢想吃胡蘿蔔，不住向前走，一直走了幾十里路，到了我要牠去的地方，這才把胡蘿蔔給牠吃。」李沅芷立時領悟，笑道：「多謝你老人家指點。」阿凡提笑道：「現下你去找你的胡蘿蔔吧！」

李沅芷尋思：「余師哥最想得到的，是甚麼東西？剛才他見到我師父，哭成這個樣子，那麼對他最要緊的，莫過於殺張召重給馬師伯報仇了。這麼說來，得想法子去殺張召重。」轉念一想：「張召重武藝高強，我又怎殺得了他？就算殺了，他也只是感激我而已，不會像驢子追胡蘿蔔，一路追個不停。」又想：「我小時候見到傭人的兒子玩泥娃娃，哭著要，他不肯給，我偏偏要，他死也不給。鬍子叔叔說得對，我越是對他好，他越是避開我。以後倒不如冷冷淡淡的，等他覺得我好時，再讓他來嚐嚐苦苦求人的滋味。驅趕倔脾氣的笨驢，就得用大鬍子叔叔的法子。」打算已定，眞的對余魚同不理不睬起來。駱冰與徐天宏冷眼旁觀，都覺奇怪。阿凡提只是拉著大鬍子微笑。

阿凡提換了腳力，行得快了數倍，一行人蹄踏黃沙，途隨白馬，來到白玉峯前。那白馬對狼羣猶有餘怖，到了進入古城的歧道處，就停步不前了。駱冰一再驅趕，白馬說甚麼也不肯前行一步。袁士霄道：「狼羣大隊曾聚在這裏，咱們循著狼糞一路尋進去吧。」衆人見到狼糞甚多，想到陳家洛的安危，都是心焦如焚。駱冰下了白馬，與文泰來共乘一騎。

曲曲折折的走了半天，忽聽得腳步聲響，歧路上轉出四個人來，當先一人正是張召重。徐天宏一聲唿哨，連同衛春華、章進、心硯一齊散開，往四人後路抄去。張召重斗見羣雄，吃驚非小，尤其看到師兄陸菲青，登時臉色蒼白，額上冷汗直冒。余魚同手揮金笛，便要撲上去拚命。袁士霄左手抓住他臂膀輕輕一拉，余魚同身不由主的退回。

袁士霄指著張召重罵道：「前幾日跟你相遇，還道你是武當派的一位高手，那知竟是個無惡不作的匪類，連自己師兄也忍心害了。爽爽快快，給我自己了斷吧。」

張召重見對方至少有五人和自己功力相若，有的甚至在自己之上，以力相拚，必無倖理，當下硬起頭皮，說道：「我這邊只有四人，你們倚多爲勝，張某死在此地，不足爲恥？」袁士霄大怒，心想：「那三人能力敵羣狼，倒也都是硬手，他們四人齊上，我一人可對付不了，但有大鬍子相幫，那也成了。」哼了一聲，說道：「要殺你這惡徒，也用得著倚多取勝？你們四人一齊上來，我只和這大鬍子兄弟兩人接著。你們四個傢伙只要能和我們兩人打個平手，就放你走路。」

張召重向阿凡提注目打量，見他面容黝黑，一叢大鬍子遮住了半邊臉，笑得雙眼瞇成了兩條縫，不似身懷絕技的高人，心想：「這姓袁的確是武功驚人，遠勝於我，難道這大鬍子回人也厲害之極？關東三魔中有一人相助，我或可和這姓袁的打成平手，餘下兩人對付這個回子，想來也行了。」身處此境，也已不容他有何異言，便道：「那麼我們就試一試，要請袁……袁大俠手下容情。」袁士霄厲聲道：「我手下是毫不容情的。」阿凡提道：「大鬍子，在這許多新朋友面前，咱哥兒倆可別出醜了。」阿凡提道：「我鄉下佬見官，有點兒膽怯，只怕不成。」身子一晃，也沒見他抬腿動足，已下了驢子。張召重見他身法，驀地想起，原來就是那晚在墓地中搶他帽子的怪人，不覺心驚。

袁士霄叫道：「都上來吧。用心打，別打主意想逃，在我老兒手下可跑不了。」

哈合台走上一步，對袁士霄道：「袁大俠於我三兄弟有救命大恩，我們萬萬不敢接你老人家的高招。再說，我們跟這姓張的也是初會，並沒交情，犯不上爲他助拳。」他見張召重行爲卑鄙，早就老大瞧他不起，只是他此刻猝遇衆敵，再要出言相損，未免有討好對方、自圖免禍之嫌，是以只說到此處爲止。三魔並排旁站，擺明了置身事外。

袁士霄眉頭一皺，說道：「他們不肯動手，只賸下了你一個，那怎麼辦？我三十歲那一年，曾向祖師爺立過重誓，從此而後，決不跟人單打獨鬥。」說著向天山雙鷹瞥了一眼。原來他當年生怕自己妒火焚焚、狂性大發之下，竟爾將陳正德打死，是以立此重誓，約束自己，當下又道：「大鬍子，只好麻煩你了。」

阿凡提解下背上鍋子，笑道：「好吧，好吧，好吧。」呼的一聲，鍋子當頭向張召重罩到。張召重向左躍開，凝神瞧他使的是甚麼兵刃，只見黑黝黝，圓兜兜，一面凹進，一面凸出，凸的一面還有許多煤煙，竟像是隻鐵鍋。阿凡提笑道：「你心裏一定在想：這是甚麼呀？倒像是隻鍋子。跟你說，這正是一隻鍋子。你們清兵無緣無故的到回部來，打爛了許多鍋子，害得我們回人吃不了飯。好哇，現今鍋子來打清兵啦！」語聲未畢，又即揮鍋向張召重當頭罩下。

張召重一招「仙鶴亮翅」，倏地斜穿閃過，回手出掌，向對方肩頭打到。阿凡提身子微挫，左手在鍋底一擦，一手煤煙往他臉上抹去。

張召重自出道以來，身經百戰，從未遇到過這樣的怪人，只見他右手提鍋，左手抹煙，腳步歪歪斜斜，不成章法，然而自己攻出的兇狠招數，卻每次都給他輕易避開，那裏敢有絲毫怠忽，當下展開無極玄功拳，抱元歸一，全身要害守得毫無漏洞。道路本極狹窄，地下又是山石嶙峋，兩人擠在這兇險之地，攻守拒擊，登時鬥得激烈異常。袁士霄嘆道：「奸賊呀奸賊，憑你這身功夫，本來也是難得之極的了，若不是心地如此歹毒，我老頭子忍不住要起愛才之心。」余魚同忙道：「不行，老爺子，不行！」

心硯問衛春華道：「九哥，這位鬍子大爺使的是甚麼招術？」衛春華搖搖頭。這邊天山雙鷹、陸菲青、文泰來等也不明阿凡提的武功家數，都暗暗稱奇。突然間阿凡提左腿飛踢，鍋子橫擊，張召重無處躲避，急從鍋底鑽出。不料阿凡提左掌張開，正候在鍋子底下。張召重待得驚覺，已不及閃避，當下左拳一個「沖天砲」，猛向鍋底擊去。阿凡提叫道：「吃飯傢伙，打破不得！」鍋子向上一提，隨手抹去，張召重臉上已被抹上五條煤煙。

兩人均各躍開。阿凡提叫道：「來來來，勝負未決，再比一場。」張召重望著他手中鐵鍋，瞋目不語。阿凡提道：「呀，是了，你沒帶兵刃，輸了也不服氣。」轉頭對李沅芷道：「大姑娘，你的切菜刀借給胡蘿蔔用一下。」

兩人相鬥之時，李沅芷挨得最近，只待張召重一被鍋子罩住，立即搶上一劍，豈知自己心事竟被這怪俠說了出來，不覺滿臉緋紅。阿凡提說話素來瘋瘋癲癲，旁人聽他管張召重叫「胡蘿蔔」，也都不以爲意，那知中間另藏著一段風光旖旎的女兒情懷。阿凡提見她不動，把嘴俯在她耳邊，低聲說道：「你把切菜刀給他，我仍然能抓住他。」李沅芷點點頭，擲出長劍，叫道：「劍來了，接著！」

張召重右手一抄接住劍柄，突然轉身，左手急揚，一把芙蓉金針向阻住退路的徐天宏、衛春華諸人迎面擲去。徐天宏等知道厲害，疾忙俯身，只覺頭頂風聲颯然，張召重已竄了過去。他奔到哈合台身邊，伸左手扣住了他右手脈門，叫道：「快走！」

哈合台登時身不由主，被他拉著往迷城中急奔。滕一雷與顧金標不及細思，隨後跟去。這一來變起倉卒，等徐天宏等站起身來，四人已轉了彎。袁士霄和阿凡提均各大怒，倏地拔起身子，如兩隻大鶴般從徐天宏等頭頂躍過。天池怪俠身法好快，人未落地，已一把抓住滕一雷的後領，把他一個肥肥的身軀甩了起來。滕一雷也不知道抓著他的是誰，只覺身子懸空，使不出力，忙揮獨足銅人向後疾點，忽覺自己身子被一股極大力量擲了出去，只慘叫得一聲，已撞在半山腰裏，腦漿迸裂而死。

袁士霄擲死滕一雷，腳下毫不停留，轉了個彎，見前面是三條岐路，不知張召重從那一條路逃走，向右一指，叫道：「大鬍子，你追這邊。」又向左一指，對天山雙鷹道：「你們兩位追這邊。」自己從中間那條路上追了下去。片刻之間，四人廢然折回，都說只轉了一個彎，前面又各出現岔路，無從追尋。

徐天宏在路上仔細察看，說道：「這堆狼糞剛給人踏了兩腳，他們定是循著狼糞向內逃竄。」袁士霄道：「不錯，快追。」衆人隨著狼糞追進，直趕到白玉峯前，仍不見張召重等三人的蹤影。

眾人在各處房屋中分頭搜尋，不久衛春華就發見了峯腰中的洞穴。袁士霄和陳正德首先躍上，接著陸菲青、文泰來、關明梅等也都縱了上去。其他輕功較差的，由陸菲青和文泰來一一用繩子吊上，最後賸下心硯。阿凡提笑道：「小兄弟，我試試你的膽子！」一把抓住他後心，喝道：「接著！」把他身子向洞口拋去，文泰來一把抱住，阿凡提隨即跳上。

這時袁士霄剛推開了石門。那門向內而開，要是外面被人扣住，裏面千軍萬馬也衝突不出，但自外入內卻十分容易。原來當年那暴君開鑿山腹玉宮，自恃迷城道路千岔萬迴，外敵決難侵入，擔心的反是變生肘腋，內叛在山腹負隅頑抗，因此把宮門造成如此模樣。

袁士霄當先急行，眾人在甬道中魚貫而入。徐天宏折下了桌腳椅腳，點成火炬，各人分著拿了。追到大殿上時，各人兵刃都被磁山吸去，不免大吃一驚。阿凡提身手敏捷，搶上將飛出的鐵鍋一把抓住，才沒打破。眾人追敵要緊，也不及細究原因，拾回兵刃，緊緊抓住，直入玉室，見床邊又有一條地道。眾人愈走愈奇，在這山腹之內誰都不敢作聲，只是跟著袁士霄疾走。突然眼前大亮，只見碧綠的池邊六人夾水而立。遠遠望去，池子那邊是陳家洛、霍青桐和香香公主，這邊就是張召重、顧金標和哈合台了。

眾人大喜，心碩高聲大叫：「少爺，少爺，我們都來啦！」

文泰來等快步迎上。關明梅大叫：「孩子，你怎樣？」霍青桐叫道：「師父師公，我好！請你們快將這奸賊殺了。」說著向顧金標一指。陳正德上次空手出戰三魔，險些吃虧，這時再不托大，拔出長劍，向顧金標左肩刺去。顧金標二次進來時已在大殿上拾回兵刃，當下抖動虎叉，和陳正德鬥了起來。這邊關明梅和哈合台也動上了手。

羣雄各執兵刃，慢慢圍攏，監視著張召重。李沅芷的劍借了給張召重，陸菲青把在杭州獅子峯上奪自張召重的凝碧劍給了她。

顧哈兩人情急拚命，勉強支持了十餘招，雙鷹的三分劍術愈逼愈緊，兩人只有招架的份兒。劍光飛舞中只聽陳正德一聲猛喝，顧金標胸口見血。陳正德接著又是一劍，指向對方下盤。顧金標向左急避，陳正德飛起一腿，撲通一聲，水花四濺，顧金標跌入翡翠池中，一縷鮮血從池水中泛了上來。

那邊哈合台也已被關明梅劍光罩住。余魚同想起哈合台數次相救之德，知道師叔與雙鷹交情甚好，忙對陸菲青道：「師叔，這個不是壞人，你救他一救。」陸菲青道：「好。」見關明梅上刺一劍，下刺一劍，左刺一劍，右刺一劍，哈合台滿頭大汗，臉無人色，不住倒退。陸菲青突然躍出，錚的一聲，白龍劍架開了關明梅長劍，叫道：「陳大嫂，這人還不算壞，饒了他吧。」關明梅見陸菲青說情，總得給他面子，當即收劍。陸菲青轉過頭來，見哈合台不住喘息，因使勁過度，身子抖動，喝道：「快謝了關大俠不殺之恩。」

哈合台心想大丈夫要人饒了自己，活著又有何意味，叫道：「我何必要她饒命！」又要撲上廝殺，忽聽水聲一響，顧金標從水面下鑽了出來，慢慢游近池邊，哈合台拋去彎刀，搶過去拉起。顧金標受傷甚重，又喝了不少水，委頓不堪。哈合台不住給他胸口揉搓，毫不理會身邊衆人。霍青桐奔到臨近，罵了聲：「奸賊！」挺劍向顧金標胸口刺去。

哈合台情急之下，舉臂擋格。霍青桐一劍直下，眼見就要將他手臂削斷。袁士霄想起他引狼入阱時之功，撿起一塊小石子擲出，噹的一聲，霍青桐手臂發麻，長劍震落在地，不禁一呆。袁士霄道：「料理了那姓張的惡賊再說，這兩人逃不了。」

張召重被羣雄圍住，見顧哈兩人惡戰之後，束手待縛，文泰來、阿凡提、陳家洛、陸菲青等四下牢牢監視，那裏更有脫身之機，搖頭長嘆，正要拋劍就戮，忽然陸菲青身後一人閃出，正是李沅芷。她手執長劍，直衝過來，罵道：「你這奸賊！」衆人一楞之間，李沅芷已撲到張召重身前，低聲道：「我來救你。」唰唰唰數劍，疾刺而至。張召重不明她是何用意，連避數劍。李沅芷忽然腳下假意一滑，向前一撲，低聲道：「快拿住我。」張召重大悟，乘她一劍削來，舉劍擋格，左手已抓住她手腕，噹的一聲，自己長劍已被削斷，一瞥之下，見她手中所持竟是自己的凝碧劍，眞是喜上加喜。

這時文泰來、余魚同、衛春華、陳正德同時搶上救人。張召重搶過凝碧劍揮了個圈子，金笛雙鉤一起斷折。文泰來和陳正德疾忙收招，兵刃才沒受損。張召重將寶劍點在李沅芷後心，喝道：「讓道！」這一下變出不意，衆人眼見巨奸就縛，那知李沅芷少不更事，勇猛貪功，反而變成他的護身符。

李沅芷假意軟軟的靠在張召重肩頭，似乎被他點中穴道，動彈不得。張召重見衆人面面相覷，不敢來攻，正要尋路出走，李沅芷在他耳邊低聲道：「回到山腹中去。」他一想不錯，大踏步走向地道。

袁士霄和陳正德惱怒異常，一個撿起一粒石子，一個摸出三枚鐵菩提，齊向張召重後心打去。張召重弓背俯身，讓過暗器，腳下絲毫不停，奔入地道。只聽得李沅芷大叫一聲：「啊喲！」陸菲青一驚，叫道：「大家別蠻幹，咱們另想別法。」他也眞怕張召重不顧一切，傷害了他徒兒。

衆人緊跟張召重身後，追入地道，只霍青桐手執長劍，怒目望著顧金標。哈合台忙著給盟兄包紮胸前傷口，對身旁一切猶如不聞不見。陳家洛怕霍青桐孤身有失，走到地道口前停了步，對香香公主道：「咱們在這裏陪你姊姊。」

張召重拉著李沅芷向前急奔，衆人不敢過分逼近，甬道中轉彎又多，無法施放暗器。奔完甬道，眼見張召重就要越過石門，袁士霄一挫身，正要竄上去攻他後心，黑暗中只聽得一陣嗤嗤嗤之聲，忙貼身石壁，叫道：「大鬍子，鐵鍋！」阿凡提搶上兩步，鐵鍋倒轉，一陣輕輕的錚錚之聲過去，鐵鍋中接住了數十枚芙蓉金針。

阿凡提叫道：「炒針兒吃啊，炒針兒吃呀！」就這樣緩得一緩，張召重和李沅芷已奔出石門，兩人合力將門拉上。袁士霄和陳正德搶上來拉門，但石門內面無可資施力之處。兩人都是火氣奇大，這時豈有不破口怒罵之理？

張召重又將金斧斧柄插入鐵環，喘了一口長氣，對李沅芷道：「多謝李小姐相救！」李沅芷笑道：「我爸爸和張師叔都是朝廷命官，我自然要救你。」張召重道：「李軍門近來安好，太夫人安好。」說著打千請安，竟是按著官場規矩行起禮來。

李沅芷道：「你是我師叔，我可不敢當。咱們快想法逃走。師父一定瞧得出是我救你，要是給他追上了，可沒命啦。」張召重道：「他們人多，咱們快回內地，多約幫手，再來擒拿。」李沅芷道：「他們一定回去池邊，繞道追過來。張師叔，得快想法子。在這大漠之上，可不容易逃脫啊！」張召重武功甚高，人也奸猾，計謀卻是平平，當下皺起了眉頭，一時想不出法子。李沅芷似乎焦急異常，伏在石上哭泣起來。

張召重忙加勸慰：「李小姐，別怕，咱們一定逃得了。」李沅芷哭道：「就算逃出了迷城，不用一兩天，又得給他們趕上。媽呀，嗚嗚……媽呀！」張召重給她哭得心煩意亂，不住搓手。李沅芷忽然破涕爲笑，問道：「你小時候捉過迷藏嗎？」

張召重自幼父母雙亡，五歲時就由師父收養學藝，馬眞和陸菲青都比他年長得多，因此這些孩子的玩意都沒玩過，當下臉現迷惘之色，搖了搖頭。李沅芷道：「咱們在迷城中躲了起來。他們一定找不到，以爲咱們逃出去啦，在外面拚命追趕。咱們過得三四天再慢慢出來。」張召重大拇指一翹，道：「李小姐眞聰明！」隨即道：「可是咱們沒帶糧食，三四天……」李沅芷道：「外面馬背上又有乾糧又有水。」張召重喜道：「好，咱們快躲起來。」兩人緣著長索攀上峯腰洞口。這長索是張召重和三魔上次進出山腹時所留，哈合台是牧人，身上愛帶長索。兩人轉身出洞，再沿山壁溜下，各自牽了一匹馬，向外奔出。

走到分歧路口，李沅芷道：「你瞧地下這狼糞，本來出外是往左，咱們偏偏往右……」說到這裏，見牽著的那匹馬尾巴揚起，就要拉糞，忙取下馬背上的糧袋水囊，把兩匹馬的馬頭牽過向左，猛力一鞭，兩馬負痛，放蹄疾奔而去。張召重愕然不解，問道：「甚麼？」李沅芷笑道：「他們尋到這裏，見馬蹄印和新鮮馬糞都在左邊正路上，自然向左邊追出去。」張召重大喜，連讚：「妙計，妙計！」

兩人從歧路向右。每走上一條岔路，李沅芷都用三塊小石子在隱蔽處疊個記號。張召重道：「這裏道路千叉萬支，要是沒了這記號，咱倆也眞的沒法子找路出去。」行了半日，兩旁山壁愈逼愈緊，也不知已轉了多少彎，走了多少岔路。李沅芷見天色漸暗，說道：「就在這裏歇吧。」兩人吃了乾糧，喝了水，坐著休息。張召重道：「另一匹馬上的糧袋水囊沒來得及取下，眞是可惜。」李沅芷道：「只好省著點兒用。」張召重道：「是。」李沅芷把糧袋和水囊放在張召重身邊，說：「你好好看著，這是咱們的命根子。」張召重點頭答應。李沅芷走開十多丈，找了個乾淨地方睡倒。

睡到半夜，張召重忽聽李沅芷一聲驚叫，疾忙跳起身來，只見她指著來路，叫道：「一隻大灰狼，快快！」張召重拔出凝碧劍，飛步追了出去，轉了兩個彎，不見狼蹤，生怕迷路，不敢再追，退回來時，卻不見了李沅芷的蹤影，叫得一聲：「李小姐！」只見地下濕了一片，水囊已然傾翻，忙搶上拾起，見囊中只賸點點滴滴，正自懊喪，李沅芷已從那邊山道中轉了出來，道：「那邊又有一隻狼，衝過來搶水喝。」張召重一舉水囊，道：「想不到惡狼還不死乾淨，你瞧！」李沅芷坐在地下，雙肩聳動，又哭了起來。張召重道：「既沒了水，這裏沒法多待。再熬一天，就冒險出去吧。」李沅芷站起身來，道：「我出去探探，你在這裏等我。」張召重道：「咱們一起去。」李沅芷道：「不，再遇上他們，你還有命麼？我總好些。」張召重一想不錯，道：「李小姐可要千萬小心。」李沅芷道：「嗯，你的寶劍借給我吧。」張召重把凝碧劍遞過。

李沅芷接劍回身，循著記號從原路出來，每到一處岔路，便照樣擺上三塊小石子，只是在眞記號邊上多撒一堆沙子。張召重如自行出來，見了這些記號，一定分不出眞假，東轉西轉、無所適從之餘，非仍回原地不可。她一路佈置，心中暗暗好笑，自忖假造狼訊，倒翻水囊，那張召重居然絲毫不覺，這一來可逃不出自己的掌握了。

天色將明，已走上正路，只聽得轉彎角上有人在破口大罵：「瞧我抽不抽這惡賊的筋，剝不剝他的皮？」又有一人笑道：「要抽筋剝皮，也得先找到這惡賊才行。」李沅芷大叫一聲：「啊喲！」倒在地下，假裝昏了過去。

說話的正是袁士霄和阿凡提，他們拉不開石門，只得回到池邊。霍青桐從地圖中找到了秘道，從後山繞了出來，張召重和李沅芷早已不知去向。袁士霄正在大發脾氣，忽然聽得叫聲，尋聲過來，見李沅芷倒在地下，又驚又喜，一探尚有鼻息，身上又沒傷痕，這才放心，急忙施救，李沅芷卻只是不醒。袁士霄焦急起來，阿凡提笑罵：「這頑皮女孩，倘若是我女兒呀，不結結實實揍一頓才怪。」見她還在裝腔作勢，不肯醒轉，說道：「要是真的暈了過去，那麼我打十幾鞭都不會動。」一抖驢鞭，唰的一鞭打在她肩上。

袁士霄正要出言怪他魯莽，李沅芷卻怕他再打，睜開了眼睛，「啊」的一聲叫了出來。阿凡提得意非凡，笑道：「我的鞭子比你甚麼推宮過血高明多啦，一鞭她就醒了。」袁士霄心想：「大鬍子倒眞有兩下子。」忙俯身問道：「沒受傷麼？那奸賊呢？」李沅芷道：「我給他拿住了，怕得要命，昨晚半夜裏他睡得迷迷糊糊了，我才偷偷逃了出來。」袁士霄道：「他在那裏？快帶我去找。」李沅芷道：「好。」站起身來，身子一晃一晃的，袁士霄伸手扶住。阿凡提道：「你們兩人去吧，我在這裏等著。」袁士霄怪目一翻，道：「大鬍子想偷懶？好吧，就沒有你，我也對付得了。」

兩人離去不久，陸菲青、陳正德、陳家洛、文泰來等分頭在各處搜索之後都陸續彙齊。阿凡提也不跟他們說起，聽他們紛紛議論，只是微笑。章進與心硯押著顧金標與哈合台，遠遠坐在地下。又過一陣，袁士霄和李沅芷回來了。衆人大喜，陸菲青和駱冰忙搶上去慰問。袁士霄向阿凡提道：「大鬍子，你又佔了便宜，省得白走一趟。她認不出道啦。我們兩人轉來轉去，險些回不出來。」

衆人一商量，都說如捉不到張召重決不回去，可是這迷城道路如此變幻，如何尋他得著？徐天宏和霍青桐雖都極富智計，卻也想不出善法。徐天宏道：「要是有兩頭狼犬就好啦……」陳正德道：「我們家裏倒有大狼犬，就可惜遠水救不得近火。」說話之間，徐天宏見阿凡提嘴角邊露著微笑，知他必有高見，走近身去，道：「我們實在不知怎麼辦，請老前輩指示一條明路。」阿凡提向余魚同一指，笑道：「明路就在他身上，怎麼不要他找去？」余魚同愕然道：「我？」阿凡提點點頭，仰天長笑，跨上驢子，飄然而去。

徐天宏起初還以爲他開玩笑，細加琢磨，覺得李沅芷的言語行動之中破綻甚多，心想這事只怕得著落在她身上，於是悄悄去和駱冰說了。駱冰一想有理，倒了一碗水，拿了一塊燒羊肉給李沅芷，說道：「李家妹妹，你眞有本事，怎麼能逃得脫那壞蛋的毒手？」李沅芷道：「那時我都嚇胡塗啦，拚命奔跑，只怕給這惡賊追上了，亂闖亂衝，甚麼路也認不出，眞是天保佑，居然瞎摸了出來。」料知駱冰定要查問途徑，把她問話先給堵住了。

駱冰本來將信將疑，也不知她是否眞的不知道張召重藏身之所，待聽她推得一乾二淨，心裏反倒雪亮了，暗笑：「小妮子好狡猾！」說道：「妹妹你仔細想一想，定能認得出來去的途徑。」李沅芷嘆道：「要是我心境好一點，不這麼失魂落魄似的，本來也不會這麼胡塗，竟然忘記得沒一點兒影子。」駱冰心道：「來啦，來啦。」低聲悄語：「你的心事我都明白，只要你幫我們這個大忙，大夥兒一定也幫你完成心願。」李沅芷臉上一陣飛紅，隨即眼圈兒也紅了，低聲道：「我是個沒人疼的，逃出來幹麼呀？還不如給那姓張的殺了乾淨。」駱冰聽她語氣一轉，竟又撒起賴來，知道自己是勸她不轉的了，說道：「妹妹你累啦，喝點水歇歇吧。」李沅芷點點頭。

駱冰把余魚同拉在一旁，跟他低聲說了好一陣子。余魚同神色先是頗見爲難，後來又是咬牙切齒，終於下了決心，一拍大腿，道：「好，爲了給恩師報仇，我甚麼都肯。」

李沅芷自管閉目養神，對他們毫不理會，過了一會，聽得余魚同走到身旁，說道：

「師妹，你數次救我性命，我並非不知好歹，眼下要請你再幫我一個大忙。」說著施下禮去。

李沅芷道：「啊喲，余師哥，怎麼行起禮來啦？咱們是同門，要我做甚麼，你吩咐著不就行了嗎？」余魚同聽她語氣顯得極爲生分，這時有求於她，只得說道：「張召重那奸賊害死我恩師，只要有誰能助我報仇，我就是一輩子給他做牛做馬，也仍是感他大德。」

李沅芷一聽大怒，心想：「要是你娶了我，竟是一輩子做牛做馬這般苦惱？」轉過頭來，臉上登時便如罩了一層嚴霜，發作道：「眼前放著這許多大英雄大俠客，還有你的甚麼鐘舵主、鼓舵主，你幹麼不求他們幫去？你一路上避開人家，倒像一見了我，就害了你一生、累了你一世似的。我有這份本事幫你麼？你再不給我走開些，瞧我用不用好聽的話罵你。」

衆人正商議如何追尋張召重，也沒留心駱冰、余魚同、李沅芷三人，忽聽李沅芷提高了嗓子，面紅耳赤的發作，又見余魚同低下了頭訕訕的走開，都感愕然。

徐天宏和駱冰見余魚同碰了一鼻子灰，只有相對苦笑，把陳家洛拉在一邊，低語商量。陳家洛道：「咱們請陸老前輩去跟她說，她對師父的話總不能不聽……」話未說完，猛聽得心硯與章進一個驚叫，一個怒吼，急忙回頭，只見顧金標正發狂般向霍青桐奔去。

陳家洛大驚，斜竄出去，卻相距遠了，難以阻攔。衛春華搶上擋住，被顧金標用力一摔，退出兩步。只見他和身向霍青桐撲去，叫道：「你殺了我吧！」霍青桐又驚又怒，舉劍向他當胸刺去。他竟不閃避招架，反而胸膛向前一挺，波的一聲，長劍入胸。

霍青桐回抽長劍，一股鮮血從他胸前直噴出來，濺滿了她黃衫。衆人圍攏來時，顧金標已倒在地下。哈合台伏在他身邊，手忙腳亂的想止血，但血如泉湧，那裏止得住？顧金標嘆道：「冤孽，冤孽！」哈合台道：「老二，你有甚麼未了之事？」顧金標道：「我只要親一親她的手，死也瞑目。」憋住一口氣，望著霍青桐。

哈合台道：「姑娘，他快死啦，你就可憐可……」霍青桐一言不發，轉身走開，臉已氣得慘白。顧金標長嘆一聲，垂首而死。

哈合台忍住眼淚，跳起身來，指著霍青桐的背影大罵：「你這女人也太狠心，你殺他，我不怪你，那是他自己不好。可是你的手給他親一親，讓他安心死去，又害了你甚麼？」章進喝道：「別胡說八道，給我閉住了鳥嘴。」哈合台毫不理會，仍是怒罵。章進上前要打，給余魚同攔住了。

陸菲青朗聲說道：「你們那焦文期焦三爺是我殺的，跟別人毫不相干。此後許多糾紛，都因此而起。關東六兄弟現下只賸了你一人。我們都知你爲人正派，不忍加害，你就去吧。日後如要報仇，只找我一人就是。」哈合台也不答腔，抱著顧金標的屍身大踏步走出。

余魚同撿了一隻水囊，一袋乾糧，縛在馬上，牽馬追上去，說道：「哈大哥，我仰慕你是條好漢子，這匹馬請你帶了去。」哈合台點點頭，把顧金標的屍身放上馬背。余魚同從水囊中倒了一碗水出來，自己喝了半碗，遞給哈合台道：「以水代酒，從此相別。」哈合台仰脖子喝乾。余魚同抽出金笛，那笛子被張召重削去了一截，笛中短箭都已脫落，但仍可吹奏，當下按宮引商，吹了起來。

哈合台一聽，曲調竟是蒙古草原之音，等他吹了一會，從懷中摸出號角，嗚嗚相和。原來當日哈合台在孟津黃河中吹奏號角，余魚同暗記曲調，這時相別，便吹此曲以送。衆人聽二人吹得慷慨激昂，都不禁神往。一曲既終，余魚同伸臂抱了抱他肩膀，哈合台收起號角，頭也不回的上馬而去。

駱冰向哈合台與余魚同的背影一指，對李沅芷道：「這兩人都是好男兒。」李沅芷道：「是麼？」駱冰道：「你幹麼不幫他個大忙？」李沅芷嘆道：「要是我能幫就好了。」駱冰笑道：「妹妹，咱們眞人面前不說假話。你不肯說，等到陸伯父來逼你，就不好啦！」李沅芷道：「別說我認不出路，就算認得出，我不愛帶領又怎麼樣？自古道女子要三從四德，這三從之中可沒『從師』那一條。」

駱冰笑道：「我爹只教我怎生使刀，怎麼偷東西，孔夫子的話可一句也沒教過。好妹子，你給我說說，甚麼叫做三從四德？」李沅芷道：「四德是德容言工，就是說做女子的，第一要緊是品德，然後是相貌、言語和治家之事了。」駱冰笑道：「別的倒也還罷了，容貌是天生的，爺娘生得我醜，我又有甚麼法兒？那麼三從呢？」李沅芷惱道：「你裝傻，我不愛說啦。」掉過了頭不理她。駱冰一笑走開，去對陸菲青說了。

陸菲青沉吟道：「三從之說，出於儀禮，乃是未嫁從父，既嫁從夫，夫死從子。這是他們做官人家、讀書人的禮教，咱們江湖上的男女可從來不講究這一套。」駱冰笑道：「本來嘛，未嫁從父是應該的。從不從夫，卻也得瞧丈夫說得在不在理。夫死從子更是笑話啦。要是丈夫死時孩子只有三歲，他不聽話還不是照揍？」陸菲青搖頭嘆道：「我這徒兒也眞刁鑽古怪，你想她幹麼不肯帶路？」駱冰道：「我想她意思是說，除非她爹叫她說，她才未嫁從父。可是李軍門遠在杭州，就算在這裏，他也不會幫咱們。眼下只有從第二條上打主意啦。」陸菲青遲疑道：「第二條？她又沒丈夫。」駱冰笑道：「那麼咱們馬上就給她找個丈夫。只消丈夫叫她領路，她便得既嫁從夫了。」

陸菲青給她一語點醒，徒兒的心事他早就了然於胸，師姪余魚同也儘相配得上，他本想在大事了結之後設法給他們撮合，看來這事非趕著辦不可了，笑道：「講了這麼一大套三從四德，原來是爲了這個。那眞是城頭上跑馬，遠兜轉了。」於是兩人和陳家洛商量，再把余魚同叫過來一談，當下決定，請袁士霄任男方大媒，請天山雙鷹任女方大媒。

袁士霄和雙鷹這時都在山壁高處瞭望，想找尋張召重藏身所在的蹤跡，但千丘萬壑，那有絲毫端倪？陸菲青把他們請了下來，將此中關鍵所在簡略說了。袁士霄呵呵大笑，說道：「陸老哥，難爲你教了這樣一個好徒兒出來，咱們大夥兒全栽在這女娃子手上了。」

衆人笑吟吟的走到李沅芷跟前。陸菲青道：「沅兒，我跟你師生多年，情同父女。你一個少年女子孤身在外，我很是放心不下，令尊又不在此間，我只好從權，師行父責，要給你找個歸宿。」李沅芷低下了頭不作聲。陸菲青又道：「你余師哥自從你馬師伯遇害之後，自然也歸我照料了。我把你許配給他。你們兩人結爲夫婦之後，互相扶持，也好讓我放下了這副擔子。」這一切本來全在她意料之中，但這時在衆人面前說了出來，還是羞得她滿臉通紅，低聲道：「這些事要憑爹爹作主，我怎知道？」

章進嘴快，衝口而出：「你還有不願意的嗎？在天目山時大夥兒到處找你不著，原來躲在他……」衛春華左手翻過，按住了他嘴。

陸菲青道：「令尊曾留余師姪在府上住了這麼久，青眼有加，早存東床坦腹之選。咱們在這裏先下了文定，將來稟明令尊，他必定十分歡喜。」李沅芷垂頭不語。

駱冰叫道：「好，好，李家妹妹答應了。十四弟，你拿甚麼東西下定。」余魚同身上一摸，除了銀兩之外，甚麼也沒帶，正感為難，忽然觸手一涼，卻是他金笛被張召重所削斷的那一段，撿起來想日後再要金匠銲上去的，當下摸了出來。說道：「師叔，小姪身邊沒甚麼貴重物事。這段笛子倒是純金的。」陸菲青笑道：「這再好也沒有，等將來你們大喜之日，再把兩段金笛鑲在一起。」羣雄紛紛向兩人道賀。李沅芷不肯接，駱冰硬把半截金笛塞在她手裏，笑問：「你拿甚麼回給他呀？」

李沅芷這時滿心歡暢，容光煥發，笑道：「我甚麼也沒有。」陸菲青笑道：「沅兒，你使的暗器不也是純金的。」駱冰拍手笑道：「不錯。」將她暗器囊搶了過來，撿了十枚芙蓉金針，交給余魚同收起。陳家洛笑道：「這可稱之為『針笛奇緣』了！」

香香公主見大家興高采烈，問陳家洛做甚麼。陳家洛說了，香香公主大喜，一手挽了他手臂，一手挽了姊姊，走上前去，除下手上的白玉戒指，套在李沅芷手指上，說道：「我們三個，給你，恭喜你！」霍青桐忽然暗自神傷：「如不是你女扮男裝，攪出這番事來……」陳家洛笑道：「咱們若在玉宮裏帶了幾柄玉刀玉劍出來，倒可送給他們作賀禮。」霍青桐微微一笑，點了點頭。

袁士霄和天山雙鷹已向霍青桐問明了三人自狼羣脫險、同入玉宮的經過，又見三人相互間神情親密，看來陳家洛並非喜新棄舊，忘義負心，姊妹倆十分和睦，霍青桐對他和妹子亦無怨恨之意，三老都感欣慰。天山雙鷹均想：「幸虧當日沒魯莽殺了這二人，否則袁大哥固然不依，連我們徒兒也要……」也要如何，卻是難以設想了。

文定道賀已畢，衆人分別借故走開。余魚同見四周已無旁人，說道：「師妹，張召重那奸賊在哪裏呀？」李沅芷見他全無溫存之態、纏綿之意，第一句話就問張召重，心中老大不快，慍道：「我怎知道呀？」

余魚同臉色慘白，忽地跪下，咚咚咚的向她磕了三個響頭，哭道：「我當年家破人亡，不能自立，幸蒙恩師見憐收留，授我武藝。我未能報答恩師一點半滴恩情，他就慘遭張召重害死。師妹，求求你指點一條明路。」這一下大出李沅芷意料之外，見他又磕下頭去，不覺狼狽失措，忙伸手拉起，摸出手帕丟給他，柔聲道：「快擦乾眼淚，我帶你去就是。」

突然間忽喇一聲，駱冰從山後拍手跳了出來，唱道：「小秀才，不怕醜，怕老婆，忙磕頭！」李沅芷羞得滿臉通紅，跳起身來向內急奔。余魚同一呆。駱冰揮手叫道：「快追上去呀！」余魚同立時醒悟，拔足跟去。駱冰高聲大叫，衆人隨後一齊追去。

張召重苦等李沅芷不回，吃了些乾糧，心頭思潮起伏，盤算脫險之後如何邀集幫手，大破紅花會。又想李沅芷是提督之女，人又美貌，自己壯年未婚，如能娶她爲妻，於功名前途大有好處，此女看來嬌生慣養，頗爲驕縱，對她倘若用強，只怕反而壞了大事，從回疆回到杭州路途遙遠，一路上使點計謀，把她騙上手再說。如意算盤打得正響，前面人影一晃，正是李沅芷笑吟吟的回來。

張召重大喜，迎了上去，忽然李沅芷身後一人倏地撲將上來。張召重一驚，退開兩步，左掌「撥雲見日」，向旁掠出。那人從他掌下穿過，右手斷笛疾戳，左手兩指前伸，直撲到他懷裏。張召重看清楚那人是馬眞的徒弟余魚同，心中一寒，右掌「白露橫江」格開，左手迎擊，待他閃避，右手已抓住他後心，猛喝一聲，將他向山岩上摜了過去。

李沅芷大驚，撲上抱住，但張召重這一摜勁力奇大，帶得她也向山石上撞去，突覺背心有人雙掌輕擋，推得她和余魚同一齊摔在地下，雖然跌得狼狽，卻未受傷，兩人雙雙躍起，才知是陸菲青出掌相救。余魚同道：「師妹，多謝你又救了我一次。」李沅芷白了他一眼，低聲道：「你還向我說這個『謝』字？」

張召重眼見強敵齊至，轉身要逃，只聽身旁呼呼兩響，兩人已掠過身邊，擋在前面，正是袁士霄和陳正德，背後陸菲青喝道：「姓張的，你還待怎的？跟我們走吧！」張召重霎時間萬念俱灰，哼了一聲，轉身垂手走出。當下陸菲青、陳家洛、文泰來、霍青桐等在前，袁士霄、陳正德、關明梅等在後，將他夾在中間，走了出來。

張召重本以爲李沅芷不愼爲敵人發見，衆人暗暗跟了進來，只有自認晦氣，走了一程路，見前面李沅芷側身和駱冰說話，笑逐顏開，顯見一股子喜氣從心中直透出來，這一下子氣炸心肺，咬牙切齒的暗罵：「好，原來是你這丫頭賣了我！」

各人捕到元兇巨惡，無不歡喜異常，到太陽快下山時，已走出迷城。陳家洛拿出點穴珠索，對章進和心硯道：「把他反背綑了。」章進接過珠索。張召重忽地大吼一聲，猛竄出去，左手伸出，已勾住李沅芷手腕，夾手把凝碧劍奪過，右掌一招「白虹貫日」，使足全力向她後心擊去。李沅芷身子急偏，卻那裏避得開，這掌正中左臂，喀喇一響，手臂已斷，張召重第二掌隨著打到。陸菲青在他奪劍時已知不妙，第一掌打出時不及相救，這時猱身疾上，也是揮掌打出，直擊他太陽穴。張召重右掌翻轉，啪的一聲，雙掌相抵，各自震退數步。兩人自在師門同窗習藝以來，二十餘年中從未交過手。各自砥礪功夫，這時雙掌相震，都覺對方功力深厚，跟在師門時已大不相同。

李沅芷身受重傷，倒在地下。駱冰把她扶起，見她已痛得暈了過去。袁士霄摸出一顆丸藥，塞在她口裏。羣雄見張召重到此地步還要肆惡，無不大怒，團團圍住。

張召重心想：「人人都有一死，我火手判官可要死得英雄！」橫劍當胸，傲然說道：「你們是一起來呢？還是一個個依次來？我瞧還是一齊上好些！」

陳正德怒道：「你有甚麼本事，敢說這樣的大話？我先來鬥鬥。」文泰來道：「陳老爺子，這奸賊辱我太甚，讓在下先上。」余魚同叫道：「他害死我恩師，我本領雖不及他，但要第一個打。四哥，等我不成時你來接著。」眾人都恨透了他，紛要爭先。陳家洛道：「咱們不如來拈鬮。」袁士霄道：「他不是我對手，我不打了吧。」徐天宏道：「我們不是他對手，我和四嫂、九弟、十弟、十四弟、十五弟一起拈。我們六個人合力鬥他。」

張召重道：「陳當家的，咱們在杭州時曾有約比武，這約會還作不作數呀？」陳家洛知他要挑自己動手，說道：「不錯，那次在獅子峯上你傷了手，咱們說定比武之約延期三個月，現下正好完了這個心願。」張召重道：「那麼我先陪陳當家的玩玩，另外眾位緩一步如何？」他和陳家洛多次交手，知他武功還遜自己一籌，如能將他擒住，用以挾制，或可設法脫身，倘若擒他不住，也要打死這個紅花會大頭腦，自己再死，也算夠了本。

徐天宏猜到他心思，叫道：「擒拿你這奸賊，若要總舵主親自出手，要我們紅花會眾兄弟何用？九弟、十弟、十四弟，咱們上啊！」衛春華、章進、余魚同、心硯都欺上兩步。

張召重哈哈大笑，說道：「我只道紅花會雖然犯上作亂，總還講江湖上道義。那知竟是沒信沒義的匪類！」

陳家洛手一擺，道：「七哥，他不和我見個輸贏，死不甘心。姓張的，不論你使甚麼奸計，今日要想逃命，那叫做痴心妄想。你上來！」張召重凝碧劍一抖，說道：「究竟還是你爽快，露兵刃吧！」陳家洛道：「用兵刃勝你，算得甚麼英雄？我就是空手接著。」他自在玉宮中悟到上乘武功之後，自忖已有勝得張召重的把握。

張召重大喜，有了這可乘之機，那肯放過，忙道：「要是我用劍勝不得你空手，我當場自刎，用不到旁人再動手。要是我勝了你呢？」陳家洛道：「那自有別位前輩和兄弟們接上。你是盼我說：勝了我就放你走路。嘿嘿，到了今天，你還不知早已惡貫滿盈麼？」張召重長劍挺伸，喝道：「人生在世，有誰不死？死活之事，張某也不放在心上。」陳家洛道：「在杭州提督府地牢之中，文四爺和我擒住你後饒你不死；獅子峯上、兆惠大營之外，又曾兩次饒你；日前在狼羣，再救你一次性命。紅花會對你可算得仁至義盡。那知你至死不悟，今日不論如何，決不能再饒了。」張召重道：「你上吧，我也讓你四招不還手就是。」陳家洛道：「好！」縱身而上，劈面兩拳。張召重矮身躲了開去，果然沒有還手。

陳家洛右腳橫踩，乘張召重縱起身來，突然左腿鴛鴦連環，跟著右腿橫掃。照一般拳術，對手既然躍起，自然繼續攻他身子，使他身在空中，難以躲避，但陳家洛這一腿卻踢在他腳下空處，只是時刻拿捏極準，敵人落下時剛好湊上。這正是「百花錯拳」中的精微之著，令人難以逆料。袁士霄見愛徒將自己所創拳術運用得十分巧妙，甚是得意，轉頭向關明梅道：「怎樣？」陳正德接口道：「果然不凡！」

張召重見陳家洛突使怪招，不及閃避，只得一劍「斗柄南指」，向他胸口刺去。陳家洛收腿側身，兩下讓過。章進罵道：「無恥奸賊，你說讓四招，怎麼又還手了？」張召重臉一沉，更不打話，凝碧劍寒光起處，嗤嗤嗤一陣破空之聲，向陳家洛左右連刺。

陸菲青暗暗心驚：「這惡賊劍法竟如此精進，當年師父壯盛之時，似也沒如此快捷。」一提劍在手，凝神望著陳家洛，只要他稍有失利，立即上前相救。只見兩人愈打愈快，陳家洛的人影在劍光中穿來插去，張召重柔雲劍法雖精，一時也奈何他不得。

旁邊余魚同和駱冰扶著李沅芷，這時她已悠悠醒轉，只覺臂上胸口，陣陣劇痛，睜眼見到余魚同扶著自己，心中大慰。余魚同道：「痛得還好麼？待會請陸師叔給你接骨，你忍一忽兒。」李沅芷微微一笑，又閉上了眼。

香香公主拉著姊姊的手，道：「他怎麼不用兵器？勝得了麼？」霍青桐道：「咱們有這許多人，不用怕。」心硯焦急萬分，恨不得衝過去插手相助，問霍青桐道：「姑娘，你說公子沒危險麼？」霍青桐記起前事，白了他一眼，轉頭不理。心硯大急，想要分辯謝罪，一雙眼卻不敢離開陳家洛身上。

文泰來虎目圓睜，眼光不離凝碧劍的劍尖。衛春華雙鉤鉤頭已被削斷，但仍緊緊握在手中，全身便如是一張拉滿了的弓一般。駱冰腕底扣著三柄飛刀，眼光跟著張召重的後心滴溜溜地打轉。

李沅芷又再睜開眼來，忽然輕輕驚呼，向東指去。余魚同轉頭望去，只見面前出現了一片奇景：遠處一座碧綠的大湖，水波淸漪，湖旁白塔高聳，屋宇櫛比，竟是一座大城。余魚同一驚跳起，但隨即想到這是沙漠中的海市蜃樓，景色雖奇，卻盡是虛幻。其餘各人凝神觀戰，都沒見到。

李沅芷道：「那是甚麼啊？咱們回到了杭州嗎？」余魚同低聲道：「那是太陽光反射出來的幻象。你閉上眼養一會兒神吧。」李沅芷道：「不，這寶塔是杭州雷峯塔。我跟爹爹去玩過的。爹爹呢？我要爹爹。」余魚同允她婚事，本極勉強，只是爲了要給恩師報仇，一切全顧不到了，這時見她身受重傷，神智模糊，憐惜之念不禁油然而生，輕輕拍著她手背道：「咱們這就動身回去，我跟你去見你爹爹。」李沅芷嘴角邊露出一絲微笑，忽問：「你是誰？」余魚同見她雙目直視，臉上沒一點血色，害怕起來，答道：「我是你余師哥，咱倆今兒定了親啊。以後我一定好好待你。」李沅芷垂下淚來，叫道：「你心裏是不喜歡我的，我知道。你快帶我見爹爹去，我要死啦。」眼望遠處幻象，道：「那是西湖，我爹爹在西湖邊上做提督，他……他……你認識他麼？」

余魚同心裏一陣酸楚，想起她數次救援之德，一片痴情，自己卻對她不加理睬，要是她傷重而死，如何是好？一時忘情，伸手把她摟在懷裏，低聲道：「我心裏是眞正愛你的，你不會死。」李沅芷嘆了口氣。余魚同道：「快說：『我不會死！』」李沅芷胸口一陣劇痛，又暈了過去。張召重恨怒之下，這一掌勁力凌厲，她斷臂之餘，胸口更受震傷。

余魚同把張召重提到沙城牆頭，暗暗禱祝：「恩師在天之靈，你的朋友們與弟子今日給你報仇雪恨。」割斷縛住張召重手足的繩索，右腿橫掃，猛力把他踢落。

第十九回　心傷殿隅星初落　魂斷城頭日已昏

這時張召重和陳家洛翻翻滾滾，已拆了一百餘招。初時陳家洛的「百花錯拳」變招迭出，張召重又在強敵環伺之下，不免氣餒，手中雖有兵刃，卻也不敢莽進，既要解拆對方古怪繁複、不成章法的拳術，又要找尋空隙，想一舉將他擒住，再見陸菲青、駱冰、霍青桐等人手中似都扣著暗器，於是更加嚴守門戶，不敢露出絲毫空隙，以防旁人暗襲，這樣一分神，雙方打成了平手。再拆數招，張召重心想：「再耗下去，是何了局？就算勝了對手，他們和我車輪大戰，打不死我，也把我拖得累死。」這時對「百花錯拳」的格局已大致摸熟，即使對方突使怪招，也可應付得了，膽子既壯，劍法忽變。

他柔雲快劍施展開來，記記都是進手招數，倏地一招「耿耿銀河」，凝碧劍疾揮橫削，千頭萬緒般亂點下來，眞若天上繁星一般。陳家洛忽地跳出圈子，要避開他這番招招相連的攻勢，再行回擊。衛春華和章進齊向張召重撲去。

凝碧劍「耿耿銀河」招術尚未使完，張召重更不停手，颼颼兩劍，衛章兩人均已帶傷。文泰來猛喝一聲，挺刀正要縱前，陳家洛已掠過他身邊，只見張召重身手之中，處處皆是破綻瑕疵，輕輕兩掌，打向張召重臉上空門。這兩掌看來全不使力，但部位恰到好處，他不論低頭躲避還是回劍招架，都已不及，只聽聲音清脆，啪啪兩下耳光。張召重又驚又怒，提劍退出三步，瞋目怒視。衛章兩人乘機退下，好在受傷均不甚重，駱冰和心硯分別給他們包紮。

眾人四面合圍，不讓敵人脫身。陳家洛雙掌一錯，說道：「上來吧！」身子半轉，右足虛踢。張召重見他後心露出空隙，遇上了這良機，手下毫不容情，長劍直刺。

眾人驚呼聲中，陳家洛忽地轉身，左手已牽住張召重的辮尾，把辮子在凝碧劍上一拉，一條油光漆黑的大辮登時割斷。陳家洛右手啪的一掌，張召重肩頭又中。他連挨三掌，雖然掌力不重，並未受傷，然而憑自己武功，非但沒能讓過，而且竟沒看出對方使的是何手法，辮子被截，更是奇恥，但他究是內家高手，雖敗不亂，又再倒退數步，凝神待敵。

陳家洛緩步前攻，趨退轉合，瀟洒異常。霍青桐大喜，對香香公主道：「你瞧，這就是他在山洞裏學的武功。」香香公主拍手笑道：「這模樣眞好看。」陳家洛伸手拍出，張召重舉劍擋開，陳家洛反手一撩，兩人又鬥在一起。張召重凝劍嚴守，只要對方稍近，立即快如閃電般還擊數下，擊刺之後，隨即收劍防禦。

陳正德對袁士霄道：「袁大哥，我今日才當眞對你佩服得五體投地。你徒兒已是如此，做兄弟的跟你可實在相差太遠了。」袁士霄沉吟不語，心中大惑不解，陳家洛這套功夫非但不是他所授，而且武林中從所未見。他見多識廣，可算得舉國一人，卻渾不知陳家洛所使拳法是何家數，看來與任何流派門戶均不相近。他隔了一會，才道：「不是我教的，我也教不出來。」天山雙鷹知他生平不打誑語，這並非自謙之辭，心下暗暗稱奇。陳家洛拳法初時還感生疏滯澀，久鬥之下，所悟漸增，玉宮中伊斯蘭古戰士屍骸出招的部位在心中清晰流過，如何「以無厚入有間」，在眼前現得清清楚楚，張召重招數中的破綻，無不瞭如指掌，尋瑕抵隙，莫不中節。打到一百餘招之後，張召重全身大汗淋漓，衣服濕透。忽然間張召重大聲急叫，右腕已被敵指點中，寶劍脫手。陳家洛左右兩掌，打在他背心之上，縱聲長笑，垂手退開。這兩掌可是含勁蓄力，厲害異常。張召重低下了頭，腳步踉蹌，就如喝醉酒一般。

章進口中咒罵，想奔上去給他一棒，被駱冰拉住。只見張召重又走了幾步，終於站立不穩，撲地倒了。羣雄大喜，徐天宏和心硯上去按住縛了。張召重臉色慘白，毫不抵抗。

余魚同轉頭看李沅芷時，見她昏迷未醒，甚是著急。陳家洛道：「師父，陸老前輩，咱們拿這惡賊怎麼辦？」余魚同咬牙切齒的說道：「拿去餵狼，他下毒手害死我師父，現今又……又……」袁士霄道：「好，拿去餵狼！咱們正要去瞧瞧那批餓狼怎樣了。」眾人覺得這奸賊作惡多端，如此處決，正是罪有應得。

陸菲青將李沅芷斷臂上的骨骼對正了，用布條緊緊縛住。袁士霄又拿一顆雪參丸給她服下，搭了她脈搏，對余魚同道：「放心，你老婆死不了。」駱冰低聲笑道：「你抱著她，她就好得快些。」

眾人向圍住狼羣的沙城進發，無不興高采烈。途中袁士霄問起陳家洛的拳法來歷，陳家洛詳細稟告了。袁士霄喜道：「這眞是可遇不可求的奇緣。」

數日後，眾人來到沙城，上了城牆向內望去，只見羣狼已將駝馬吃完，正在爭奪已死同類的屍體，猛撲狂咬，慘厲異常，饒是羣雄心豪膽壯，也不覺吃驚。香香公主不忍多看，走下城牆去自和看守的回人說話。

余魚同把張召重提到沙城牆頭，暗暗禱祝：「恩師在天之靈，你的朋友們與弟子今日給你報仇雪恨。」從徐天宏手裏接過單刀，割斷縛住張召重手足的繩索，右腿橫掃，猛力把他踢落。張召重雙腿酸軟，無力抗拒。羣狼不等他身子著地，已躍向半空搶奪。

張召重被陳家洛打中兩掌，受傷不輕，仗著內功深湛，經過數日來的休養，已好了不少，只是陳家洛如何忽然武功大進，卻是想破了腦袋也沒半點頭緒。他被踢入狼城，原已不存生還之想，但臨死也得竭力掙扎一番，雙腿將要著地，四周七八頭餓狼撲了上來，他紅著雙眼，兩手伸出，分別抓住一頭餓狼的項頸，橫掃了一個圈子，登時把羣狼逼退數步。他慢慢退到牆邊，後心貼牆，負隅拚鬥，抓住兩頭惡狼，依著武當雙鎚的路子使了開來，呼呼風響，羣狼一時倒也難以逼近。

羣雄知他必死，雖恨他奸惡，但陳家洛、駱冰等心腸較軟，不忍卒睹，走下城牆。

陸菲青雙目含淚，又是憐憫，又是痛恨，見張召重使到二十四招「破金鎚」時，一頭餓狼撲將上來，向他腿上咬去，張召重一縮腿，狼牙撕下了他褲子上長長一條布片。陸菲青腦海中突然湧現了四十餘年前舊事：那一日他和張召重兩人瞞了師父，偷偷到山下買糖吃，師弟摔了一交，褲子在山石上勾破了。張召重愛惜褲子，又怕師父責罵，大哭起來。他一路安慰，回山之後，立即取針線給師弟縫補破褲。又想到這套「破金鎚」鎚法也是自己親自點撥的。當年張召重聰明穎悟，學藝勤奮，師兄弟間情如手足，不料他後來貪圖富貴，竟然愈陷愈深。眼見到師弟如此慘狀，不禁淚如雨下，心想：「他雖罪孽深重，我還是要再給他一條自新之路，重做好人。」叫道：「師弟，我來救你！」湧身躍出，跳入了狼城。

眾人大驚呼叫，只見他腳未著地，白龍劍已舞成一團劍花，羣狼紛紛倒退，他站到張召重身旁，說道：「師弟，別怕。」張召重命在頃刻，神智大亂，滿心全是怨毒，人性盡失，已如兇狼一般，忽地將手中兩狼猛力擲開，和身撲上，雙手抱住了他，叫道：「大家一起死了，誰也別活！」陸菲青出其不意，白龍劍落地，雙臂被他緊緊抱住，猶如一個鋼圈箍住了一般，忙運力掙扎，但張召重獸性大發，決意和他同歸於盡，拚死抱住，那裏掙扎得開？羣狼見這兩人在地下翻滾，猛撲上來撕咬。兩人各運內力，要把對方翻在上面，好讓他先膏狼吻。

陳家洛等在城牆腳下忽聽城牆頂上連聲驚呼，忙飛步上牆。這時陸菲青想起自己好心反得慘報，氣往上沖，手足忽軟，被張召重用擒拿手法拿住脈門，動彈不得。

張召重左手拉扯，右手回舉，已將陸菲青遮在自己身上，突然間認出了他，叫道：「師哥，是你啊！你一直待我很好，像我親哥哥一般……」急速翻身，遮在陸菲青身上，擋住兇狼爪牙，兩隻狼猛咬他背心。眾人驚呼聲中，文泰來與余魚同雙雙躍下。文泰來單刀連揮，劈死數狼。羣狼退開數丈。余魚同握著從徐天宏手裏接來的鋼刀，跳落時因城牆過高，立足不穩，翻了個觔斗方才站起，刀尖看準張召重肩頭戳將下去。張召重長聲慘叫，抱著陸菲青的雙臂登時鬆了。這時羣雄已將長繩掛下，先將陸菲青與余魚同縋上，隨即又縋上文泰來。看下面時，羣狼已撲在張召重身上亂嚼亂咬。

眾人心頭怦怦亂跳，一時都說不出話來，想到剛才的兇險，無不心有餘悸。

隔了良久，駱冰道：「陸伯伯，你的白龍劍沒能拿上來，眞可惜。」袁士霄道：「再過一兩個月，惡狼都死光了，就可拿回來。」陸菲青垂淚不語。

傍晚紮營後，陳家洛對師父說了與乾隆數次見面的經過。袁士霄聽了原委曲折，甚感驚異，從懷裏摸出一個黃布包來，遞給他道：「今年春間，你義父差常氏兄弟前來，交這布包給我收著，說是兩件要緊物事。他們沒說是甚麼東西，我也沒打開來看過，只怕就是皇帝所要的甚麼證物了。」

陳家洛道：「一定是的。義父既有遺命，徒兒就打開來瞧了。」解開布包，見裏面用油紙密密裹了三層，油紙裏面有兩個信封，因年深日久，紙色都已變黃，信封上並無字跡。

陳家洛抽出第一個信封中的紙箋，見箋上寫了兩行字：「世倌先生足下：請將你剛生的兒子交來人抱來，給我一看可也。」下面簽的是「雍邸」兩字，筆致圓潤，字跡潦草，另蓋著一顆朱紅的陽文小章：「四時優遊」。

袁士霄看了不解，問道：「這信是甚麼意思？那有甚麼用，你義父看得這麼要緊？」陳家洛道：「這是雍正皇帝寫的。」袁士霄道：「你怎知道？」陳家洛道：「徒兒家裏清廷皇帝的賜書很多，康熙、雍正、乾隆的都有，因此認得他們的筆跡。」袁士霄笑道：「雍正的字還不錯，怎地文句如此粗俗？」陳家洛道：「徒兒曾見他在先父奏章上寫的批文，有的寫：『知道了，欽此』。提到他不喜歡的人時，常寫：『此人乃大花臉也，要小心防他，欽此』。」袁士霄呵呵大笑，道：「他自己就是大花臉，果然要小心防他。」又道：「這信是雍正所寫，那又有甚麼了不起？」陳家洛道：「他寫這信時還沒做皇帝。」袁士霄道：「你怎知道？」陳家洛道：「他署了『雍邸』兩字，那是他做貝勒時的府第。而且要是他做了皇帝，就不會稱先父為『先生』了。圖章上這四個字，表明無心帝位，但求優遊歲月。『四』是表示是四阿哥。」袁士霄點了點頭。

陳家洛扳手指計算年月，沉吟道：「雍正還沒做皇帝，那時候我當然還沒生，二哥也沒生。姊姊是這時候生的，可是信上寫著『你剛生的兒子』，嗯……」想到文泰來在地道中所說言語，以及乾隆的種種神情，叫道：「這正是絕好的證據。」袁士霄道：「怎麼？」陳家洛道：「雍正將我大哥抱了去，抱回來的卻是個女孩。這女孩就是我大姊，後來嫁給常熟蔣閣老的，其實是雍正所生的公主。我眞正的大哥，現今做著皇帝。」袁士霄道：「乾隆？」

陳家洛點了點頭，又抽出第二封來。他一見字跡，不由得一陣心酸，流下淚來。袁士霄問道：「怎麼？」陳家洛哽咽道：「這是先母的親筆。」拭去眼淚，展紙讀道：

「亭哥惠鑒：你我緣盡今生，命薄運乖，夫復何言。余所日夜耿耿者，吾哥以頂天立地之英雄，乃深受我累，不容於師門。我生三子，一居深宮，一馳大漠，日夕所伴之二兒，庸愚頑劣，令人神傷。三官聰穎，得託明師，余雖愛之念之，然不慮也。大官不知一己身世，儼然而為胡帝。亭哥，亭哥，汝能為我點化之乎？彼左臂有殷紅硃記一塊，以此為證，自當入信。余精力日衰，朝思夕夢，皆為少年時與哥共處之情景。上天垂憐，來生而後，當生生世世為眷屬也。妹潮生手啓。」

陳家洛看了這信，驚駭無已，顫聲問道：「師父，這信……信上的『亭哥』，難道就是我義父嗎？」袁士霄黯然道：「可不是嗎？他幼時與你母互有情意，後來天不從人願，拆散鴛鴦，因此他終生沒有娶妻。」陳家洛道：「我媽媽當年為甚麼要義父帶我出來？為甚麼要我當義父是我親生爸爸一般？」

袁士霄道：「我雖是你義父知交，卻也只知他因壞了少林派門規，被逐出師門。這等恥辱之事，他自己不說，別人也不便相問。不過我信得過他是響噹噹的好漢子，光明磊落，決不做虧心之事。」一拍大腿，說道：「當年他被逐出少林，我料他定是遭了不白之冤，曾邀集武林同道，要上少林寺找他掌門人評理，險些釀成武林中的一件大風波。後來你義父盡力分說，說全是自己不好，罪有應得，這才作罷。但我直到現今，還是不信他會做甚麼對不起人的事，除非少林寺和尚們另有古怪規矩，那我就不知道了。」說到這裏，猶有餘忿。

陳家洛道：「師父，我義父的事你就只知道這些麼？」袁士霄道：「他被逐出師門之後，隱居了數年，後來手創紅花會，終於轟轟烈烈的做出一番大事來。」陳家洛問的是自己身世，袁士霄卻反來覆去，儘說當年如何為他義父于萬亭抱不平之事。

陳家洛又問：「義父和我媽媽為甚麼要弟子離開家裏，師父可知道麼？」袁士霄氣憤憤的道：「我邀集了人手要給你義父出頭評理，到頭來他忽然把過錯全攬在自己身上。這般給大家當頭澆一盆冷水，我的臉又往那裏擱去？因此他的事往後我全不管啦。他把你送來，我就盡心教養，教你武藝，總算對得起他啦。」

陳家洛知道再也問不出結果了，心想：「圖謀漢家光復，關鍵在於大哥的身世，中間只要稍有錯失，那就前功盡廢。此事勢須必成，遲早卻是不妨。我須得先到福建少林寺走一遭，探問明白。雍正當時怎樣換掉孩子？他本來早有兒子，我大哥明明是漢人，雍正為何讓他繼任皇位？在那兒總可問到一些端倪。」當下對師父說了。袁士霄道：「不錯，去問個仔細也好，就怕老和尚古怪，不肯說。」陳家洛道：「那只有相機行事了。」

師徒倆談論了一會，陳家洛詳述在玉峯中學到的武功，主要在於好似庖丁解牛一般，看到對方武功中的空隙破綻，牛刀均割在無筋無骨之處，自然雖宰千牛而刀不損。

兩人印證比劃，陳家洛更悟到不少精微之處。兩人談得興起，走出帳來，邊說邊練，不覺天色已白，這才盡興。

袁士霄道：「那兩個回人姑娘人品都好，你到底要那一個？」陳家洛道：「漢時霍去病言道：『匈奴未滅，何以家爲？』弟子也是這個意思。」袁士霄點點頭道：「很有志氣，很有志氣。我去對雙鷹說，免得他們再怪我教壞了徒弟。」言下十分得意。陳家洛道：「陳老前輩夫婦說弟子甚麼不好？」袁士霄笑道：「他們怪你喜新棄舊，見了妹子，忘了姊姊，哈哈！其實一雙三好，也無不可。」陳家洛回思雙鷹那晚不告而別，在沙中所留的八個大字，原來含有這層意思，不覺暗暗心驚。

次日，陳家洛告知羣雄，要去福建少林寺走一遭，當下與袁士霄、天山雙鷹、霍青桐姊妹作別。香香公主依依不捨。陳家洛心中難受，這一別不知何日再能相見？如得上天佑護，大功告成，將來自有重逢之日，否則衆兄弟埋骨中土，再也不能到回部來了。霍青桐遠送出一程，自也柔腸百結，黯然神傷，但反催妹子回去，香香公主只是不肯。

陳家洛硬起心腸，道：「你跟姊姊去吧！」香香公主垂淚道：「你一定要回來！」陳家洛點點頭。香香公主道：「你十年不來，我等你十年；一輩子不來，我等你一輩子。」陳家洛想送件東西給她，以爲去日之思，伸手在袋裏一摸，觸手生溫，摸到了乾隆在海塘上所贈的那塊溫玉，取出來放在香香公主手中，低聲道：「你見這玉，就如見我一般。」香香公主含淚接了，說道：「我一定還要見你。就算要死，也是見了你再死。」陳家洛微笑道：「幹麼這般傷心？等大事成功之後，咱們一起到北京城外的萬里長城去玩。」香香公主出了一會神，臉上微露笑意，道：「你說過的話，可不許不算。」陳家洛道：「我幾時騙過你來？」香香公主這才勒馬不跟。

陳家洛時時回頭，但見兩姊妹人影漸漸模糊，終於在大漠邊緣消失。

羣雄控馬緩緩而行。這一役殺了張召重，余魚同大仇得報，甚是歡慰，對李沅芷又是感激，又是憐惜，一路上不避嫌疑，細心呵護她傷勢。

衆人行了數日，又到了阿凡提家中，那位騎驢負鍋的怪俠卻又出外去了。周綺聽說張召重已死，胞弟之仇已報，很是高興。依陳家洛意思，要徐天宏陪她留在回部，等生下孩子，身子康復之後，再回中原。但周綺一來嫌氣悶，二來聽得大夥要去福建少林寺，此行可與她爹爹相會，吵著定要同去。衆人拗不過，只得由她。徐天宏雇了一輛大車，讓妻子及李沅芷在車裏休息。

回入嘉峪關後，天時漸暖，已有春意。衆人一路南下，漸行漸熱，周綺愈來愈是慵困，李沅芷的傷勢卻已大好了。她棄車乘馬，一路與駱冰咭咭呱呱的說話。旁人都奇怪這兩人談個沒完沒了，不知怎地有這許多事兒來說。

眾人這日來到福建境內，只見滿山紅花，蝴蝶飛舞。陳家洛心想：「要是喀絲麗在此，見了這許多鮮花，可不知有多歡喜。」

又行數天，進了德化城，一行人要找酒樓去喝酒吃飯，行經大街縣衙門外，只見三十來名男子頭戴木枷，雙手也都扣在枷裏，腳上有鐐，一排站在牆邊，個個垂頭喪氣，神色憔悴，太陽正烈，曬得人苦惱不堪，有的更似奄奄一息，行將倒斃。十來名差役手執皮鞭，在旁吆喝斥罵：「快些繳了皇糧，這就放人！」周綺忍不住問道：「喂！他們犯了甚麼王法啦？這麼多人枷在這裏，大日頭裏曬著，可沒陰功啊！」一名差役頭兒模樣的人說道：「你們外路人，快快走罷！別多管閒事！」周綺怒道：「天下事天下人管得，甚麼多管閒事了？」那差役頭兒用皮鞭指著牆上貼著的一張榜文道：「你識字不識？省裏的方藩台親來德化催糧，皇上在回疆用兵，大軍糧餉的事，豈是鬧著玩的？外路人囉裏囉唆，一起抓起來枷了示眾！」

福建話不易聽懂，周綺也不理會。陳家洛等向榜文瞧去，果是福建省裏藩台衙門催繳錢糧的告示，說道大軍西征，糧餉急如星火，刁民抗拒不繳，嚴懲不貸。一名戴枷的男子叫道：「行行好啊！我們又不是不繳糧，一時三刻要繳幾十兩銀子，殺了我頭也拿不出啊！」一名差役一鞭向他打去，喝道：「你再叫，當眞便殺了你頭！」他舉鞭欲待再打，周綺搶過去抓住鞭子。

徐天宏叫道：「綺妹，且慢！」周綺放開皮鞭，問道：「怎麼？」徐天宏指著榜文道：「這方藩台名叫方有德！」低聲道：「不知是不是那個得他媽的屁。」

一行人上了一家飯店，酒保斟上酒來，徐天宏向陳家洛道：「總舵主，求你准許我報仇雪恨！」陳家洛道：「七哥請說！」徐天宏道：「這方有德或許就是我的大仇人，他先前在我們浙江紹興府做知府，害死了我全家，我一直找他不到，報不了大仇，原來卻在這裏，不過是不是眞的是他……先要查個清楚……」周綺氣憤憤的道：「不用查了，這種狗官，殺了也不會殺錯！」陳家洛緩緩搖頭，說道：「如果眞是此人，七哥的全家大仇，當然是要報的。這方有德有多大年紀了？」徐天宏道：「算來該有六十多了。」陳家洛道：「今日要是放過了他，別讓他生一場病，一命嗚呼……」周綺大聲道：「那他的大仇永遠報不了啦！」

陳家洛沉吟道：「咱們正有大事在身，七哥，咱們得定個計較，既要殺了這姓方的報仇，又別牽纏紅花會在內。」徐天宏道：「正是！咱們還得劫了福建的錢糧，好讓去打回部的大軍開拔不了。」陸菲青道：「正該如此，不過天下同名同姓之人也是有的。徐賢姪，咱二人去縣衙門查訪明白，瞧這方有德是否正是你的仇人。」徐天宏道：「多承指點，小姪就跟陸師伯去查。」

各人匆匆用過酒飯，陳家洛率領衆人去住了客店，徐天宏跟隨陸菲青出外探查。周綺掛念徐天宏報仇之事，坐立不安，不斷踱到客店門口等候。傍晚時分，徐天宏先行快步回來，向周綺做個殺頭的手勢，說道：「就是這奸賊！」周綺跳起身來，叫道：「好極了！」徐天宏忙道：「別跳！小心你的肚子。」

他走進陳家洛的上房，低聲道：「總舵主，我跟陸老前輩瞧得明白，這方藩台左臉上有老大一塊黑記，正是害死我全家的奸賊，決計錯不了。陸老前輩做事把細，還叫了十四弟去，他會說福州鄉談，到縣衙門找了個頭兒，送了二十兩銀子求他辦件小事，還請他喝酒，打聽明白，這方藩台本來在浙江做知府，有功升了鹽道、糧道，幾年前調到福建來做了藩台。」陳家洛道：「那就錯不了，咱們今晚動手！七哥，請你去請陸老前輩來，大家合計合計。」

徐天宏大喜，出去請陸菲青。余魚同跟著進房，說道：「總舵主，我還打聽到一個希奇消息，京裏有五名武官、侍衛甚麼的，說有緊急特旨，從北京趕到福州來尋方藩台，得知他出差到了德化，又趕來德化。至於是甚麼特旨，縣衙裏當差的職司低微，就不知道了。」陸菲青也說看來北京來人似乎來頭不小。陳家洛聽說是北京來的特旨，登時就想：「說不定跟咱們圖謀的大事有關。」一時沉吟不語。

余魚同拍手笑道：「還有一件大運氣！我到縣衙門去偷偷張了一下，這五名武官中倒有兩個是老相好，一個是叫做瑞大林的，還有一個總兵官成璜，是到過鐵膽莊去捉拿四哥的，我去跟四哥一說，他定要高興得跳起來。咱們兩件大仇一齊報，眞正妙極，妙之極矣！」陳家洛道：「十四弟，你和九哥一起去縣衙外望望風，別讓這幾名奸賊走了。倘若這幾名武官傳的特旨是調動兵馬甚麼的，暫且別打草驚蛇。」徐天宏點頭道：「私仇事小，咱們先當顧全大局。皇帝如眞能信守盟約，多半須得在各省調兵遣將。」陳家洛點頭道：「但願如此，七哥深明大義。咱們要抓到這五名武官，問明眞相，當於大局有利。」

當下陳家洛發令，衆人來到德化縣衙之外，余魚同正要進去探問訊息，忽聽得馬蹄聲響，十餘騎從衙門中疾馳而出，領先數人頂戴中有紅藍頂子，乃是高位武官，文泰來認得其中一人正是成璜，不由得目眥欲裂。眼見一行人往東而去，羣雄紛紛上馬，出德化城東門疾追。奔了三四十里，在一家飯鋪中打尖，詢問飯鋪伙計，知道成璜等過去不久。文泰來道：「我這馬腳力快，衝上去攔住五個狗賊。」駱冰道：「他們有五個，別落了單。諒他們也逃不了。」文泰來知道妻子自從他身遭危難，對他照顧特別周到，也不忍讓她擔心，於是與衆人一齊追趕。

當晚羣雄在仙遊歇夜，次日趕到郊尾，聽鄉人說五個武官已轉而向北。陳家洛笑道：「他們逃的路程眞好，這裏向北正往莆田少林寺，咱們雖然趕人，可沒走冤枉路。」馳了數十里，天色將黑，離少林寺已近，羣雄在望海鎭上找一家客店歇了。陸菲青、文泰來、衛春華、徐天宏、心硯等五人出去分頭打聽衆侍衛的下落。

文泰來查不到成璜等蹤跡，心中焦躁。這時天已入夜，蟬聲甫歇，暑氣未消，他袒開胸口，拿著一柄大葵扇不住搧風，走了一陣，迎風一陣酒香，前面是家小酒店，望見店門兀自開著，尋思正好喝幾碗冷酒解渴，走進店內，不覺一怔，正是踏破鐵鞋無覓處，得來全不費功夫，成璜、瑞大林及三名侍衛正在飲酒談笑。

五人斗然見他闖進店來，大驚變色，登時停杯住口。文泰來有如不見，叫道：「店家，拿酒來。」店小二答應了，拿了酒壺、酒杯、筷子放在他面前。文泰來喝道：「杯子有甚麼用？拿大碗來。」噹的一聲，把一塊銀子擲在桌上。店小二見他勢猛，不敢多說，拿了一隻大碗出來，斟滿了酒。文泰來舉碗喝了一口，讚道：「好酒！」店小二道：「這是本地出名的三白酒。」文泰來道：「宰一口豬，該喝幾碗？」店小二不懂他意思，但又不敢不答，隨口道：「三碗吧！」文泰來道：「好，拿十五隻大碗，篩滿了酒！」抽出單刀，砍在桌旁欖上。店小二嚇了一跳，依言拿出十五隻大碗，擺滿了一桌，都倒上了酒。成璜等面面相覷，驚疑不定，見文泰來攔在門口，都不敢出來。

成璜和瑞大林見不是路，站起來想從後門溜走。文泰來大喝一聲，宛似半空打了個霹靂，叫道：「老子酒還沒喝，性急甚麼？」成瑞兩人站著便不敢動。文泰來左足踏在長櫈之上，兩口就把一碗酒喝乾，叫道：「好酒！」又喝第二碗。店小二識趣，切了兩斤牛肉牛筋，放在盤裏托上來。文泰來喝酒吃肉，不一刻，十五碗酒和兩斤牛肉吃得乾乾淨淨。成璜和瑞大林相顧駭然。其餘三名侍衛互相使個眼色，各提兵刃，猛撲上來。

文泰來酒意湧上，全身淌汗，待三人撲到，右足猛一抬腿，把桌子踢得飛了起來，桌上酒碗盤子，乒乒乓乓的跌了一地。他也不拔刀，提起長櫈便向三名侍衛橫掃過去。那三名侍衛身手也甚了得，一個展動花槍，避開長櫈，分心刺到，另兩人一個使刀，一個雙手握著蛾眉鋼刺，直欺近身。文泰來舉櫈直上，力敵三人，混戰中那使刀的一刀砍在櫈上，急切間拔不出來，文泰來左掌翻處，劈面打在他鼻樑正中，登時五官血肉模糊、頭骨震碎。這時蛾眉雙刺正刺到文泰來右脅，他順手拔下櫈上單刀，劈將下來。

那人雙刺堪堪刺到，忽覺頭頂風勁，左腳急挫，打滾避開。那使槍的抖起個碗大槍花，「毒龍出洞」，向文泰來小腹刺去。文泰來左手撒去單刀，一把抓住槍桿。那人出力回奪，卻怎敵得住文泰來的神力，這一拉之下，反踉踉蹌蹌的跌將過來。文泰來右手提起長櫈，椿在他胸口，發力推出，那人直靠上土牆，再運勁一推，土牆登時倒了，將那人壓在磚石泥土之中。

酒店中塵土飛揚，屋頂上泥塊不住下墮，文泰來轉身再打，見那使蛾眉刺的胖侍衛蜷成一團，一動也不動了，提將起來，見他臉如金紙，早已氣絕，卻是嚇死了的。文泰來準擬留下一名活口，以便問訊，找成璜和瑞大林時，卻已不見，想是乘亂逃走了。出得店來，一陣涼風拂體，抬頭曉星初現，已是初更時分。他回入酒店，提了單刀，四下找尋，飛身躍上一家高房屋頂，四下瞭望，只見兩條黑影向北狂奔，心中一喜，躍下屋來，提刀急追。追出數里，眼前是一大片甘蔗田，蔗桿長得正高，兩個黑影鑽入蔗田，就此隱沒。他提刀也鑽了進去，一路吆喝追逐。蔗田走完，見是黑壓壓的一片樹林。

在林中尋了一陣不見，心念一動，躍起身來，抓住一條橫枝，攀到樹顛，四下觀看，見遠處似有個小村落，但房屋都甚高大。見兩個黑影已奔近房屋，若非身子晃動，黑夜中還眞看不出來。文泰來暗叫慚愧，在樹林中瞎摸了半天，險些兒給他們逃走了，當即躍下地來，逕向那村落奔去。他足下使勁，耳畔風生，片刻即到，正見那兩人越過牆去。

文泰來叫道：「往那裏逃？」衝到牆邊，星光稀微下見這些房屋都是碧瓦黃牆，卻是一座大叢林，繞到廟前抬頭望時，見山門正中金字寫著「少林古剎」四個大字。他心中一震：「原來到了少林寺。福建少林寺雖是嵩山下院，素聞寺中僧人武功之強，不下嵩山本寺。這是故總舵主出身之所，我可不能魯莽了。」但成璜、瑞大林二人昔日實在欺辱太甚，決不能就此罷休，見廟門緊閉，提刀跳上牆頭。

牆下是空蕩蕩一個大院子，側耳聽去，聲息全無，不知成璜和瑞大林逃向何處，於是伏下身子，遊目察看。忽然大殿殿門呀的一聲開了，一個胖大和尚走了出來，倒拖著一柄七尺多長的方便鏟，喝道：「好大膽，亂闖佛門聖地！」文泰來拱手道：「弟子追趕兩名官府鷹犬，驚動了大師，還請恕罪。」那和尚道：「你既會武，應知少林寺是甚麼地方，怎地帶刀入廟，如此無禮？」文泰來心頭火起，轉念又想，黑夜之中，持刀亂闖山門，確有不該之處，又一拱手，說道：「在下這裏謝過！」當即反躍跳出牆外，袒胸坐在樹下，心想：「那兩個臭賊總要出來，我在這裏等著便了。」

剛坐定不久，那胖和尚躍上牆來，喝道：「你這漢子怎麼還不走，賴在這裏想偷東西麼？」文泰來怒道：「我自坐在樹下，干你甚事？」胖和尚道：「你吃了老虎心、豹子膽，到少林寺來撒野！快走，快走！」文泰來再也按捺不住，喝道：「我偏不走，你待怎地？」那胖和尚一言不發，舉起方便鏟，呼的一聲，從牆頭縱下，只聽鏟上鋼環錚錚亂響，鏟隨身落，方便鏟長達一尺的月牙鋼彎已推到胸前。

文泰來正待挺刀放對，轉念一想，總舵主千里迢迢前來，正有求於此，莫因我一時之忿而壞了大事，於是晃身避開鏟頭，倒提單刀，轉身便走。奔不數步，眼前白光閃動，一個和尚使兩把戒刀，直砍過來。文泰來不欲交鋒，斜向竄出。兩個和尚叫道：「擲下兵器，就放你走路。」文泰來只待奔入林中，忽聽頭頂風聲響動，忙往左閃讓，蓬的一聲，一條禪杖直打入土中，泥塵四濺，勢道猛惡，一個矮瘦和尚橫杖擋路。

文泰來道：「在下此來並無惡意，請三位大師放行。明早再來賠罪。」那矮瘦和尚道：「你既敢夜闖少林，必有驚人藝業，露一手再走。」不等他回答，禪杖橫掃而至。文泰來低頭從杖下鑽過。那使戒刀的叫道：「好身手！」雙刀直劈過來，使方便鏟的也過來夾攻。

文泰來連讓三招，對方兵刃都是間不容髮的從身旁擦過，知道這三人都是少林寺中的高手，如再相讓，黑夜中稍不留神，非死即傷，三僧縱無殺己之意，一世英名不免付於流水，當下呼呼呼連劈三刀，從三件兵器的夾縫中反攻出去，身法迅捷之極。

三個和尚突然同時唸了聲「阿彌陀佛」，跳出圈子。使禪杖的和尚道：「我們是本寺達摩院上座三僧。」向使戒刀的和尚一指道：「他法名元悲。」指著使方便鏟的道：「他法名元痛。我叫元傷。居士高姓大名？」文泰來道：「在下姓文名泰來。」元痛道：「啊，原來是奔雷手文四爺，怪不得這等好本事。文四爺夜入敝寺，可是奉了貴會于萬亭老當家的遺命麼？」文泰來道：「于老當家並無甚麼言語，在下追逐鷹爪，誤入貴寺，還請原恕則個。」

三個和尚低聲商議了幾句。元痛道：「文四爺威名天下知聞，今日有幸相會，小僧想請教高招。」文泰來道：「少林寺是武學聖地，在下怎敢放肆？就此告辭。」還刀入鞘，抱拳拱手，轉身便走。

三僧見他只是謙退，只道他心虛膽怯，必有隱情，心想紅花會故總舵主于萬亭是少林寺革逐的弟子，莫非他是來爲首領報怨洩憤？互相一使眼色，元痛抖動方便鏟，鋼環亂響，直戳過來。文泰來是當世英雄，那能在敵人兵刃下逃走，只得揮刀抵敵。

元痛一柄方便鏟施展開來，鏟頭月牙燦然生光，寒氣迫人。文泰來這時酒意已過，精力愈長，刀法招招精奇。元痛漸漸抵敵不住，元傷挺起禪杖，上前雙戰。鬥到酣處，元悲的戒刀也砍將入來。文泰來以一敵三，兀自攻多守少，猛見月光下數十條人影照在地下，對方僧衆大集，不由得心驚。

就這麼微一分神，元傷禪杖橫掃，打中文泰來刀背，火花迸發，那刀飛將起來，直落入林中去了。文泰來身子稍挫，奔雷手當眞疾如迅雷，右手已抓住元痛斜砸而下的方便鏟鏟柄，用力扭擰，元痛方便鏟脫手。文泰來飛出右腿，踢在他膝蓋之上，元痛一個肥大的身軀直跌出去。這時元傷的禪杖與元悲的戒刀已同時攻到，文泰來倒掄方便鏟，噹的一聲大響，鋼鏟正打在禪杖之上。兩件精鋼的長大兵刃相交，只震得山谷鳴響，回聲不絕。元傷虎口震裂，滿手鮮血，嗆啷啷，禪杖落地。文泰來側身避過戒刀，舉鏟直進，挺向元悲。元悲嚇得忘了抵擋，門戶大開，眼見鏟頭月牙已推到面門。文泰來不欲傷人，正想收鏟，突覺頭頂嗤嗤有暗器之聲，正待閃避，噹的一響，手中一震，方便鏟被重物撞得盪開尺許，又聽叮叮兩聲輕響，跟著樹上掉下兩個人來。

文泰來收鏟躍開，回過頭來，見陳家洛等都到了，心中一喜，轉過身來，卻見對面人叢中一個白鬚飄拂的老者踏步上前，說道：「文四爺，眞對不起，我出手勸了架，向你謝過！」抱拳行禮。周綺大叫：「爹！」奔了上去。那人正是鐵膽周仲英。

文泰來一低頭，見鏟頭已被打陷了一塊，月牙都打折了，心下佩服鐵膽周名不虛傳。再看地下兩人，不覺大奇，一是成璜，另一個就是瑞大林。原來兩人逃入寺中，被監寺大苦禪師逐出，偷偷躲在樹上，見文泰來力戰三僧得勝，瑞大林在樹上暗放袖箭，卻被藏經閣主座大癡禪師以鐵菩提打落，接著又將兩人打了下來。

周仲英當下給紅花會羣雄與少林寺僧衆引見。原來當日周仲英和孟健雄、安健剛、周大奶奶離天目山後，南下福建，來到少林寺謁見方丈天虹禪師。南北少林本是一家，武功家數也無多大分別。周仲英在武林中聲名極響，南少林僧衆素來仰慕。雙方印證切磋武功，極是投機。天虹禪師懇切相留，周仲英一住不覺就是數月，這晚聽得警報連傳，說有一個高手夜闖山門，已與達摩院上座三僧交上了手，於是跟著出來，不料竟是文泰來，危急中出手勸架，怕文泰來見怪，忙即賠禮。

文泰來自不介意，向監寺大苦大師告了騷擾之罪，要把成璜與瑞大林帶走。大苦道：「這兩位施主既來本寺避難，佛門廣大，慈悲爲本，文施主瞧在小僧臉上，放了他們走吧！」文泰來無奈，只得依了。陸菲青將成瑞二人帶在一旁，點了二人穴道，詢問從北京趕來福建，傳何密旨。二人只說皇上特派金鉤鐵掌白振率領十餘名侍衛來到福建，命福建總兵調集三千旗兵及漢軍旗官兵，在德化城候命，到時皇上有加急密旨下給方藩台，會同白振及總兵，依旨用兵。至於這些兵馬如何用途，只有到時開拆密旨，方能知曉。陸菲青心想用兵之道，原當如是，不該早洩機密，看來二人之話不假，皇帝既派到白振，所辦的當非小事，二人也未必知曉。此時也不便當著少林僧衆之面，向二人加刑逼供，當下解開二人穴道，遣其自去，悄悄將情由告知了陳家洛。

於是大苦邀羣雄入寺。天虹禪師已率領達摩院首座天鏡禪師、戒持院首座大顛等在山門口迎接。互通姓名後，天虹向陸菲青道：「久仰武當綿裏針陸師傅的大名，今日有幸得見，眞是山剎之光。」陸菲青遜謝。天虹邀羣雄進寺到靜室獻茶，問起來意。

陳家洛見室中盡是少林寺有職司的高僧，並無閒雜人等，忽地在天虹面前跪倒，天虹忙伸手扶起，道：「陳總舵主有話請說，如何行此大禮？」陳家洛道：「在下有個不情之請，按照武林規矩，原是不該出口。但爲了億萬生靈，斗膽向老禪師求告。」天虹道：「請說不妨。」陳家洛道：「于萬亭于老爺子是我義父……」一聽到于萬亭之名，天虹倏然變色，白眉掀動。

陳家洛當下把自己與乾隆的關連簡略說了，最後說到興漢驅滿的大計，求天虹告知他義父被革出派的原由，要知道此事是否與乾隆的眞正身世有關，說道：「望老禪師念著天下百姓……」

天虹默然不語，長眉下垂，雙目合攏，凝神思索，衆人不敢打擾。過了一盞茶時分，天虹眼睜一線，說道：「陳總舵主遠道來寺，求問被逐弟子于萬亭的俗世情緣。此事按照寺規，本不可行……但此事有關普天下蒼生氣運，須當破例，請陳總舵主派人往戒持院自取案卷。」陳家洛躬身道謝。知客僧引羣雄到客舍休息。

陳家洛正自欣喜，卻見周仲英皺起眉頭，面露憂色，說道：「方丈師兄請陳總舵主派人去取案卷，前赴戒持院須得經過五座殿堂，每一殿有一位武功甚高的大師駐守，要衝過五殿，唉，甚難，甚難！」

衆人一聽，才知還得經過一場劇鬥，文泰來道：「周老爺子是兩不相助的了。咱們幾個勉強試試吧！」

周仲英搖頭道：「難在須得一個人連闖五殿，若是有人相助，寺中也遣人相助，勢成混戰，那可大大不妥。這五殿的護法大師一位強似一位。就算過得前面數殿，力鬥之餘，最後一兩殿實難闖過。」

陳家洛沉吟道：「要連過五殿，只恐難能。只盼我佛慈悲，能放晚輩過去。」當下脫去長衣，帶了一袋圍棋子，腰上插了短劍，由周仲英領到妙法殿來。

周仲英來到殿口，低聲道：「陳當家的，如闖不過去，就請回轉。咱們另想別法。千萬不可勉強，免受損傷。」陳家洛答應。周仲英叫道：「諸事如意！」站在一旁。

陳家洛推門進內，只見殿上燭火明亮，一僧坐在蒲團之上，正是監寺大苦大師。他站起身來，笑道：「是陳總舵主親自賜教，再好也沒有了，我請教幾路拳法。」陳家洛站在下首，拱手道：「請！」

大苦左手握拳，翻轉挽一大圜，右掌上托。陳家洛識得此招是「隻手擎天」，知他是以「醉拳」來和自己過招。他雖曾學過此拳，但想起當日和周仲英在鐵膽莊比武，自己用少林拳來對他少林拳，險遭大敗，此時再也不敢輕忽，當下雙手一拍，倏地分開，一出手便是「百花錯拳」的絕招。大苦出其不意，險些中掌，順勢一招「怪鳥搜雲」，仰跌在地，手足齊發，隨即跳起，只見他腳步欹斜，雙手亂舞，聲東擊西，指前打後，跌跌撞撞，眞如醉漢一般。陳家洛識得此拳，當下凝神拆解。大苦的「醉拳」雖只一十六路，但下盤若虛而穩，拳招似懈實精，翻滾跌撲，顧盼生姿。

兩人鬥到酣處，大苦一個飛騰步，全身凌空，落下來足成絞花，一招「鐵牛耕地」，右拳沖擊對方下盤。陳家洛斜身後縮，知他一擊不中，又將上躍成爲「鷂子翻身」，看準部位，等他左足落地，突然右腳勾出，伸手在他背上輕輕按落。大苦翻不過來，俯伏跌了下去。陳家洛雙手在他肩頭輕托，大苦借勢躍起，才沒跌倒，臉上漲得通紅，向裏一指，道：「請進吧！」陳家洛拱手道：「承讓！」進去又是一殿，戒持院首座大顛大師坐在正中，見他進來，便即站起，提起身旁一條粗大禪杖在地下一頓，只震得牆壁搖動，屋頂簌簌的落下許多灰塵。陳家洛暗驚：此人力氣好大，只見他左手扶杖，右手向左右各發側掌，左手提杖打橫，右手以陽手接住，踏上兩步，正是「瘋魔杖」的起手式。陳家洛見他發掌時風聲颯然，腳步沉凝，不敢輕敵，拔出短劍，脫去外鞘，一陣寒光激射而出。大顛見了劍光，不覺一震，左手斜擊，拗杖橫擊，這「虎尾鞭勢」又快又沉。陳家洛矮身從杖下穿過，還了一劍。兩人兵器一個極長，一個極短，在殿上迴旋激鬥。

陳家洛見過蔣四根的槳法，知道這瘋魔杖法猛如瘋虎，驟若天魔，杖法脫胎於天竺武宗緊羅那王所傳的一百單八路棍法，又摘取大小「夜叉棍」、「取經棍法」等精華，端的厲害。自來杖法多用長手，使者必具極大勇力，大顛尤其天生神武，只見他「翻身劈山」、「夜叉探海」、「雷針轟木」，招招狠極猛極，猶如發瘋著魔，將一根數十斤鑌鐵禪杖狂舞亂打。

陳家洛心下暗讚，要如此使杖，才當得起「瘋魔」兩字，當下不敢搶入力攻，一味騰挪閃避，料想他如此勇悍，定然難以持久，只待他銳氣稍挫，再行攻入。那知大顛內功深湛，根基極固，惡鬥良久，杖法中絲毫不見破綻，反而越舞越急，毫無衰象，竟把陳家洛直逼向牆角裏去。大顛見他無處退避，雙手掄杖，一招「迴龍杖」向下猛擊。

陳家洛心想以後還有三位高手，不可戀戰耗力，見這狠招下來，決意險中求勝，竟不閃避。大顛知陳家洛是友非敵，禪杖砸到離他頭頂二尺之處，斗然提起，改砸為掃，滿擬將他掃倒，叫他知難而退，也就罷了。陳家洛本待禪杖將到頭頂時突然撲入對方懷中，以短攻近，忽見他半路改勢，勁力微滯，當即隨機應變，左手抓住杖頭，右手短劍劃出，禪杖登時斷為兩截，兩人各執了一段。

大顛大怒，撲上又鬥，陳家洛躍開丈餘，一躬到地，說道：「大師手下容情，在下感激不盡。」大顛不理，挺著半截禪杖直逼過來，但不數合又被短劍削斷。

陳家洛心中歉然，只怕他要空手索戰，逕自奔入後殿。大顛只因一念之仁反遭挫敗，甚是氣忿，數步追不上，縱聲大叫，將半截禪杖猛力擲在地下，火花四濺。

陳家洛來到第三殿，眼前一片光亮，只見殿中兩側點滿了香燭，何止百數十枝。藏經閣主座大癡大師笑容可掬，說道：「陳當家的，你我來比劃一下暗器。」陳家洛躬身道：「請大師指教。」大癡笑道：「你我各守一邊，每邊均有九枝蠟燭，九九八十一炷香，誰先把對方的香燭全部打滅，誰就勝了。這比法不傷和氣。」向殿心拱桌一指道：「袖箭、鐵蓮子、菩提子、飛鏢，各種暗器桌上都有，用完了可以再拿。」

陳家洛在衣囊中摸了一把棋子，心想：「這位大師在暗器上必有獨到的功夫。我若平時向趙三哥多討教幾下，這時也可多一點把握。」說道：「請吧！」大癡笑道：「客人先請。」陳家洛尋思：「我先顯一手師父教的滿天花雨，來個先聲奪人。」拿起五顆棋子，一把擲了出去，對面牆腳下五炷香應聲而滅。大癡讚道：「好俊功夫。」頸中除下一串念珠，扯斷珠索，拿了五顆念珠在手，也是一擲打滅五炷香。

風聲起處，陳家洛又打滅五炷線香。大癡連揮兩下，九燭齊熄。燭火一滅，黑暗中香頭火光看得越加清楚，那就易取準頭。陳家洛心想：「正該如此，我怎麼沒想到？」九顆棋子分三次擲出，直奔燭頭，只聽叮叮一陣響，燭火毫無動靜，九顆棋子都在半途被大癡打了下來，不覺一呆，大癡卻乘機打滅了四炷線香。待他再發，陳家洛也擲棋子去迎擊念珠，但因自己這邊燭火已滅，香頭微光，怎照得清楚細小的念珠？對方五顆念珠只擊中了兩顆，其餘三顆卻又打滅了三炷香。

對比之下，大癡已勝了九燭二香，他以念珠極力守住九枝燭火，一面乘隙滅香，再交鋒數合，又多勝了十四炷香。陳家洛出盡全力，也只打滅了兩枝蠟燭。他心裏一急，大癡乘勢直攻，一口氣打滅了十九炷香。

陳家洛見對面燭火輝煌，自己這邊只剩下寥寥二十多炷香，心想：「難道第三殿便闖不過去？」危急中忽然想起趙半山的飛燕銀梭，當下看準方位，把三顆棋子猛力往牆邊擲去。大癡見他亂擲，暗笑畢竟是年輕人沉不住氣，一輸就大發脾氣。那知三顆棋子在牆上一碰，反彈轉來，一顆落空，餘下兩顆把兩枝燭火打滅。大癡吃了一驚，不由得喝采。

陳家洛如此接連發出棋子，撞牆反彈，大癡無法再守住燭火，好在他已佔先了數十枝香，這時再不去理會對方滅燭，雙手連揮，加緊滅香。突然間殿中一片黑暗，陳家洛已將蠟燭盡行打熄，但他這一邊點燃的線香也只賸下七枝，對面卻點點星火，何逾三數十枝，正自氣沮，忽聽大癡叫道：「陳當家的，我暗器打完啦，大家暫停，到拱桌上拿了再打。」

陳家洛一摸衣囊，也只賸下五六粒棋子，只聽大癡道：「你先拿吧。」陳家洛走到拱桌之前，靈機一動，心想：「這是大事所繫，只好耍一下無賴了。」左手兜起長衫下襟，右手在拱桌桌面上一抹，把桌上全部暗器都攞入衣襟，躍回己方，笑道：「一、二、三，我要發暗器啦。」大癡撲到桌邊伸手摸去，桌上空空如也。陳家洛鐵蓮子、菩提子一連串射將出去，片刻之間，把對面地下的香火滅得一星不留。

大癡手中沒有暗器，眼怔怔的無法可施，哈哈大笑，道：「陳當家的，眞有你的，這叫做鬥智不鬥力！你勝了，請吧！」陳家洛道：「慚愧，慚愧。在下本已輸了，只因事關重大，出於無奈，務請原諒。」大癡大師脾氣甚好，不以爲忤，笑道：「後面兩殿是我兩位師叔把守，我兩位師叔武功深湛，還請小心。」陳家洛道：「多謝大師指點。」

心下感激，再入內殿。

裏面一殿也是燭火明亮，殿堂卻較前面三殿小得多。殿中放了兩個蒲團，達摩院首座天鏡禪師盤膝坐在左側蒲團上，見陳家洛進來，起立相迎，道：「請坐吧！」陳家洛不知他要如何比試，依言坐上右側蒲團，心想大顛、大癡已如此功力，天鏡是他師叔，又是達摩院首座，武功之精，不言可喻，自己多半不是敵手，只好隨機應變了。

天鏡禪師身材極高，坐在蒲團上比常人站立也矮不了多少，兩頰深陷，全身似乎無肉，瞧上去不怒自威。天鏡道：「你連過三殿，足見高明。雖然你義父已不屬少林門下，但說來你總是晚輩，我也不能跟你平手過招。這樣吧，你能和我拆十招不敗，就讓你過去。」陳家洛站起施禮，道：「請老禪師慈悲。」天鏡哼了一聲，道：「請坐，接著！」陳家洛剛坐上蒲團，只覺一股勁風當胸撲到，忙運雙掌相抵，只和他手掌一碰，立覺猛不可當，如是硬接，勢非跌下蒲團不可，忙使招「分手」，想把勁力引向一旁消解。那知天鏡的掌力剛猛無儔，「分手」竟然黏他不動，只得拚著全身之力，強接了這招。

陳家洛這一招雖然接住了，但已震得左膀隱隱作痛。天鏡禪師叫道：「第二招來了。」陳家洛不敢再行硬架，待得掌到，身子微偏，反拳擱打他臂彎，這是「百花錯拳」中的妙著，敵人勢須收掌相避。不料天鏡右臂「橫掃千軍」，肘彎倏地對準他拳面橫推過來。這一下來勢快極，陳家洛拳力未發，已被對方肘部抵住，忙腳上使勁，身子直拔起來，避開了這一推，落下來仍坐在蒲團之上。天鏡見他變招快捷，能坐著急躍，點了點頭，反掌回抓。

陳家洛見他一招招越來越是厲害，心想這十招只怕接不完，忽聽鐘聲鏜鏜，原來天已微明，寺中撞動巨鐘，心念一動，左掌輕飄飄的隨著鐘聲拍了過去，勁力方位，全順自然，沒半點勉強。天鏡「咦」了一聲，回掌撥開。陳家洛使出在玉峯中學到的掌法，迴旋如意，隨著鐘聲一掌一掌的拍去。天鏡全神貫注，出掌相敵，拆到鐘聲止歇，陳家洛收掌道：「再拆下去，晚輩接不住了。」

天鏡道：「好好，已拆了四十餘招，果然掌法精妙，請吧。」陳家洛站起身來，正要走動，突然一晃，立足不穩，忙扶壁站住，只覺眼前金星亂閃。天鏡扶他坐下，說道：「你最初硬接我第一招時傷了氣，靜靜的調勻一下呼吸，不礙事。」陳家洛閉目坐在蒲團上，依言運氣，過了一會，這才內息順暢，但雙掌雙臂都已微腫，隱隱脹痛，心想這位老禪師眞個厲害。天鏡道：「你這路掌法是那裏學來的？」陳家洛說了。天鏡道：「西域有此精妙掌法，一本天然，令我大開眼界。你如一上來就用這掌法，手臂也不會受傷了。」

陳家洛道：「弟子受了傷，最後一殿是一定闖不過去了，求老禪師指點明路。」天鏡道：「過不去，就回頭。」陳家洛心想：「釋家叫人回頭，我們豪俠之輩卻講究一往無前，死而無悔。」於是行了個禮，鼓勇踏入後殿。

一進門，吃了一驚，原來裏面是小小一間靜室，少林寺方丈天虹禪師端坐禪床，心想天鏡已如此厲害，天虹在少林寺位居第一，自己如何能敵？這靜室甚是窄隘，比試的一定不是拳腳暗器之類，多半是較量內功，那更無取巧餘地了，正自驚疑不定，天虹禪師合十躬身，說道：「請坐。」陳家洛在禪床一邊坐了。見兩人之間有張小几，几上小香爐中檀香青煙裊裊上昇，對面壁上掛著一幅白描的寒山拾得圖，寥寥不多幾筆，卻畫得兩位高僧神采栩栩。

天虹禪師沉吟了一會，道：「從前有一人善於牧羊，以至豪富，可是這人生性慳吝，不肯使錢……」陳家洛聽他忽然講起故事來，不覺大為詫異，當下凝神傾聽，聽他繼續講道：「有一人很是狡詐，知他愚魯，而且極想娶妻，就騙他道：『我知道有一女子十分美貌，替你娶做妻子吧。』牧羊人很是歡喜，給了他許多財物。過了一年，那人又道：『你妻子已給你生了一個兒子。』牧羊人從未見過妻子，但聽說已生兒子，更加高興，又給了他許多財物。後來那人又道：『你兒子已經死啦！』牧羊人大哭不已，萬分悲傷。」陳家洛頗務雜學，聽他說到這裏，已知是引述佛家宣講大乘法的《百喻經》，聽他又道：「其實世上的事無不如此，皇位、富貴，便如那牧羊人的妻子兒子一般，都是虛幻。又何必苦費心力以求，得了為之歡喜，失了為之悲傷呢？」

陳家洛道：「從前有一對夫婦，有三個餅。每人各吃了一個，賸下一個。兩人約定，誰先說話，誰就沒餅吃。」天虹聽他也在引述《百喻經》，點了點頭。陳家洛接著道：「兩人僵住了不說話。不久有一個賊進來，把他們家裏的財物都拿了。夫婦倆因有約在先，眼睜睜的瞧著不說話。那賊見他們如此，大了膽子，就在丈夫面前侵犯他的妻子。丈夫仍然不理。妻子忍不住叫了起來。賊人拿了財物逃走了。那丈夫拍手笑道：『好啊，你輸啦，餅歸我吃。』」天虹禪師本來就知這故事，但聽到此處，也不禁微笑。陳家洛道：「為了一點小小的安閒享樂，反而忘卻了大苦。為了口腹之慾，卻不理會賊子搶己財物，侵犯自己親人。佛家當普渡眾生，不能忍心專顧一己。」

天虹嘆道：「諸行無常，諸法無我。人之所滯，在以無為有。若託心本無，異想便息。」陳家洛道：「眾生方大苦難。高僧支道林曾有言道：桀紂以殘害為性，豈能由其適性逍遙？」天虹知他熱心世務，決意為生民解除疾苦，也甚敬重，說道：「陳當家的滿腔熱血，可敬可佩。老衲再問一事，就請自便。」陳家洛道：「請老禪師指點迷津。」

天虹道：「從前有個老婆婆，臥在樹下，忽有大熊要來吃她。老婆婆繞樹奔逃，大熊伸掌至樹後抓拿，老婆婆把大熊兩隻前掌捺在樹幹之上，熊就不能動了，但老婆婆也不敢放手。後來有一人經過，老婆婆請他幫忙，一同殺熊分肉。那人信了，按住熊掌。老婆婆脫身遠逃，那人反而無法脫身。」陳家洛知他寓意，說道：「救人危難，奮不顧身，吾佛前生曾經舍身，餵鷹飼虎。」說的是《本生經》中故事。他義父于萬亭是少林寺的俗家弟子，隨身攜帶幾本淺顯佛經，陳家洛隨他前赴回疆之時，當作故事書，曾經看過。天虹拂塵一舉，道：「請進吧。」陳家洛跨下禪床，躬身行禮，說道：「弟子擅闖重地，方丈恕罪。」天虹點了點頭。陳家洛轉身入內，只聽身後數聲微微嘆息。

轉過長廊，來到一座殿堂，殿中點著兩支巨燭，微微搖晃，四壁都是一座座的木櫃，櫃上貼著黃紙標籤。他拿了燭台，一路找去，找到了「天」字輩的木櫃，打開櫃門，見有三個黃布包袱，左首一個包袱上朱筆寫著「于萬亭」三字，不覺手一晃動，數滴燭油濺了出來，當下鎮攝心神，輕輕將包袱提出，心中默祝，解了開來。

包中是一件繡花的男人背心，還有一件撕爛了的白布女衣，上面點點斑斑，似乎都是血跡，年深日久，早已變黑，此外便是一個黃紙大摺。陳家洛打開摺子，登時心中酸痛，上面寫的正是他義父的筆跡。

陳家洛從頭讀起：「福建莆田少林寺下院門下第二十一代天字輩俗家弟子于萬亭帶罪敬白。弟子出身農家，自幼貧苦，從小與左鄰徐家女兒潮生相識，兩人年長後甚相親愛……」陳家洛讀到這裏，心中突突亂跳，想道：「難道義父犯規之事和我姆媽有關？」

再看下去：「……我二人後來私訂終身，約定弟子非徐女不娶，徐女非弟子不嫁。先父過世後，連年天旱，田中並無收成，弟子出外謀生，蒙恩師慈悲，收在座下。繳上繡花背心，乃弟子離鄉時徐女所贈。」

陳家洛越看越是驚疑，再看下去：「弟子未入本派武學堂奧，即便下山，只因掛念徐女恩情，塵緣不能割捨，待歸故鄉，驚悉徐女之父竟已將女嫁於當地豪族陳門。弟子傷痛之際，夜入陳府探視。仗師門所授武藝，爲一己私情而擅闖民居，此所犯戒律一也。及後徐女隨夫移居都門，弟子戀念不捨，三年後復去探望，是夜適逢徐女生育，得一男兒，紛紜之中，弟子僅在窗外張望數眼。四日後弟子重去，徐女神色倉皇，告以所生之子已爲四皇子胤禛掉去，歸還者竟爲一女，又云胤禛正謀奪嫡，其長子弘暉早死，另有一子弘時不爲祖父所喜，是以急圖有子。未及竟談，樓外突來雍邸血滴子四人，皆爲高手，顯爲胤禛派來視察者，想是陳府如有人洩露機密，即殺之滅口。弟子驚而逃逸，爲其追及，激戰中弟子額間中刀受傷，拚死盡殺血滴子，回樓暈倒。徐女以內衣爲弟子裹傷。所呈血衣，即爲該物。弟子預聞皇室機密，顯露少林武功，爲師門惹禍，此所犯戒律二也。」

陳家洛讀到這裏，拿著母親的舊衣，不禁淚如泉湧，過了一會，再讀下去：「……此後十餘年間，弟子雖在北京，但嚴守師門規條，不敢再與徐女會面。及至雍正暴斃，乾隆接位。弟子推算年月，知乾隆即爲徐女之子，心恐雍正陰險狠毒，預遣刺客加害徐女滅口，故當夜又入陳府，藏於徐女室內。是夜果來刺客兩人，皆爲弟子所殺，並在其身上搜出雍正遺旨，現一併呈上。」

陳家洛翻到最後，果見黃摺末端黏著一張字條，上面寫著：「如朕崩駕之時，陳世倌及其妻徐氏未死，將其全家老少盡數處決不貸。」正是雍正親筆，字後蓋著小小硃印，是篆文「武威」兩字。陳家洛曾聽義父說起，雍正手下養著一批密探刺客，號稱「血滴子」，專爲皇帝幹暗殺的勾當。雍正密令血滴子殺人，便以「武威」硃印爲記。心想：「那時義父武功已經極高，兩名血滴子自然不是他敵手，他爲了救我姆媽，連我爸爸以及我全家也都救了，想必雍正知他在世之時，我父母決計不敢吐露此事，是以一直忍到死後。」

再讀摺子：「乾隆大抵不知此事，是以再無刺客遣來。但弟子難以放心，乃化裝爲傭，在陳府操作賤役，劈柴挑水，共達五年，確知已無後患，方始離去。弟子以名門弟子，大膽妄爲，若爲人知，不免貽羞師門，敗壞少林清譽，此弟子所犯戒律三也。」

陳家洛看到這裏，眼前一片模糊，過去種種不解之事：母親爲甚麼要自己隨義父出走，母親爲甚麼寫了給自己的遺書又復燒毀，爲甚麼母親去世之後義父即傷心而死，對母親遺書上「威逼嫁之陳門」，「半生傷痛」等零碎字句，登時全都瞭然，只覺一股說不出的滋味，心想義父爲了保護姆媽，居然在我家甘操賤役五年之久，實是情深義重。其時我年稚幼，不知家中數十傭僕之中，竟然有此一位一代大俠。

出了一會神，拭淚再看：「弟子犯此三大戒律，深自惶恐，謹將經過始末，陳於恩師座前，跪求開恩發落。」于萬亭的供詞至此而止，下面是兩行硃筆的批文，想是他師父所寫的了，文曰：「于萬亭犯三戒律，幸無重大過惡。如幡然悔改，皈依三寶，則我佛十惡尙恕，豈不恕此乎？若戀塵緣，不能具大智慧力斬斷情絲，則立即逐出我派。願好自爲之，謹持諸惡莫作，衆善奉行之要旨！」摺子到這裏，以後就沒有文字了。

陳家洛心想：「總是我義父心頭放不下我姆媽，不能出家爲僧，終於被革出少林派。他自知過失在己，因此我師父邀集江湖好漢來給他出頭評理，他要一力推辭。」

這時心裏疑團盡解，抬起頭來，只見天邊曉星初沉，東方已現曙色，於是吹滅燭火，將各物仍然包入黃布，提了布包，關上櫃門，慢慢出院，只見迎面一尊彌勒佛笑容可掬，俯視著出院之人。心想：「當年我義父被逐出山門，從戒持院出來之時見到這尊佛像，不知心裏存何念頭？」一路經過五殿，各殿闃無一人。

出得最後一殿時，周仲英、陸菲青，及紅花會羣雄一齊迎上。衆人心神不定，等候了半夜，見他安然無恙，手中提著布包，俱各大喜，等走近時，見他神態疲憊，雙目紅腫，又都感驚異。陳家洛約略說了經過，只義父和母親一段情誼，有關名節，卻不明言，又說了陸菲青所問到的皇帝派白振集兵及將有密旨之事，只恐此事與起義大舉有關，勸文泰來及徐天宏將私仇暫且擱置，文徐二人應了。衆人都讚二人能以大局爲重。周仲英陪陳家洛入內向天虹、天鏡兩位禪師辭行，收拾起行。

剛出寺門，周綺忽然臉色蒼白，險些暈倒。周仲英忙扶她入內休息，想是懷孕之身，旅途勞頓，動了胎氣，少林寺精通醫理的僧人給她一搭脈，說不能再行長途跋涉，須得就地靜養，等待生產。周綺到此地步也只有點頭了。衆人一商量，決定周仲英夫婦師徒及徐天宏五人留著相陪照料，待她產後將息康復，再來京師會齊。周仲英在當地租了幾間民房居住。陸菲青、陳家洛等一行取道北行。

一路向北，這天到了山東泰安，在分舵中得報刑堂香主石雙英從北京趕到。羣雄一聽大喜，忙迎出去。石雙英向陳家洛等衆人行過了禮，進入內堂。陳家洛道：「十二哥，你傷勢可全好了？」石雙英道：「多謝總舵主掛懷，已全好了。陸老前輩、總舵主、各位哥哥一路辛苦。」陳家洛問道：「京裏可有甚麼消息？」

石雙英神色黯然，道：「京裏倒沒事。我是趕來稟報：木卓倫老英雄全軍覆沒。」陳家洛大驚失色，站起身來，定了定神，問道：「甚麼？」羣雄無不震驚。駱冰道：「咱們離開回部之時，兆惠的殘兵敗將在黑水營被圍得水洩不通，清兵又怎會得勝？」

石雙英嘆了一口氣，道：「清軍突然增兵，從南疆開來大批援軍，與被圍的兆惠殘部內外夾擊。據逃出來的回人說，那時霍青桐姑娘正在病中，不能指揮。木卓倫老英雄和他兒子力戰而死，霍青桐姑娘下落不明。」陳家洛心中傷痛，跌坐在椅。陸菲青道：「霍青桐姑娘一身武藝，清軍兵將怎能傷害於她？」

陳家洛等都知這是他故意寬慰，亂軍之中，一個患病的女子如何得能自保？駱冰問道：「霍青桐姑娘有個妹子，回人叫她為香香公主，你可聽到她的消息麼？」說著使眼色。石雙英會意，但又不能憑空捏造，只得道：「這倒沒聽見。她既是著名人物，如有損傷，京都必有傳聞。我在京裏沒聽到甚麼，想必沒事。」

陳家洛豈不知眾人是在設詞相慰，說道：「兄弟入內休息一會。」眾人都道：「總舵主請便。」陳家洛入內之後，駱冰對心硯道：「你快進去照料。」心硯急奔進去。眾人想到木卓倫和霍阿伊竟爾戰死，雖然保鄉衛土，捐軀疆場，也自不枉了一世豪傑，但總不免為之傷感。霍青桐姊妹生死未卜，想來也是凶多吉少了。大家心情沮喪，默默無言。

過不多時，陳家洛掀簾而出，說道：「咱們快吃飯，早日趕到北京去吧。」羣雄見他忽然開朗，都感詫異。陸菲青低聲對文泰來道：「以前我見你們總舵主總有點兒女情長，英雄氣短。這番如此看得開，放得下，眞乃是領袖羣倫的豪傑，這個我確然服了。」文泰來大姆指一翹，加緊吃飯。

一路上羣雄見陳家洛強作笑語，但神色日見憔悴，都感憂急，卻也難以勸慰。不一日到了北京。石雙英已在雙柳子胡同買下一所大宅第。無塵、常氏雙俠、趙半山、楊成協五人已先在宅中相候。眾人約略談過別來情由。

陳家洛道：「趙三哥，請你帶同心硯去見侍衛總管。你把皇帝給我的『來鳳』琴和四嫂盜來的玉瓶送了去，要總管轉呈，皇帝就知咱們來了。」趙半山與心硯遵囑而去，過了半日，回來覆命。心硯道：「我和趙三爺……」趙半山笑道：「怎麼還是爺不爺的？」心硯道：「是了。我和趙三……趙三哥去見皇帝的侍衛總管，這總管名叫王青，說他本是副總管，總管白振奉旨出京辦事去了。他得白總管囑咐，要對總舵主及紅花會眾兄弟善加結納，拉著我們到前門外喝了好一陣子酒，才放我們回來，著實親熱。」陳家洛點點頭，心知白振是感念自己在錢塘江邊救他一命，是以囑咐副手善待紅花會眾人。

次日一早，王青過來回拜，與趙半山寒暄了一陣，然後求見陳家洛，陳家洛見王青五十來歲年紀，顯得精明能幹，武功當亦不弱。王青神態甚是恭謹，悄聲道：「皇上命我領陳公子進宮。」陳家洛道：「好，請王總管稍待片刻。」入內與陸菲青等商議。眾人都說該當嚴加戒備，以防不測。當下陸菲青、無塵、趙半山、常氏雙俠、衛春華等六人隨陳家洛進宮。文泰來率領餘人在宮外接應。

七人有王青在前導引，各處宮門的侍衛都恭謹行禮。各人見皇宮氣象宏偉，宮牆厚實，重重防衛，均感肅然。走了好一刻，兩名太監急行而來，向王青道：「王總管，皇上在寶月樓，命你帶陳公子朝見。」王青道：「是。」轉頭對陳家洛道：「此去已是禁宮，請公子命各位將兵刃留下。」眾人雖覺此事甚險，也只得依言解下刀劍，放在桌上。王青帶領眾人穿殿過院，來到一座樓前。那樓畫樑彫棟，金碧輝煌，樓高五層，甚是精雅華美。兩名太監從樓上下來，叫道：「傳陳家洛。」陳家洛一整衣冠，跟著進樓，無塵等六人卻被阻在樓外。

陳家洛隨太監拾級而上，走到第五層，進入房去，只見乾隆笑吟吟的坐著。陳家洛跪下行君臣之禮，甚是恭敬。乾隆笑道：「你來啦，很好。坐吧。」一揮手，太監都走了出去。陳家洛仍是垂手站立。乾隆道：「坐下好說話。」陳家洛才謝了坐下。

乾隆笑道：「你瞧我這層樓起得好不好？」陳家洛道：「若不是皇宮內院，別處那有這般精致的高樓華廈。」乾隆笑道：「我是叫他們趕工鳩造的，前後還不到兩個月呢。要是時候充裕，還可再造得考究些。不過就這樣，也將就可以了。」陳家洛應道：「是。」心想起這座寶月樓，又不知花了多少民脂民膏，爲了趕造，只怕還殺了不少不得力的工匠與監工呢。乾隆站起身來，道：「你剛去過回部，來瞧瞧，這像不像大漠風光。」陳家洛跟著他走到窗邊，向外望去，不覺吃了一驚。

料想這本該是個萬紫千紅的御花園，先前從東面來時，但見一片豪華景色，富貴氣象，但登高西望，情景卻全然不同，里許的地面上全鋪了黃沙，還有些小小沙丘，仔細看來，尙看得出拆去亭閣、塡平池塘、挖走花木的種種痕跡。這當然沒有大漠上一望無際的雄偉氣勢，但具體而微，也有一點兒沙漠的模樣。

陳家洛道：「皇上喜歡沙漠上的景色？」乾隆笑而不答，反問：「怎樣？」陳家洛道：「那也是極盡人力的了。」只見黃沙之上，還搭了十幾座回人用的帳篷，帳篷邊繫著三頭駱駝，想起霍青桐姊妹，不由得一陣心酸，再向前望，只見數百名工人還在拆屋，想是皇帝嫌這沙地不夠大，還要再加擴充。陳家洛心中奇怪：「這一片乾澄澄、黃巴巴的沙地有甚麼好看？在繁花似錦的御花園中搭了回人帳篷，像甚麼樣子？他的心思眞是令人難以捉摸。」

乾隆從窗邊走回，向几上的「來鳳」古琴一指，道：「爲我再撫一曲如何？」陳家洛見他始終不提正事，也不便先說，於是端坐調絃，奏了一曲「朝天子」。乾隆聽得大悅。陳家洛彈奏之間，微一側頭，忽然見到一張几上放著那對回部送來求和的玉瓶，瓶上所繪古代回族美女瑪米兒，似在對自己含睇淺笑，長辮小帽，雙眉含顰，宛有香香公主當日分別時的韻味，錚的一聲，琴絃登時斷了。

乾隆笑道：「怎麼？來到宮中，有些害怕麼？」陳家洛站起身來，恭恭敬敬的說道：「天威在邇，微臣失儀。」乾隆哈哈大笑，甚是得意，心想：「你終於怕了我了。」陳家洛低下頭來，忽見乾隆左手裹著一塊白布，似乎手上受傷。乾隆臉上微紅，將手縮到背後，說道：「我要的東西，都拿來了麼？」陳家洛道：「是我的朋友拿著，就在樓下。」乾隆大喜，拿起桌上小槌在雲板上輕敲兩下，一名小太監走了進來。乾隆道：「叫跟隨陳公子的人上來。」小太監答應了下樓。

陸菲青等在樓下等著，不知陳家洛和皇帝談得如何，過了一會，聽得樓頭隱隱傳下琴聲，稍覺放心。小太監下樓傳見，六人跟著他上樓。走到第二層樓梯，忽然身後腳步聲急，兩人快步走上樓來。無塵與衛春華走在最後，往兩旁一讓路，那兩人從中間搶上，見常氏雙俠並不讓路，低叱一聲：「讓開！」各伸手臂，揷向常氏雙俠腰部，向外猛推。

常氏雙俠均想：「那一個龜兒子如此無禮？」當下運勁反撞。那兩人一推，見常氏雙俠紋絲不動，卻有一股極大勁力反撞出來，都吃了一驚。這時常氏雙俠也已向兩旁側身，讓出路來，見這兩人太監打扮，一人空手，一人捧著一隻盒子，剛才這一出手，顯然武功精湛。內侍中居然有此好手，倒也出人意外。一瞥之間，兩名太監已走到陸菲青與趙半山身後。兩人互望了一眼，各伸右掌向陸趙兩人肩頭抓去，喝道：「讓開吧！」

陸趙兩人忽覺有人來襲，陸菲青使招「沾衣十八跌」，趙半山使了半招「單鞭」，當即把來勢化解了。兩名太監所抓不中，卻受到內勁反擊，當下搶上樓頭，回頭向陸趙二人怒目橫視。一人對王青道：「王老三，皇上又選侍衛麼？」王青笑道：「這幾位是武學高人，哪能像咱們這般俗氣。」兩名太監哼了一聲，上樓去了。

陸菲青等見這兩名太監身懷絕藝，卻是操此賤役，而對王青又是毫不客氣，都是心中懷疑，不知兩人是甚麼來頭。

轉眼間上了第五層樓。王青在簾外稟道：「陳公子的六名從人在這裏侍候。」一名小太監掀簾出來，道：「在這裏等一下。」過了一會，那兩名會武功的太監空著手出來，向六人打量了一會，下樓去了。那小太監道：「進去吧。」

六人隨著王青進去，見乾隆居中而坐，陳家洛坐在一旁。陳家洛一使眼色，站了起來。陸菲青等無奈，只得向乾隆跪倒磕頭。無塵肚裏暗暗咒罵：「臭皇帝！那日在六和塔上，嚇得你魂不附體，今日卻擺這臭架子。老道若不是瞧著總舵主的面子，一劍在你身上刺三個透明窟窿。」

陳家洛從趙半山手裏接過一個密封的小木箱來，放在桌上，說道：「都在這裏了。」乾隆道：「好，你先去吧！我看了之後再來傳你。」陳家洛磕頭辭出。乾隆道：「這琴你拿回去。」陳家洛應道：「是。」抱起了琴，交給衛春華，說道：「皇上既已破了回部，臣求聖恩，下旨不要殺戮無辜。」乾隆點點頭，揮手命衆人走出。

陳家洛無奈，只得率衆隨王青出房。到了樓下，那兩名會武的太監迎了上來，叫道：「王老三，是甚麼好朋友呀？給咱哥倆引見引見。」

王青對這兩名太監似乎頗爲忌憚，對陳家洛等道：「我給各位引見兩位宮裏的高手。這位是暹玄暹公公，這位是武銘夫武公公。」陳家洛欲圖大事，對宮裏每個人都不願得罪，拱手微笑道：「幸會，幸會。」王青向暹武兩人道：「這位陳公子，是皇上巡幸江南時相遇的。皇上著實寵幸，這回特地召見，不久準要大用了。」暹玄笑道：「這般漂亮的後生哥兒，做大學士怕還早著點兒吧？」陳家洛聽他語氣輕薄，隱忍不言。常氏兄弟怒目而視，就差「龜兒子」沒罵出口。王青又替陸菲青、無塵等逐一引見。

暹武二人都是雍正手下血滴子的兒子。雍正差遣姓暹姓武兩名血滴子暗殺了王公大臣後，怕洩露秘密，又將二人暗害，把他們兒子淨了身收爲太監。暹武兩人自幼進宮，得父親身前僚友指點，學了一身武藝，但於江湖上的著名人物卻全無所知，聽了無塵等響噹噹的名頭，毫不在意。

武銘夫笑道：「咱們親近親近。」兩人各自伸手，來握陸菲青與趙半山的手。他們上樓時抓陸趙二人肩頭不中，很不服氣，這時要再試一試。暹玄學的是六合拳，武銘夫專精通臂拳。兩人一握上手，使勁力捏，存心要陸趙叫痛。那知暹玄用力一捏，趙半山手滑溜異常，就如一條魚那樣從掌中滑了出去。陸菲青綽號「綿裏針」，武功外柔內狠。武銘夫一使勁，登時如握到一團棉花，心知不妙，疾忙撤手，掌心已受到反力，總算撤手得早，未曾受傷，強笑道：「陸老兒好精的內功。」

遲玄向常氏兄弟道：「這兩位生有異相，武功必更驚人，咱親近親近。」常氏兄弟讓遲武兩人握住了手，均想：「這兩個沒卵子的龜兒，手下倒還挺硬，給點顏色他們瞧瞧。」當下使出黑沙掌功夫，遲武二人臉上失色，額頭登時一粒粒黃豆大的汗珠滲了出來。

遲武兩人是皇太后的心腹近侍，仗著皇太后的寵幸，頗爲驕橫，平時和侍衛們頗有點面和心不和。這時王青見他們吃虧，故作不見，心中暗暗高興。

常氏兄弟微微一笑，放開了手。遲武二人痛徹心肺，低頭見到手上深深的黑色指印，向雙俠恨恨的瞪了一眼，轉頭就走。衛春華心想：「以張召重如此武功，當日在烏鞘嶺上被常五哥一握，尚且受創甚重，何況你這兩個傢伙？」

王青直送到宮門外。文泰來和楊成協、章進等人在外相迎。

乾隆等陳家洛走後，屏退太監，打開小木箱，見了雍正諭旨和生母親筆所寫的書信，心想自己左臂上確有殷紅斑記，若非親生之母，焉能得知？此事千眞萬確，更無絲毫懷疑，追懷父母生養之恩，不禁嘆息良久，命小太監取進火盆，把信件證物一一投入火裏，眼見烈燄上騰，滿心頓覺輕鬆愉快，一轉念間，把小木箱也投入火盆，只燒得滿室生溫。

乾隆望著几上玉瓶出了一會神，對小太監道：「傳那人上來。」小太監下樓半晌，回上來跪稟：「奴才該死，娘娘不肯上來。」乾隆一笑，接著又微微嘆了口氣，向几上的玉瓶一指，起身下樓。兩名小太監抱了玉瓶跟來。

走到下面一層，站在門外的宮女挑起門簾，乾隆走進房去，滿樓全是鮮花，進了內室，兩名宮女從太監手裏接過玉瓶，輕輕放在桌上。

室內一名白衣少女本來向外而坐，聽得腳步聲，倏地轉身面壁。乾隆一揮手，衆宮女退了出去，正要開口說話，門簾掀開，遲玄與武銘夫兩名太監走了進來，垂手站在門邊。乾隆怒道：「你們來幹甚麼？快出去。」遲玄道：「奴才奉太后懿旨，保護皇上。」乾隆道：「我好好的，保護甚麼？」遲玄道：「皇太后知道她……娘娘性子不……性子剛強，怕再傷了皇上萬金之體。」乾隆望了望自己受傷的左手，喝道：「不用！快出去！」遲武二人只是磕頭，卻不退出。乾隆知道他們既奉太后之命，無論如何是不肯出去的了，便不再理會，轉頭對那白衣少女道：「你回過頭來，我有話說。」說的卻是回語。

那少女不理不睬，右手緊緊握著一柄短劍的劍柄。乾隆嘆了口氣道：「你瞧桌上是甚麼。」那少女本待不理，但終究好奇，過了一會，側頭斜眼一望，見到了那對羊脂白玉瓶。她這一回頭，乾隆和暹武兩人只覺光艷耀目，原來這少女就是香香公主。

木卓倫兵敗之後，香香公主為兆惠部下所俘。兆惠記得張召重的話，知道皇帝要這女子，於是特遣親兵，香車寶馬，隆而重之的送到北京皇宮來。

當日乾隆見了玉瓶上回族美女的畫像，以為僅為古代畫工意像，其後聽回人使者說起，才知當世確有更勝於此的美人，不禁神魂顛倒，於是派張召重去回部傳令，務必要找些回人絕色美女送京。他一遣出張召重，就日日盼望，忽想美人到來，言談不通，豈非減了情趣，虧他倒也一片誠心，竟傳了教師學起回語來。他人本聰明，學得又甚專心，數月間便已粗通，曾賦詩一首云：「萬里馳來卓爾齊，恰逢嘉夜宴樓西。面詢牧盛人安否，那更傳言藉譯鞮。」在詩下自註道：「蒙古回語皆熟習，弗藉通事譯語也。」於學會了說回語，頗為沾沾自喜。

但香香公主一縷情絲，早已牢牢縛在陳家洛身上，乾隆又是她殺父大仇，怎肯相從？她幾次受逼不過，便圖自盡，但每次總想到陳家洛曾答允過，要帶她上長城城頭玩耍。她自與陳家洛相識，見他採雪蓮、逐清兵、救小鹿、出狼羣、赴敵營、進玉峯，在危難中幹過無數驚險之事，對他的說話已無絲毫懷疑，他既說過帶她到長城上去，定然會去，是以不論乾隆如何軟誘威逼，她始終充滿信心，堅定抗拒，心想：「我就像當時給狼羣困住一樣，這頭惡狼想要害我，我那郎君總會來救我出去。」

乾隆眼見她一天天的憔悴，怕她鬱悶而死，倒也不敢過份逼迫，又招集京師巧匠，建造了這座寶月樓給她居住。樓宇落成後他大為得意，自撰「寶月樓記」，寫道：「名之寶月者，抑亦有肖乎廣寒之庭也」，並有「葉嶼花臺雲錦錯，廣寒乍擬是瑤池」的「寶月樓詩」，把香香公主大捧而特捧，比之為嫦娥，比之為仙子。

但香香公主毫不理會，寶月樓中一切珍飾寶物，她視而不見，只是望著四壁郎世寧所繪的工筆回部風光，呆呆出神，追憶與陳家洛相聚那段時日中的醉心樂事。

乾隆有時偷偷在旁形相，見她凝望想念，嘴角露著微笑，不覺神為之蕩，這天實在忍不住了，伸手過去拉她手臂，突然寒光一閃，一劍直刺下來。總算香香公主不會武藝，而乾隆身手又頗敏捷，急躍避開，但左手已被短劍刺得鮮血淋漓。他嚇得臉青唇白，全身冷汗，從此再也不敢對她有絲毫冒瀆。這事給皇太后知道後，命太監去繳她短劍。香香公主拔劍當胸，只要有人走近，立即自殺。乾隆只得令衆人退開，不得干擾。

香香公主又怕他們在飲食中下藥迷醉，除了新鮮自剖的瓜果之外，一概不飲不食。乾隆在武英殿旁造了一座回人型式的浴池供她沐浴，她卻把自己衣衫用線縫了起來。她生有異徵，多日不沐，身上香氣卻愈加濃郁。一個本來不懂世事、天眞爛漫的少女，只因身處憂患，獨抗邪惡，數十日之內，竟變得精明堅強，洞悉世人的奸險了。

她這時乍見玉瓶，心頭一震，怕乾隆又施詭計，回頭面壁，緊緊握住劍柄。乾隆嘆道：「我以前見了玉瓶上你的畫像，只道出於古代畫工的想像，世上決無眞正如此美人，不料見了你，才知天下任何畫工所不能圖繪於萬一。」香香公主不理。乾隆又道：「你整日煩惱，莫要悶出病來。你可想念家鄉嗎？到窗邊來瞧瞧。」吩咐太監，取鐵鎚來起下釘住窗戶的釘子，打開了窗。原來乾隆怕她傷心憤慨，跳樓自盡，是以她所住的這一層的窗戶全部牢牢釘住。

香香公主見乾隆和兩名太監站在窗邊，哼了一聲，嘴唇扁了一扁。乾隆會意，站起來走到東首，又揮手命遲武兩人走開。香香公主見他們遠離窗邊，才慢慢走近，向外望去，只見一片平沙，搭了許多回人的帳幕，遠處是一座伊斯蘭敎的禮拜堂，心裏酸痛，兩顆淚珠從面頰上緩緩滾下，想起父親哥哥及無數族人都慘被乾隆派去的兵將害死，一股怨憤，從心底直衝上來，猛回頭，抓起桌上一隻玉瓶，猛向乾隆頭上摔去。

武銘夫一個箭步搶在前面，伸出左手相接，豈知玉瓶光滑異常，雖然接住了，還是滑在地下，跌成了碎片。一瓶剛碎，第二瓶跟著擲到，遲玄雙手合抱，玉瓶仍從他手底溜下，一聲清脆之聲過去，稀世之珍就此毀滅。

武銘夫怕她再出手傷害皇帝，縱上去伸手要抓。香香公主回過短劍，指在自己咽喉。乾隆急叫：「住手！」武銘夫頓足縮手。香香公主急退數步，叮咚一聲，身上跌下了一塊東西。武銘夫怕是暗器之屬，忙俯身拾起，見是一塊佩玉，轉過身來交給皇帝。

乾隆一拿上手，不覺變色，只見正是自己在海寧海塘上送給陳家洛的那塊溫玉，上面用金絲嵌著「情深不壽，強極則辱，謙謙君子，溫潤如玉」四句銘文。他給陳家洛時曾說要他將來贈給意中人作爲定情之物，難道這兩人之間竟有情緣？忙問：「你識得他？」頓了一頓，又道：「這玉從那裏來的？」

香香公主伸出左手，道：「還我。」乾隆妒意頓起，問道：「你說是誰給你的，我就還你。」香香公主道：「是我丈夫給我的。」這一句回答又大出他意料之外，忙問：「你嫁過人了？」香香公主傲然道：「我的身子雖然還沒嫁他，我的心早嫁給他了。他是世上最仁慈最勇敢的人。你捉住我，他定會將我救出去。你雖是皇帝，他不怕你，我也不怕你。」乾隆越聽越不好受，恨恨的道：「我知道那人是誰？他是紅花會總舵主陳家洛，只是個江湖匪幫的頭子，有甚麼稀奇了？」香香公主聽他提到陳家洛的名字，心中喜悅，登時容光煥發，道：「是麼？你也知道他。你還是放了我的好。」

乾隆一抬頭，猛見對面梳裝檯上大鏡中自己的容貌，想起陳家洛丰神俊朗，文武全才，年紀又輕，自己哪一點能及得上他？不由得又妒又恨，猛力一揮，溫玉擲出，將鏡中自己的人影打得粉碎，玻璃片撒滿了一地。香香公主搶上去拾起佩玉，用衣襟拂拭撫摸，甚是憐惜。乾隆更是惱怒，一頓足，下樓去了。

他回到平時讀書作詩的靜室，看到案頭一首做了一半的「寶月樓詩」，那兩句「樓名寶月有嫦娥，天子昔時夢見之」，平仄未叶，才調稍欠，本想慢慢推敲，但願得聖天子洪福齊天，百神呵護，忽然筆底下自行鑽出幾句妙句來，也未可知，這時氣惱之下，隨手將詩箋扯得粉碎，坐了半天，滿腔憤怒才漸漸平息，尋思：「我貴爲天子，奄有四方，這個異族女子卻如此倔強，不肯順從，原來是這陳家洛在中間作怪……他勸我驅逐滿洲人出關，回復漢家天下，哼，哼，想得倒挺美！」

想到此事，心底一個已盤算了千百遍的念頭又冒將上來：「現今我要怎樣便怎樣，何等快樂逍遙，這件大事就算能成，亦不免處處受此人挾制，自己豈非成了傀儡？又何必捨實利而圖虛名？」又想：「圖此大事得成，固然是青史名標，功烈遠邁秦皇漢武、唐宗宋祖，從此不受太后挾制，做一個眞正的自在天子。但危難重重，稍一失算，不免身敗名裂，到底此事有幾成把握？」尋思：「倘若我將紅花會從根鏟除，不免殺了我的親弟弟，哼，哼！當年李世民爲圖大事，還不是殺了建成、元吉？」再想：「這回族女子一心一意都放在他身上，好，咱們兩件事一併算帳。」妒念一起，甚麼兄弟手足之情，全都抛向了九霄雲外。當下心意已決，命太監召王青進來。

不一刻王青進來聽旨，奏報大內總管白振已從福建回京繳旨，說道皇上吩咐的事已辦妥了。乾隆大喜，吩咐道：「在寶月樓每層樓上各派四名一等侍衛，樓外再派二十名侍衛，不許露出半點痕跡。」王青答應了。乾隆又道：「宣陳家洛來此，我有要緊說話，命他別帶從人。」王青接旨，先行分派侍衛，然後去召陳家洛。

陳家洛又聞宣召，入內與衆人商議。陸菲青、文泰來等都很擔憂，均說爲甚麼不許隨帶從人，何況天時已晚，只怕內有陰謀。陳家洛道：「從回部與少林寺拿來的證物，我都已呈給皇上。他剛見過我，立即又叫我去，定爲商議此事。這是我漢家山河興復大業，就是刀山油鍋，也要去走一遭。」對無塵道：「道長，要是我不能回來，紅花會就請道長統領，給兄弟報仇。」無塵慨然道：「總舵主放心。報仇是必定的，紅花會不論誰來統領都成。」陳家洛又道：「你們這次別去接應，他如存心害我，在宮外接應也來不及，反而多有損折。」羣雄見情勢如此，只得答應。

陳家洛與王青再進禁城，已是初更時分，兩名太監提了燈籠前導。只見月上樹梢，照得地下一片花影，陳家洛隨著太監又上寶月樓來。這次是到第四層，太監一通報，乾隆立命入內。那是樓側的一間小室，乾隆坐在榻上呆呆出神。陳家洛跪拜了。乾隆命坐，半晌不語。陳家洛見對面壁上掛著一幅仇十洲繪的漢宮春曉圖，工筆庭院，人物意態如生，旁邊是乾隆所寫的一副對聯：「企聖效王雖勵志，日孜月矻祇慚神」，隱然有自比漢皇之意。乾隆見他在看自己所寫的字，笑問：「怎樣？」陳家洛道：「皇上胸襟開闊，自是神武天子氣象。將來大業告成，則漢驅暴秦，明逐元虜，都不及皇上德配天地、功垂萬代。」

乾隆聽他歌功頌德，不禁怡然自得，撚鬚微笑，陶醉了一陣，笑道：「你我分雖君臣，情爲兄弟，以後要你好好輔佐我才是。」陳家洛聽了這話，知他看了各件證物與書信之後，已承認二人的兄弟關係，同時話中顯然並非背盟，正是要共圖大事之意，不禁大喜，疑慮頓消，跪下磕頭道：「皇上英明聖斷，眞是萬民之福。」

乾隆待他站起，嘆道：「我雖貴爲天子，卻不及你的福氣。」陳家洛愕然不解。乾隆道：「去年八月間，我在海寧塘邊曾給你一塊佩玉，這玉你可帶在身邊？」陳家洛一楞，道：「皇上命臣轉送他人，臣已經轉贈了。」乾隆道：「你眼界極高，既然能當你之意，那必是絕代佳人了。」陳家洛眼眶一紅，低聲道：「可惜她現今生死未卜，不知流落何方。待皇上大事告成，臣走遍天涯海角，也要找到她。」乾隆道：「這個姑娘是你十分心愛之人了？」陳家洛點頭道：「是。」

乾隆道：「皇后是滿洲人，你是知道的？」陳家洛又道：「是。」乾隆道：「皇后侍我甚久，爲人也很賢德。要是我和你共圖大事，她必以死力爭，你想怎麼辦？」這句話陳家洛如何能答，只得道：「皇上聖見，微臣愚魯，不敢妄測。」乾隆道：「家國不能兩全，欲成大事，皇后決計不可保全。眼下我有一件心事，可惜無人能替我分憂。」陳家洛道：「皇上但有所命，臣萬死不辭。」乾隆嘆道：「本來君子不奪人之所好，但這是命中注定的冤孽。唉，情之所鍾，奈何、奈何？你到那邊去瞧瞧吧！」說著向西側室門一指，站起身來，上樓去了。

陳家洛聽了這番古裏古怪的言語，大惑不解，掀開厚厚的門帷，慢慢走了進去，見是一間華貴的臥室，重帷遮窗，室角紅燭融融，一個白衣少女正望著燭火出神。

他在深宮之中斗然見到香香公主，登時呆住，身子一晃，說不出話來。香香公主聽得腳步聲，先把手中的短劍緊緊一握，抬起頭來，只見對面站著的竟是自己日思夜想的情郎，滿臉怒色立時變為喜容，歡叫一聲，急奔過去，投身入懷，喊道：「我知道你一定會來救我的。我耐心等著，你終於來了。」陳家洛緊緊抱著她溫軟的身體，問道：「喀絲麗，咱們是在做夢麼？」香香公主仰臉搖了搖頭，兩滴珠淚流了下來。

陳家洛滿懷感激，心想這皇帝哥哥眞好，知道她是我的意中人，萬里迢迢的把她從回部接來，讓我和她在這裏相會，使我出其不意，驚喜交集。他攬著香香公主的腰，低下頭去，情不自禁的在她唇上親吻。兩人陶醉在這長吻的甜味之中，登時忘卻了身外天地。

過了良久良久，陳家洛才慢慢放開了她，望著她暈紅的臉頰，忽見她身後一面破碎的鏡子，兩人互相摟抱著的人影在每片碎片中映照出來，幻作無數化身，低聲道：「你瞧，世界上就是有一千個我，這一千個我總還是抱著你。」

香香公主斜視碎鏡，從袋裏摸出那塊佩玉，說道：「他把我這玉搶去打碎了的。幸好沒砸壞了玉。」陳家洛驚問道：「誰？」香香公主道：「那壞蛋皇帝。」陳家洛一驚更甚，忙問：「爲甚麼？」香香公主道：「他逼迫我，我說我不怕，因爲你一定會救我出去。他就很生氣，想拉我，但我有這把劍。」

陳家洛腦中一陣暈眩，呆呆的重複了一句：「劍？」香香公主道：「嗯，我爹爹被他們害死時，我在他身邊。他拿這柄劍給我，叫我被敵人侵犯時就舉劍抵抗，讓敵人殺死。《可蘭經》教導我們，誰如自殺，眞主安拉必會責罰，自殺之後，會墮入火窟。」

陳家洛低下頭來，見到她衣衫用線密密縫住，心想這個柔弱天眞的女孩子爲了抵抗暴力，不知已有多少次臨到生死交界的關頭，心中又是愛憐，又是傷痛，把她攬在懷裏，過了半晌，寧定心神，細想眼前的局面。

首先想到：「皇帝把喀絲麗接到宮來，原來是自己要她。他在御花園中建造沙漠，搭回人篷帳，起回教禮拜堂，當然都是爲了討好她。可是喀絲麗誓死不從。他威逼誘騙，不知已使了多少手段，結果始終無效。他剛才嘆說不及我有福氣，就指這件事了。」抱著香香公主的身子，見她迷迷糊糊的合上了眼，自是這些日子來孤身抗暴，心力交瘁，此時乍見親人，放寬了心懷，再也支持不住，不禁沉沉睡去。又想：「他讓我見她，是甚麼用意？他提到皇后的情分，說欲圖大事只得不顧皇后，家國之間，必須有所取捨。是了，他的意思是……」想到這裏，不禁冷汗直冒，身子一陣發顫，只覺懷裏的香香公主也微微動了一下，聽她安心的嘆了口氣，臉露微笑，如花盛放。

「我該為了喀絲麗而和皇帝決裂，還是為了圖謀大事而勸她順從？」這念頭如閃電般在腦子裏晃了兩晃，這是個痛苦之極的決定，實在不願去想，可是終於不得不想：「她對我如此深情，拚死為我保持清白之軀，深信我定能救她，難道我竟忍心離棄她、背叛她？但要是顧全了喀絲麗和我兩人，一定得和哥哥決裂。這百世難遇的復國良機就此放過，我二人豈非成了千古罪人？」腦中一片混亂，直不知如何是好。

香香公主忽然睜開眼來，說道：「咱們走吧，我怕再見那壞蛋皇帝。」陳家洛道：「好，咱們就走。」接過她手中短劍，牙齒一咬，心想：「千古罪人就千古罪人！我們衝不出去，兩人就一齊死在這裏。要是僥倖衝出，我和她在深山裏隱居一世，也總比讓她受這傖夫欺辱的好。」走到窗邊，遊目四望，要察看有無侍衛太監阻擋，只見近處寂靜無聲，遠方卻是一片燈火。凝神眺望，看清楚燈火都是工匠所點，他們為了要造一塊假沙漠，正在拆平許多民房，定是乾隆旨意峻急，是以成千成萬的人要連夜動工。

一見之下，怒火直冒上來，心道：「這一來，不知有多少百姓要無家可歸？」隨即想到：「這皇帝好大喜功，不卹民困，如任由他爲胡虜之長，如此欺壓漢人，天下千千萬萬百姓不知要吃多少苦頭。要是上天當眞注定非如此不可，這些苦楚就讓我和喀絲麗兩人來擔當吧。我該擔當，那是不錯。却爲甚麼要喀絲麗也來擔當？」

想到此處，眞是腸斷百轉，心傷千迴，定了定神，對香香公主道：「你等一下，我出去一下就回來。」香香公主點點頭，從他手裏接過短劍，微笑著目送他出室上樓。

走到樓上，只見乾隆鐵青著臉坐在榻上。陳家洛道：「國事爲重，私情爲輕，我可勸她從你。」乾隆大喜，跳下榻來，叫道：「當眞？」陳家洛道：「嗯，不過你得立個誓。」說話時兩眼盯住了他。乾隆避開他眼光，問道：「立甚麼誓？」陳家洛道：「倘若你不是誠心竭力把滿洲韃子趕出關外，那怎麼樣？」乾隆想了一想，道：「要是這樣，就算我生前榮華無比，我死後陵墓給人發掘，屍骨爲後人碎裂。」帝王圖的是萬世不拔之基，陵寢不保，便是皇朝傾覆，那自是極重的誓言了。

陳家洛道：「好，我就去勸她，不過我得和她出宮去。」乾隆一驚，道：「出宮？」陳家洛道：「正是，她現下恨你入骨，在宮裏她不能安心聽我說話，我要帶她到長城上去好好開導。」乾隆疑心大起，問道：「深夜出宮，幹麼走得這麼遠？」陳家洛道：「我曾答應帶她到長城去玩耍，完了這心願之後，我以後永遠不再見她。」乾隆道：

「你一定帶她回來？」陳家洛道：「我們江湖中人，信義兩字看得比性命還重。君子一言，快馬一鞭！何況驅滿興漢乃頭等大事，我豈能為一小小女子而作千古罪人。」

乾隆心想他若是帶了這美人高飛遠走，卻去那裏找他？沉吟半晌，又想：「除了他設法開導，決無別法令她相從。他決心要圖大事，定不致為一女子而負我。」一拍桌子，叫道：「好，你們去吧！我要布置一下，你們等天亮了再走。」陳家洛點頭下樓。

乾隆自陳家洛出樓，心念起伏不定，只恐陳家洛神通廣大，帶了這女子高飛遠走，再也追捕不著，副總管王青的本事遠不及白振，於是命傳白振進見。

白振進來磕頭，說道：「皇上吩咐的事，臣與福建藩台方有德合力，已辦得妥妥當當。」乾隆點頭，道：「傳方有德。」白振去傳了方有德進來。方有德磕頭稟告：「臣奉了聖旨，與白總管去少林寺辦事。當時得知有紅花會首腦來寺，臣怕打草驚蛇，第三天上待紅花會首腦遠去後再於半夜中動手。寺後埋伏的官兵先行放火，將後面戒持院和藏經閣燒成白地，此後前殿各處也均起火，寺裏任何物事，均已毀得乾乾淨淨。寺裏惡僧抗拒皇命，白總管指揮大內高手以及數千官兵，殺傷不少，方丈也予格殺，餘僧逃散。寺旁有紅花會餘黨潛伏，強悍抗命，相助少林僧，白總管將其殺散，還奪得紅花會大頭目徐某的一個初生嬰兒，現帶來京城。白總管言道，日後皇上剿滅紅花會，這嬰兒大有用處，可用來挾制匪黨。」乾隆不住點頭，最後說道：「這事辦得很好，朕另有升賞。那嬰兒交由白振看管，你們二人暫在宮裏候命。」方有德與白振磕頭謝恩。

乾隆道：「那陳家洛奉旨帶了那回族女子，說要去長城上頭開導。白振，你多帶得力人手，跟隨監視，護送他二人回宮，尤其那回族女子，千萬不能讓她走了。」白振接旨下樓。乾隆心想少林寺燒成白地，便再有甚麼證據也都滅了，白振精明能幹，京中兵馬衆多，陳家洛當逃不出手掌心去。

陳家洛回到第四層樓，攜著香香公主的手，道：「咱們等天亮了便走吧。」香香公主大喜。等到天色微明，兩人並肩下樓，一路出宮。宮中侍衛早已接到旨意，也不阻攔。香香公主心中歡暢無比，她素來深信情郎無所不能，見事情如此順利，輕輕易易的就出了宮門，卻也不以爲奇。

兩人出得宮來，天已漸明。心硯牽了白馬，正在那裏探頭探腦的張望，一見陳家洛，疾忙奔來，見香香公主站在他身旁，更是驚喜。陳家洛接過馬韁，道：「我要出城一天，到天晚纔能回來，叫大家放心好啦。」心硯望著兩人同乘向北，正要回去，忽然身後馬蹄聲疾，數十名侍衛縱馬追了下去，當先一人身形枯瘦，正是白振，心中一驚，忙奔回報信。

白馬出得城來，越跑越快。香香公主靠在陳家洛懷裏，但見路旁樹木晃眼即過，數月來的悲愁一時盡去。那馬腳力非凡，不到半天，已過淸河、沙河、昌平等地，來到南口。

陳家洛道：「咱們去瞧瞧明朝皇帝的陵墓。」縱馬直向天壽山馳去。過了牌坊和玉石橋後，只見一座大碑，寫著「大明長陵神功聖德碑」九個大字，碑右刻著乾隆所書的幾行題字：「明之亡非亡於流寇，而亡於神宗之荒唐，及天啓時閹宦之專橫，大臣志在祿位金錢，百官專務鑽營阿諛。及思宗即位，逆閹雖誅，而天下之勢，已如河決不可復塞，魚爛不可復收矣。而又苛察太甚，人懷自免之心，小民疾苦而無告，故相聚爲盜，闖賊乘之，而明社遂屋。嗚呼！有天下者，可不知所戒懼哉？」

陳家洛瞧著這幾行字，默默思索：「他知道小民疾苦而無告，故相聚爲盜。倒也不是沒有見識。」香香公主道：「你瞧的是甚麼啊？」陳家洛道：「那是皇帝寫的字。」香香公主恨道：「這人壞死啦，別瞧他。」拉著他手向內走去，只見兩旁排著獅、象、駱駝、麒麟以及文武百官的石像。香香公主望著石駱駝，想起家鄉，淚水湧到了眼裏。

陳家洛心想：「和她相聚只剩下今朝一日，要好好讓她歡喜才是。過了今天，我兩人終生再沒快樂的日子了。」於是打起精神，笑道：「你想騎駱駝是不是？」將她抱起，輕輕一躍，兩人都騎上了駝背，口裏吆喝，催石駱駝前進。香香公主笑彎了腰，過了一會，嘆道：「要是這駱駝眞能跑，把咱倆帶到天山腳下，可有多好。」陳家洛道：「那你要做甚麼？」香香公主眼望遠處，悠然神往，道：「那時候我可忙啦。要摘花朵兒給你吃，要給羊兒剪毛，要給小鹿餵羊奶，要到爹爹、媽媽、哥哥的墳上去陪他們，要想法子找尋姊姊……」陳家洛心頭一震，忙問：「你姊姊怎麼了？」香香公主淒然道：「那天夜裏，清兵突然從四面八方殺到，姊姊正在生病。亂軍中都衝散了，後來我始終沒再聽到她的消息。我們去找尋姊姊，就是走遍千里萬里，也一定要找到姊姊，好不好？」陳家洛黯然點頭。

陳家洛心中傷痛，半晌不語，兩人上馬又行。一路上山，不多時到了居庸關，只見兩崖峻絕，層巒疊嶂，城牆綿亙無盡，如長蛇般蜿蜒於叢山之間。香香公主道：「花這許多功夫造這條大東西幹甚麼？」陳家洛道：「那是爲了防北邊的敵人打進來。在這長城南北，不知有多少人送了性命。」香香公主道：「男人眞是奇怪，大家不是高高興興的一起跳舞唱歌，偏要打仗，害得多少人送命受苦，眞不知道有甚麼好處。」陳家洛道：「要是皇帝肯聽你話，你叫他別去打邊疆上那些可憐人，好麼？」

香香公主見他說得鄭重，道：「我永遠不再見這壞皇帝。」陳家洛道：「倘若你能讓他聽你的話，那麼你一定要勸他別做壞事，給百姓多做點好事。你答應我這句話。」香香公主笑道：「你說得眞古怪。你要我做甚麼事，難道我有不依從的麼？」陳家洛道：「喀絲麗，多謝你。」香香公主嫣然一笑。

兩人攜手在長城外走了一程。香香公主道：「我忽然想到一件事。」陳家洛道：

「甚麼？」香香公主道：「今天我玩得眞開心，是因爲這裏風景好麼？不是的。我知道是因爲和你在一起。只要你在我身旁，就是在最難看的地方，我也會歡喜的。」陳家洛越是見她歡愉，心裏越是難受，問道：「你有甚麼事想叫我做的麼？」香香公主一怔，道：「你待我眞好，甚麼都給我做好了。我要的東西，我不必說，你就去給我拿了來。」說著從懷裏摸出那朵雪中蓮來，蓮花雖已枯萎，但仍是芳香馥郁，笑道：「只有一件事你不肯做，我要你唱歌，你卻推說不會。」

陳家洛笑道：「我眞的從來沒唱過歌。」香香公主假裝板起了臉，道：「好，以後我也不唱歌給你聽。」陳家洛心想：「我倆今生今世，就只有今日一天相聚了。我唱個歌給她聽，讓她笑一下，也是好的。」說道：「小時候曾聽我媽媽的使女唱過幾首曲子，我還記得。我唱給你聽，你可不許笑。」香香公主拍手笑道：「好好，快唱！」

陳家洛想了一下，唱道：「細細的雨兒濛濛淞淞的下，悠悠的風兒陣陣的颾。樓兒下有個人兒說些風風流流的話，我只當是情人，不由得口兒裏低低聲聲的罵。細看他，卻原來不是標標致致的他，嚇得我不禁心中慌慌張張的怕。」

陳家洛唱畢，用回語解釋了一遍，香香公主聽得直笑，說道：「原來這個大姑娘眼睛不大好。」正自歡笑，忽見陳家洛眼眶紅了，淚水從臉上流了下來，驚道：「幹麼你傷心啊？啊，你定是想起了你媽媽，想起了從前唱這歌的人。咱們別唱了。」

兩人在長城內外看了一遍，見城牆外建雉堞，內築石欄，中有甬道，每三十餘丈有一墩台。陳家洛見了這放烽火的墩台，想起霍青桐在回部燒狼煙大破清兵，這時不知生死如何，更是愁上加愁，雖然強顏歡笑，但總不免流露傷痛之色。

香香公主道：「我知你在想甚麼？」陳家洛道：「是麼？」香香公主道：「嗯，你在想我姊姊。」陳家洛道：「你怎知道？」香香公主道：「以前我們三個人一起在那古城裏，雖然危險，可是我見你是多麼快樂。唉，你放心好啦！」陳家洛拉住她手，問道：「喀絲麗，你說甚麼？」

香香公主嘆道：「以前我是個小孩子，甚麼也不懂。可是我在皇宮裏住了這些日子，我天天在回想跟你在一起的情景，從前許多不懂的事，現今都懂了。我姊姊一直在喜歡你，你也喜歡她。是麼？」陳家洛道：「是的，我本來不該瞞你。」香香公主道：「不過我知道，你也是真心喜歡我的。我沒有你，我就活不成。咱們快去找姊姊，就是走到天邊，也要找著她。找到之後，咱三人永遠快快樂樂的在一起，你說那可有多好。」說到這裏，眼中一陣明亮，臉上閃耀著光采，心中歡愉已極。陳家洛緊緊握著她手，柔聲道：「喀絲麗，你想得真好，你和你姊姊，都是世界上最好最好的人。」

香香公主站著向遠眺望，忽見西首太陽照耀下有水光閃爍，側耳細聽，水聲有如琴鳴，喜道：「你聽，這聲音多美。」陳家洛道：「那是彈琴峽。」香香公主道：「去瞧瞧。」兩人從亂山叢中穿了過去，走到臨近，只見一道清泉從山石間激射而出，水聲淙淙，時高時低，眞如音樂一般。

香香公主走到水邊，笑道：「我在這裏洗洗腳，可以麼？」陳家洛笑道：「你洗吧。」她除下鞋襪，踏入水裏，只覺一陣清涼，碧綠的清水從她白如凝脂的腳背上流過。陳家洛猛見自己身影倒映在水裏，原來日已偏西，從衣囊裏拿出些乾糧來兩人吃了。香香公主靠在他的身上，一面吃餅，一面用手帕揩腳。

陳家洛一咬牙，說道：「喀絲麗，我要對你說一件事。」她轉過身來，雙手摟著他，把頭藏在他的懷裏，低聲道：「我知道你愛我。你不說我也明白。不用說啦。」他心裏一酸，一句衝到口邊的話又縮了回去，過了一陣，道：「咱們在玉峯裏看到那瑪米兒的遺書，你還記得麼？」香香公主道：「她現在跟她的阿里一起住在天上，那很好。」陳家洛道：「你們伊斯蘭教相信好人死了之後，會永遠在樂園裏享福，是不是？」香香公主道：「那當然是這樣。」陳家洛道：「這些日子來，我天天在讀《可蘭經》，不過有許多地方不明白。我回到北京之後，就去找你們伊斯蘭教的阿訇，請他教導我，讓我好好做一個伊斯蘭教的教徒。」

香香公主大喜過望，想不到他竟會自願皈依伊斯蘭教，仰起頭來，叫道：「大哥，大哥，你眞的這樣好麼？」陳家洛道：「我一定這樣做。」香香公主道：「你爲了愛我，連這件事也肯了。我本來是不敢想的。」陳家洛緩緩的道：「因爲今生我們不能在一起。我要在死了之後，天天陪著你。」

香香公主聽了這話，猶如身受雷轟，呆了半晌，顫聲道：「你……你說甚麼？今生我們不能在一起？」陳家洛道：「是的，過了今天，咱們不能再相見了。」香香公主驚道：「爲甚麼？」身子顫動，兩顆淚珠滴到了他衣上。

陳家洛溫柔款款的摟著她，輕聲道：「喀絲麗，只要我能陪著你，就是沒飯吃，沒衣穿，天天受人打罵侮辱，我也甘心情願。可你記得瑪米兒嗎？那個好瑪米兒，爲了使她族人不受暴君欺侮壓迫，寧願離開她心愛的阿里，寧願去受那暴君欺侮……」香香公主軟軟垂了下來，伏在他腿上，低聲道：「你要我跟從皇帝？要我去刺死他麼？」

陳家洛道：「不是的，他是我的親哥哥。」於是將自己和乾隆的關係、紅花會的圖謀、六和塔上的盟誓，以及今日乾隆所求，原原本本的說了。她聽到最後，知道自己日夜所盼、已經到了手的幸福，一下子又從手裏溜了出去，心頭大震，不禁暈了過去。

等到醒來，只覺陳家洛緊緊的抱著她，自己衣上濕了一塊，自是他眼淚浸濕了的。她站起身來，柔聲道：「你等我一下。」慢慢走到遠處一塊大石上，向西伏下，虔誠禱告，祈求眞神安拉指點她應當怎樣做，淡淡的日光照射在她白衣之上，一個美麗無倫的背影中流露著無限的淒苦，無限的溫柔。她慢慢轉過身來，說道：「你要我做甚麼，我總是依你。」

陳家洛縱身奔去，兩人緊緊抱住，再也說不出話來。她低聲道：「早知道只有今天一天，我也不到這裏來了。我要你整天抱著我不放。」陳家洛不答，只是親她。過了好一陣，她忽然說道：「離開家鄉之後，我從來沒洗過澡，現下我要洗一洗。」取出短劍，割斷了衣服上縫的線，脫了外衣。

陳家洛站起身來，道：「我在那邊等你。」香香公主道：「不，不！我要你瞧著我。你第一次見我，我正在洗澡。今日是最後一次……我要你看了我之後，永遠不忘記我。」陳家洛道：「喀絲麗，難道你以為我會忘記你嗎？」她求道：「我說錯啦，大哥，你別見怪。你別走啊。」陳家洛只得又坐下來。

但見她將全身衣服一件件的脫去，在水聲淙淙的山峽中，金黃色的陽光照耀著一個絕世無倫的美麗身體。陳家洛只覺得一陣暈眩，不敢正視，但隨即見到她天眞無邪的容顏，忽然覺得她只不過是一個三四歲的光身嬰兒，是這麼美麗，可是又這麼純潔，忽想：「造出這樣美麗的身體來，上天眞是有一位全知全能的大神吧？」心中突然瀰漫著崇敬感謝的情緒，不自禁的跪下地來，面向西方，以手加額，磕下頭去。他自少年時便在回部，見慣了回人向眞神崇拜的儀節。

香香公主瞧著他拜完後坐倒，慢慢抹去自己身上水珠，緩緩穿上衣服，自憐自惜，又復自傷，心想：「這個身體，永遠不能再給親愛的人瞧見了。」抹乾了頭髮，又去偎倚在陳家洛的懷裏。

陳家洛道：「我跟你說過牛郎織女的故事，你還記得麼？」香香公主道：「記得，你還教我一個歌，說是：一年雖只相逢一次，卻勝過了人間無數次的聚會。」陳家洛道：「是啊，咱倆不能永遠在一起，但眞神總是教咱倆會見了。在沙漠上，在這裏，咱倆過得這麼快活，雖然時刻很短，但比許多一起過了幾十年的夫妻，咱倆的快活還是多些吧。」

香香公主聽著他柔聲安慰，望著太陽慢慢向羣山叢中落下去，她的心就如跟著太陽落下去一般，忽然跳了起來，高聲哭道：「大哥，大哥，太陽下山了。」

陳家洛聽了這話，眞的心都碎了，拉著她的手道：「喀絲麗，我要你受這麼多的苦！」

香香公主望著太陽落下去的地方，低聲道：「太陽要是能再昇起來，就是很短很短的一下子也好……」陳家洛道：「我是爲了自己的同胞，受苦是應該的，可是那些人你從來沒見過，你從來沒愛過他們……」香香公主道：「我愛了你，他們不就是我自己的人嗎？我所有的回人兄弟，你不是也都愛他們麼？」眼見天色越來越黑，太陽終於不再昇上來，她心裏一陣冰冷，說道：「咱們回去吧，我很快樂，這一生我已經夠了！」

陳家洛黯然無語，兩人上馬往來路回去。香香公主不再說話，也不回頭再望一眼剛才兩人共享過的美景。

走不到半個時辰，忽聽馬蹄聲大作，數十人從暮色蒼茫中迎面而來，領頭的正是金鉤鐵掌白振，他一見陳家洛與香香公主，登時臉現喜色，左手向後一揮，跳下馬來，站在道旁，後面跟著的四十名侍衛也紛紛下馬。白振奉旨監視兩人，那知他們騎的白馬奔馳如飛，尋常馬匹如何追得上，一路打聽，調換坐騎，也不敢吃飯休息，直追到傍晚，正自憂急，忽與兩人狹路相逢，眞如天上掉下了活寶來那麼歡喜。

陳家洛渾不理會，逕自催馬向前。忽然南方馬蹄聲又起，衛春華一馬當先奔來，大叫：「總舵主，我們都來啦。」跟著陸菲青、無塵、趙半山、文泰來、常氏雙俠等先後趕到。

陳家洛一把抓住乾隆，啪啪啪幾下，重重打了他三巴掌，喝道：「你還記得當日的誓言嗎？」乾隆那敢作聲，疾趨而出。

第二十回　忽見紅顏墮火窟　空餘碧血葬香魂

乾隆自陳家洛帶了香香公主去後，心中怔忡不寧，漸漸天色大明，又眼見太陽從東方昇到頭頂，太監開上御膳來，雖是山珍海味，卻食不下嚥。這天他也不朝見百官，整日坐起又睡倒，睡倒又坐起，派了好幾批侍衛出去打探消息，直到天色全黑，月亮從宮牆上昇起，還是沒一個侍衛回報。

他在寶月樓上十分焦急，只得儘往好處去想，向著壁上的「漢宮春曉圖」默默的凝望，突然想到：「這妮子既然喜歡他，定也喜歡漢裝。待會他們回宮，他定已勸服她從我。我何不穿上漢裝，叫她驚喜一番？」於是命太監取明人的衣冠。可是深宮之中，那裏來的明人衣冠？還是一名小太監聰明，奔到戲班子裏去拿了一套戲服來，服侍他穿了。乾隆大喜，對鏡一照，自覺十分風流瀟洒，忽見鬢旁有幾莖白髮，急令小太監拿小鑷子來鑷去。

正低了頭讓小太監鑷髮，忽聽背後輕輕的腳步之聲，一名太監低聲喝道：「皇太后慈駕到！」乾隆吃了一驚，抬起頭來，鏡中果然現出太后，只見她鐵青了臉，滿是怒容。乾隆疾忙轉身道：「太后還不安息麼？」扶著她在炕上坐下。太后揮揮手，衆太監退了出去。

隔了好一陣，太后沉聲說道：「奴才們說你今天不舒服，沒上朝，也沒吃飯。我瞧你來啦！」乾隆道：「兒子現下好了。只是吃了油膩有點兒不爽快，沒甚麼，不敢驚動太后。」太后哼了一聲，道：「是吃了回子的油膩呢，還是漢人的油膩呀？」乾隆一驚，答道：「想是昨天吃了烤羊肉。」太后道：「那是咱們的滿洲菜呀，嗯，你做滿洲人做厭了。」

乾隆不敢回答。太后又問：「那個回子女人在那裏？」乾隆道：「她性子不好，兒子叫人帶出去訓導去了。」太后道：「她隨身帶劍，死也不肯從你。叫人訓導，有甚麼用？是要誰去開導她？」乾隆見她愈問愈緊，只得道：「是個老年的侍衛頭兒，姓白的。」

太后抬起了頭，好半天不作聲，冷笑了幾下，陰森森的道：「你現今四十多歲啦，還要娘做甚麼？」乾隆大驚，忙道：「太后請勿動怒，兒子有過，請太后教導。」太后道：「你是皇帝，是天下之主，愛怎麼做就怎麼做，愛撒甚麼謊就撒甚麼謊。」乾隆知道太后耳目衆多，這事多半已瞞她不過，低聲說道：「開導那女子的，還有一個是兒子在江南遇到的士子，這人才學很好……」太后厲聲道：「是海寧陳家的是不是？」

乾隆低下了頭，那裏還敢作聲。太后道：「怪不得你穿起漢人衣衫來啦！幹麼你還不殺我？」說這句話時，已然聲色俱厲。乾隆大吃一驚，雙膝脆下，連連磕頭，說道：「兒子若有不孝之心，天誅地滅！」

太后一拂衣袖，走下樓去。乾隆忙隨後跟去，走得幾步，想起自己身上穿著明人衣冠，給人見了可不成體統，匆匆忙忙的換過了，一問太監，知道太后在武英殿的偏殿，於是加快腳步進殿，說道：「太后息怒，兒子有不是的地方，請太后敎誨。」

太后冷冷的問道：「你連日召那姓陳的進宮幹甚麼？在海寧又幹了些甚麼事？」乾隆垂頭不語。太后厲聲喝道：「你眞要恢復漢家衣冠麼？要把我們滿洲人趕盡殺絕麼？」乾隆顫聲道：「太后別聽小人胡言，兒子那有此意？」太后道：「那姓陳的你待怎樣處置？」乾隆道：「他黨羽衆多，手下有不少武功高強的亡命之徒，兒子所以一直跟他敷衍，乃是要找個良機，將他們一網打盡，以免斬草不除根，終成後患。」太后聽了容色稍霽，問道：「這話當眞？」

乾隆聽得太后此言，知已洩機，更無抉擇餘地，心一狠，決意一鼓誅滅紅花會羣雄，答道：「三日之內，就要叫那姓陳的身首異處。」太后陰森的臉上露出了一絲笑容，道：「好，這才不壞了祖宗的遺訓。」頓了一頓，道：「嘿，你跟我來。」站起身來，走向武英殿正殿。乾隆只得跟了過去。

太后走近殿門，太監一聲吆喝，殿門大開。只見殿中燈燭輝煌，執事太監排成兩列，八名王公跪下接駕，太后與乾隆走到殿上兩張椅中坐下。乾隆向下看時，見那八名王公都是皇室貴族，爲首的是莊親王允祿，此外是履親王、怡親王、果親王、誠親王、和親王、愉郡王，以及慎郡王，都是皇室的近支親貴。乾隆心神不定，不知太后打甚麼主意。太后緩緩說道：「本來嘛，咱們八旗上三旗由主子親領，但主子接位時年紀還小，因此先帝歸天之時，遺命八旗由宗室八人分統，只是這些時候來邊疆連年用兵，先帝的遺命一直沒能遵辦。眼下賴祖宗福蔭，今上聖明，回疆已然削平，從今日起，八旗歸你們八人分帶，務須用心辦事，以報皇上的恩典。」八人忙磕頭謝恩。

乾隆心想：「原來她還是不放心，要分散我的兵權。」太后道：「請皇上分派吧。」乾隆心想：「這次大大落了下風，反正已不想舉事，暫時分散兵權也是無妨。眼看她部署周密，我若不允，她定然另有對付之策。」於是把正黃、鑲黃、正白、鑲白、正紅、鑲紅、正藍、鑲藍八旗分派給了八王統領。

八名王公暗暗納罕，均想：按照本朝開國遺規，正黃、鑲黃、正白三旗，由皇帝自將，稱爲上三旗。餘下五旗稱爲下五旗，每一旗由滿洲都統統率。此時太后分給八王統領，卻是大大的不符祖宗規矩了，擺明是削弱皇帝權力之意。眼見太后懿旨嚴峻，不敢推辭，當下磕頭謝恩，有的心想：「明日還是上摺歸還兵權爲是，免惹殺身之禍。」

太后手一揮，暹玄托著一個盤子上前跪下，盤中鋪著一塊黃綾，上放鐵盒。太后拿起鐵盒，揭開盒蓋，拿出一個小小的卷軸來。乾隆側頭看去，見卷軸外是雍正親筆所書「遺詔」兩字，旁邊註著一行字道：「國家有變，著八旗親王會同開拆。」乾隆登時臉色大變，心想原來父皇早就防到日後機密洩漏，如自己膽敢變更祖宗遺規，甚至反滿興漢，遺詔中必定命八旗親王廢他而另立新君。他隨即鎭定，說道：「先帝深遠謀慮，明見百世。兒子只要及得上先帝萬一，太后就不必再爲兒子操心了。」太后把鐵盒交給莊親王，親自上了鎖，說道：「你把先皇遺詔恭送到雍和宮綏成殿，安在正匾之後，派一百名親兵日夜看守。」頓了一頓，又道：「就是有今上御旨，也不能離開一步。」莊親王領了慈旨，把遺詔送到雍和宮去了。雍和宮在北京西北安定門內，本是雍正未登位時的貝勒府。雍正死後，乾隆追念父皇，將之擴建成爲一座喇嘛廟。

太后布置已畢，這才安心，打了個呵欠，嘆道：「這萬世的基業，可得要好好看著啊！」

乾隆送太后出殿，忙召侍衛詢問。白振稟道：「陳公子已送娘娘回宮，娘娘在寶月樓候駕。」乾隆大喜，急速出殿，走到門口，回頭問道：「路上有甚麼事嗎？」白振道：「奴才等曾遇見紅花會的許多頭腦，幸虧陳公子攔阻，沒出甚麼事。」

乾隆到了寶月樓上，果見香香公主面壁而坐，喜道：「長城好玩麼？」香香公主不理。乾隆心想：「待我安排大事之後再來問你。」走到鄰室，命召福康安進宮。

不多時，福康安匆匆趕到。乾隆命他率領驍騎營軍士到雍和宮各殿埋伏，密囑了好一陣子，福康安領旨去了。乾隆又命白振率領衆侍衛在雍和宮內外埋伏，安排已定，說道：「明兒晚我在雍和宮大殿賜宴，你召陳公子、紅花會所有的頭腦和黨羽齊來領宴。」白振聽了這話，才知是要把紅花會一網打盡，心想那定是有一場大廝殺了，磕了頭正要走出，乾隆忽道：「慢著！」白振回過頭來，乾隆道：「召雍和宮大喇嘛呼音克！」

待呼音克進來磕見，乾隆問道：「你來京裏有幾年了？」呼音克道：「臣服侍皇上已二十一年了。」乾隆道：「你想不想回西藏去啊？」呼音克磕頭不答。乾隆又道：「西藏只達賴和班禪兩個活佛，青海的不算，幹麼沒第三個？」呼音克道：「回皇上，這是向來的規矩，自從國師……」乾隆攔住了他的話頭，說道：「要是我封你做第三個活佛，去管一塊地方，沒人敢違旨吧？」呼音克喜從天降，連連磕頭，說道：「萬歲聖恩，臣粉身難報。」乾隆道：「現下我叫你做一件事。你回去召集親信喇嘛，預備了硝礦油柴引火之物，等他傳訊給你時，」說著向白振一指，又道：「你就放火燒宮，從雍和宮大殿和綏成殿燒起。」

呼音克大吃一驚，磕頭道：「這是先皇的府邸，先皇遺物很多，臣不敢……」乾隆厲聲道：「你敢違旨麼？」呼音克嚇得遍體冷汗，顫聲道：「臣……臣……臣遵旨辦理。」乾隆道：「這事只要洩漏半點風聲，我把你雍和宮八百名喇嘛殺得一個不賸。」隔了一會，溫言道：「綏成殿有旗兵看守，可要小心了，到時可把這些兵將一起燒在裏面。事成之後，你就是第三名活佛了。去吧！」手一揮，呼音克又驚又喜，謝了恩和白振一同退出。

乾隆布置已畢，暗想這一下一箭雙鵰，把紅花會和太后的勢力一鼓而滅，就可安安穩穩做太平皇帝了，心頭甚是舒暢，見案頭放著一張琴，走過去彈了起來，彈的是一曲「史明五弄」，彈不數句，鏗鏗鏘鏘，琴音中竟充滿了殺伐之聲，彈到一半，錚的一聲，第七根絃忽然斷了。乾隆一怔，哈哈大笑，推琴而起，走到內室來。

香香公主倚在窗邊望月，聽得腳步聲，寒光一閃，又拔出了短劍。

乾隆眉頭一皺，遠離坐下，道：「陳公子和你到長城去，是叫你來刺殺我嗎？」香香公主道：「他是勸我從你。」乾隆道：「你不聽他的話？」香香公主道：「他的話我總是聽的。」乾隆又喜又妒，道：「那麼你為甚麼帶著劍？把劍給我吧！」香香公主道：「不，要等你做了好皇帝之後。」乾隆心想：「原來你要如此挾制於我。」一時之間，憤怒、妒忌、色慾、惱恨，百感交集，強笑道：「我現今就是好皇帝了。」

香香公主道：「哼，剛才我聽你彈琴，你要殺人，要殺很多人，你……你是惡極了。」乾隆一驚，心想原來自己的心事竟在琴韻中洩漏了出來，靈機一動，說道：「不錯，我是要殺人。你那陳公子剛才已給我抓住了。你從了我，我瞧在你面上，可以放他。要是不從，嘿嘿，你知道我要殺很多人。」香香公主大驚，顫聲道：「你要殺死自己親弟弟？」乾隆鐵青了臉道：「他甚麼都對你說了？」香香公主道：「我不信你抓得住他。他比你能幹得多。」乾隆道：「能幹？哼，就算今天還沒抓住，明天呢？」香香公主不語，暗自沉吟。

乾隆又道：「我勸你死了這條心吧，我是好皇帝也罷，惡皇帝也罷，你總是永遠見不著他了。」香香公主急道：「你答應他做好皇帝的，怎麼又反悔？」乾隆厲聲道：「我愛怎樣就怎樣，誰管得了我？」他剛才受太后挾制，滿腔憤怒，不由得流露了出來。

霎時之間，香香公主便似胸口給人重重打了一拳，想道：「原來皇帝是騙他的，早知這樣，我何必回來？」一時悔恨達於極點，險些暈倒。

乾隆見她臉上突然間全無血色，自悔適才神態太過粗暴，說道：「只要你好好服侍我，我自然也不難爲他，還會給他大官做，教他一世榮華富貴。」

香香公主一生之中，從沒給人如此厲害的欺騙過，她本來還只見到皇帝的兇狠，這時才知道惡人還能這麼奸險，心想：「皇帝這麼壞，定要想法子害他。他雖然本事比皇帝大，可是不知道親哥哥會存心害他的啊。我一定須得讓他明白，好教他不會上了皇帝的當。可是怎麼去通知他呢？」乾隆見她皺眉沉思，稚氣的臉上多了一層凝重的風姿，絕世美艷之中，重增華瞻，不覺瞧得呆了。

香香公主想道：「宮裏全是皇帝的手下人，誰能給我送信？事情緊急，只有這麼辦。」說道：「那麼你應允不害他？」乾隆大喜，隨口道：「不害他，不害他！」香香公主見他說得沒半分誠意，心中恨極，一個純樸的少女在皇宮中住得多日，也已學會了怎樣對付敵人，於是不動聲色的道：「我明天一早要到清眞禮拜堂去，向眞神祈禱之後，才能從你。」乾隆大喜，笑道：「好，明天可不能再賴了。」又道：「宮裏也有清眞禮拜堂，我特地給你起的。再過得幾天，等一切布置就緒，以後你就不用再出宮去做禮拜了。」

香香公主見他笑嘻嘻的下樓，找到紙筆，以回文寫了封信給陳家洛，警告他皇帝有加害之心，反滿興漢之想全成虛幻，請他即速設法相救，一同逃出宮去。寫畢，用一張白紙將信包住，白紙上用回文寫道：「請速送交紅花會大首領陳家洛。」她想回人個個對她爹爹和姊姊十分尊敬，對自己也極崇仰，在禮拜堂中只要俟機交給任何一個回人，誰都會設法送到。

她寫了信後，心神一寬，想到皇帝背盟爲惡，反使自己與情郎有重聚的機會，陳家洛無所不能，要救自己出宮，自非難事，想到此處，心頭登覺甜蜜無比，整日勞頓之後，靠在床上便睡著了。

朦朧間聽得宮中鐘聲響動，睜開眼來，天已微明，忙起身梳洗。服侍她的宮女知她不許別人近身，只是在旁邊瞧著，見她神采煥發，都代她歡喜。香香公主把書信暗藏在袖，走下樓來。抬轎的太監已在樓下侍候，衆侍衛前後擁衛，將她送到了西長安街清眞寺門口。

香香公主下了轎，望到伊斯蘭教禮拜堂的圓頂，心中又是歡喜又是難受，俯首走進教堂，只見左右各有一人和她並排而行。她抬起頭來，見是兩個回人，心中一喜，正要把捏在手裏的書信遞過去，和右面那人目光甫接，不禁遲疑，緩緩縮回了手。那人雖是回人裝束，可是面目神情，全不是她族人模樣，又向左邊那人望去，也似有異。她低聲問道：「你們是皇帝派來看守我的嗎？」她說的是回語，那兩人果然不懂，都隨意點了點頭。

她一陣失望，轉過身來，只見身後又跟著八名回人裝束的皇宮侍衛，眞正回人都被隔得遠遠地。她快步向寺中教長走近，說道：「這信無論如何請你送去。」那教長一愕，香香公主將信塞入他手中。突然間一名侍衛搶上前來，從教長手中將信奪了去，在他胸口重重一推。教長一個踉蹌，險些跌倒。衆人愕然相顧，都不知發生了何事。

教長怒道：「你們幹甚麼？」那侍衛在他耳邊低聲喝道：「別多管閒事！我們是宮裏當差的。」那教長一驚，不敢多言，便領著衆人俯伏禮拜。

香香公主也跪了下來，淚如泉湧，心中悲苦已極，這時只剩下一個念頭：「怎地向他示警，教他提防？就是要我死，也得讓他知道提防。」

「就是要我死！」這念頭如同閃電般掠過腦中：「我在這裏死了，消息就會傳出去，他就會知道。不錯，再沒旁的法子！」但立即想到了《可蘭經》第四章中的話：「你們不可自殺。安拉確是憐憫你們的。誰爲了過份和不義而犯了這嚴禁，我要把誰投入火窟。」穆罕默德的話在她耳中如雷震般響著：「自殺的人，永墮火窟，不得脫離。」她並不怕死，相信死了之後可以升上樂園，將來會永遠和心愛的人在一起，《可蘭經》上這樣說：「他們在樂園裏將享有純潔的配偶，他們得永居其中。」可是如果自殺了，那就是無窮無盡的受苦！

想到這裏，不禁打了一個寒顫，只覺全身冷得厲害，但聽衆人喃喃誦經，教長正在大聲講著樂園中的永恆和喜悅，講著墮入火窟的靈魂是多麼悲慘。對於一個虔信宗教的人，再沒比靈魂永遠沉淪更可怕的了，可是她沒有其他法子。愛情勝過了最大的恐懼。她低聲道：「至神至聖的安拉，我不是不信你會憐憫我，但是除了用我身上的鮮血之外，沒有別的法子可以教他逃避危難。」於是從衣袖中摸出短劍，在身子下面的磚塊上劃了「不可相信皇帝」幾個字，輕輕叫了兩聲：「大哥！」將短劍刺進了那世上最純潔最美麗的胸膛。

紅花會羣雄這日在廳上議事，蔣四根剛從廣東回來，正與衆人談論南方各地英豪近況，忽報白振來拜，陳家洛單獨接見。白振傳達皇上旨意，說當晚在雍和宮賜宴，命紅花會衆位香主一齊赴宴，皇上親自與會，因怕太后和滿洲親貴疑慮，是以特地在宮外相會。陳家洛領旨謝恩，心想喀絲麗定是勉爲其難，從了皇帝，是以他對興漢大業加倍熱心起來，心中說不出的又喜又悲，送別白振後與羣雄說了。衆人聽得皇帝信守盟約，行將建立不世奇功，都是興奮無比。無塵、陸菲青、趙半山、文泰來、常氏雙俠等人吃過滿清官員不少苦頭，對乾隆的話本來疑多信少，這時見大事順利，都說究竟皇帝是漢人，又是總舵主的親兄弟，果然大不相同。只是陳家洛爲了興復大業，割捨對香香公主的深情，都爲他難過。

陳家洛怕自己一人心中傷痛，冷了大家的豪興，當下強打精神，和羣雄縱論世事，後來談到了武藝。無塵說道：「總舵主，你這次在回部學到了精妙武功，露幾手給大家瞧瞧怎樣？」陳家洛道：「好，我正要向各位印證請教，只怕有許多精微之處沒悟出來。我想，如能加上音樂節拍，可能更加飄逸些。」向余魚同道：「十四弟，請你吹笛。」余魚同道：「好！」

李沅芷笑吟吟的奔進內室，把金笛取了出來。駱冰笑道：「好啊，把人家的寶貝兒也收起來啦。」李沅芷臉一紅不作聲。

自那日李沅芷被張召重擊斷左臂，一路上余魚同對她細加呵護，由憐生愛，由感生情，這才是一片眞心相待。李沅芷一往情深的痴念，終於有美滿收場，自是芳心大慰。

兩人這一日談到那天在甘涼道上客店中初會的情景，李沅芷說羨慕他用金笛點倒公差，抱怨師父不肯傳她點穴功夫。余魚同笑道：「陸師叔雖然年老，總不便在你身上指點，也不能讓你摸他。穴道認不準，怎麼教？等將來咱倆成了夫妻，我再教你吧。」李沅芷笑道：「那麼我倒錯怪師父了。」余魚同笑道：「要我現下傳你點穴功夫，倒也可以，但你得磕頭拜師。」李沅芷笑道：「呸，你想麼？」從那日起，余魚同就把使笛打穴的入門功夫先敎會了她。李沅芷命人將兩截斷笛送去金鋪鑲好，把笛子借來練習。

陳家洛隨著笛聲舞動掌法，羣雄圍觀參詳。無塵笑道：「總舵主，你用這掌法竟打倒了張召重，我使劍給你過過招怎樣？」說著仗劍下場。陳家洛道：「好，來吧！」揮掌向他肩頭拍去。無塵挺劍斜刺，不理陳家洛的手掌攻到，逕攻對方腰眼。陳家洛側身繞過，笛聲中攻他後心。無塵更不回頭，倒轉劍尖，向後便刺，部位時機，無不恰到好處，正是追魂奪命劍中的絕招「望鄉回顧」。陳家洛身子稍側，翻掌拿他手腕。無塵明知這一劍定然不中，但沒想到他反攻如此迅捷，腳下一點，向前竄出三步，手腕抖動，長劍又已遞出。旁觀羣雄，齊聲叫好。兩人雖是印證武功，卻也絲毫不讓，單劍斜走，雙掌齊飛，打得緊湊異常。

正鬥到酣處，忽然胡同外傳來一陣漫長凄涼的歌聲。羣雄也不在意，卻聽那歌聲越來越近，似是成千人齊聲唱和，悲切異常，令人聞之墮淚。

心硯久在大漠，知是回人所唱悼歌，好奇心起，奔出去打聽，過了一會從外面回來，臉色灰白，腳步踉蹌，走近陳家洛身邊，顫聲叫道：「少爺！」

無塵收劍躍開。陳家洛回頭問道：「甚麼？」心硯哭道：「香……香……香香公主死了！」羣雄齊都變色。陳家洛只覺眼前一黑，俯伏摔了下去。無塵忙擲劍在地，伸手拉住他臂膀。

駱冰忙問：「怎麼死的？」心硯道：「我問一個回人大哥，他說是在清真禮拜堂裏祈禱之時，香香公主用劍自殺。」駱冰又問：「那些回人唱些甚麼？」心硯道：「他們說：皇太后不許她遺體入宮，交給了淸眞寺。他們剛才將她安葬了，回來時大家唱歌哀悼。」衆人大罵皇帝殘忍無道，逼死了這樣一位善良純潔的少女。駱冰一陣心酸，流下淚來。陳家洛卻一語不發。衆人防他心傷過甚，正想勸慰，陳家洛忽道：「道長，我學的掌法還沒使完，咱們再來。」緩步走到場子中心，衆人不禁愕然。

無塵心想：「讓他分心一下以免過悲，也是好的。」於是拾起劍來，兩人又鬥。羣雄見陳家洛步武飄逸，掌法精奇，似乎對剛才這訊息並不動心，互相悄悄議論。李沅芷低聲在余魚同耳邊道：「男人家多沒良心，爲了國家大事，心愛的人死了一點也不在乎。」余魚同吹著笛子，心想：「總舵主好忍得下，倘若是我，只怕當場就要瘋了。」

無塵顧念陳家洛遭此巨變，心神不能鎭攝，不敢再使險招。兩人本來棋逢敵手，功力悉匹，無塵既有顧忌，兩招稍緩，立處下風。只見劍光掌影中，無塵不住後退，他一招不敢疾刺，收劍微遲，陳家洛左手三根手指已搭上了他手腕，兩人手肌一碰，同時跳開。無塵叫道：「好，好，妙極！」

陳家洛笑道：「道長有意相讓。」忽然一張口，噴出兩口鮮血。羣雄盡皆失色，忙上前相扶。陳家洛淒然一笑，道：「不要緊！」靠在心硯肩上，進內堂去了。

陳家洛回房睡了一個多時辰，想起今晚還要會見皇帝，正有許多大事要幹，如何這般不自保重，但想到香香公主慘死，卻不由得傷痛欲絕。又想：「喀絲麗明明已答允從他，怎麼忽又自殺，難道是思前想後，終究割捨不下對我的恩情？她知道此事非同小可，如無變故，決不至於今日自殺，內中必定別有隱情。」思索了一回，疑慮莫決，於是取出從回部帶來的回人衣服，穿著起來，那正是他在冰湖之畔初見香香公主時所穿，再用淡墨將臉頰塗得黝黑，對心硯道：「我出去一會兒就回來。」心硯待要阻攔，知道無用，但總是不放心，悄悄跟隨在後。陳家洛知他一片忠心，也就由他。

大街上人聲喧闐，車馬雜沓，陳家洛眼中看出來卻是一片蕭索。他來到西長安街清眞禮拜寺，逕行入內，走到大堂，俯伏在地，默默禱祝：「喀絲麗，你在天上等著我。我答允你皈依伊斯蘭教，決不讓你等一場空。」一抬起頭來，忽見前面丰丈外地下青磚上隱隱約約的刻得有字，仔細一看，是用刀尖在磚塊上劃的回文：「不可相信皇帝」，字痕中有殷紅之色。陳家洛一驚，低頭細看，見磚塊上有一片地方的顏色較深，突然想到：「難道這是喀絲麗的血？」俯身聞時，果有鮮血氣息，不禁大慟，淚如泉湧，伏在地下號哭起來。

哭了一陣，忽然有人在他肩頭輕拍兩下，他吃了一驚，立即縱身躍起，左掌微揚待敵，一看之下又驚又喜，跟著卻又流下淚來。那人穿著回人的男子裝束，但秀眉微蹙，星目流波，正是翠羽黃衫霍青桐。原來她今日剛隨天山雙鷹趕來北京，要設法相救妹子，那知遇到同族回人，驚聞妹子已死，匆匆到禮拜寺來爲妹子禱告，見一個回人伏地大哭，叫著喀絲麗的名字，因此拍他肩膀相詢，卻遇見了陳家洛。

正要互談別來情由，陳家洛突見兩名清宮侍衛走了進來，忙一拉霍青桐的袖子，並肩伏地。兩名侍衛走到陳家洛身邊，喝道：「起來！」兩人只得站起，眼望窗外，只聽得叮噹聲響，兩名侍衛將劃著字跡的磚塊用鐵鍬撬起，拿出禮拜寺，上馬而去。

霍青桐問道：「那是甚麼？」陳家洛垂淚道：「要是我遲來一步，喀絲麗犧牲了性命，用鮮血寫成的警示也瞧不到了。」霍青桐問道：「甚麼警示？」陳家洛道：「這裏耳目衆多，我們還是伏在地下，再對你說。」於是重行伏下，陳家洛輕聲把情由擇要說了。

霍青桐又是傷心，又是憤恨，怒道：「你怎地如此胡塗，竟會去相信皇帝？」陳家洛慚愧無地，道：「我只道他是漢人，又是我的親哥哥。」霍青桐道：「漢人又怎樣？難道漢人就不做壞事麼？做了皇帝，還有甚麼手足之情？」陳家洛哽咽道：「是我害了喀絲麗！我……我恨不得即刻隨她而去。」

霍青桐覺得責他太重，心想他本已傷心無比，於是柔聲安慰道：「你是爲了要救天下蒼生，卻也難怪。」過了一會，問道：「今晚雍和宮之宴，還去不去？」陳家洛切齒道：「皇帝也要赴宴，我去刺殺他，爲喀絲麗報仇。」霍青桐道：「對，也爲我爹爹、哥哥，和我無數同胞報仇。」

陳家洛問道：「你在清兵夜襲時怎能逃出來？」霍青桐道：「那時我正病得厲害，清兵突然攻到，幸好我的一隊衛士捨命惡鬥，把我救到了師父那裏。」陳家洛嘆道：「喀絲麗曾對我說，我們就是走到天邊，也要找著你。」霍青桐禁不住淚如雨下。

兩人走出禮拜堂，心硯迎了上來，他見了霍青桐，十分歡喜，道：「姑娘，我一直惦記著你，你好呀！」霍青桐這半年來慘遭巨變，父母兄妹四人全喪，從前對心硯的一些小小嫌隙，那裏還放在心上，柔聲說道：「你也好，你長高啦！」心硯見她不再見怪，甚爲欣慰。

三人回到雙柳子胡同，天山雙鷹和羣雄正在大聲談論。陳家洛含著眼淚，把在清眞寺中所見的血字說了。陳正德一拍桌子，大聲道：「我說的還有錯麼？那皇帝當然要加害咱們。這女孩兒定是在宮中得了確息，才捨了性命來告知你。」衆人都說不錯。關明梅垂淚道：「我們二老沒兒沒女，本想把她們姊妹都收作乾女兒，那知……」陳正德嘆道：「這女孩兒雖然不會武功，卻大有俠氣，難得，難得！」衆人無不傷感。

陳家洛道：「待會雍和宮赴宴，長兵器帶不進去，各人預備短兵刃和暗器。酒肉飯菜之中，只怕下有毒物迷藥，決不可有絲毫沾唇。」羣雄應了。陳家洛道：「今晚不殺皇帝，解不了心頭之恨，但要先籌劃退路。」陳正德道：「中原是不能再住的了，大夥兒去回部。」羣雄久在江南，離開故鄉實在有點難捨，但皇帝奸惡凶險，人人恨之切齒，都決意撲殺此獠，遠走異域，卻也顧不得了。

陳家洛命文泰來率領楊成協、衛春華、石雙英、蔣四根在德勝門、阜成門一帶埋伏，到時殺了城門守軍，接應大夥出城西去，命心硯率領紅花會頭目，預備馬匹，帶同弓箭等物在雍和宮外接應；又命余魚同立即通知紅花會在北京的頭目，遍告各省紅花會會衆，總舵遷往回部，各地會衆立即隱伏避匿，以防官兵收捕。

他分派已畢，向天山雙鷹與陸菲青道：「如何誅殺元凶首惡，請三位老前輩出個主意。」陳正德道：「那還不容易？我上去抓住他脖子一扭，瞧他完不完蛋？」陸菲青笑道：「他既存心害咱們，身邊侍衛一定帶得很多，防衛必然周密。正德兄扭到他脖子，他當然完蛋，就只怕扭不到他脖子。」無塵道：「還是三弟用暗器傷他。」天山雙鷹在六和塔上見過趙半山的神技，對他暗器功夫十分心折，當下首先贊同。

趙半山從暗器囊裏摸出當日龍駿所發的三枚毒蒺藜來，笑道：「只要打中一枚，就教他夠受了！」心硯見到毒蒺藜是驚弓之鳥，不覺打了個寒噤。陳家洛道：「我怕那姓龍的還在宮裏，有解藥可治。」趙半山道：「不妨，我再用鶴頂紅和孔雀膽浸過。他解得了一種，解不了第二種。」陸菲青對駱冰道：「你的飛刀和我的金針也都浸上毒藥吧。」駱冰點頭道：「咱們幾十枚暗器齊發，不管他多少侍衛，總能打中他幾枚。」

陳家洛見衆人在炭火爐上的毒藥罐裏浸熬暗器，想起皇帝與自己是同母所生，總覺不忍，但隨即想到他的陰狠毒辣，怒火中燒，拔出短劍，也在毒藥罐中熬了一會。

到申時三刻，衆人收拾定當，飽餐酒肉麵飯，齊等赴宴。關明梅、駱冰、霍青桐、李沅芷等四人化裝成男子。過不多時，白振率領了四名侍衛來請。羣雄各穿錦袍，騎馬前赴雍和宮。白振見衆人都是空手不帶兵刃，暗暗嘆息，想要對陳家洛暗提幾句警告，思前想後，總是不敢。

到宮門外下馬，白振引著衆人入宮。綏成殿下首已擺開了三席素筵，白振肅請羣雄分別坐下。中間一席陳家洛坐了首席，左邊一席陳正德坐了首席，右邊一席陸菲青坐了首席。佛像之下居中獨設一席，向外一張大椅上鋪了錦緞黃綾，顯然是皇帝的御座了。陸菲青、趙半山等人心中暗暗估量，待會動手時如何向御座施放暗器。

菜肴陸續上席，衆人靜候皇帝到來。過了一會，腳步聲響，殿外走進兩名太監，陳家洛等認得是遲玄和武銘夫。後面跟著一名戴紅頂子拖花翎的大官，却是前任浙江水陸提督李可秀，不知何時已調到京裏來了。李沅芷握住身旁余魚同的手，險些叫出聲來。遲玄叫道：「聖旨到！」李可秀、白振等當即跪倒。陳家洛等也只得跪下。

遲玄展開敕書，宣讀道：「奉天承運皇帝詔曰：國家推恩而求才，臣民奮勵以圖功。爾陳家洛等公忠體國，宜錫榮命，爰賜陳家洛進士及第，餘人著禮部兵部另議，優加錄用。賜宴雍和宮。直隸古北口提督李可秀陪宴。欽此。」跟著喝道：「謝恩！」

羣雄聽了心中一涼，原來皇帝奸滑，竟是不來的了。

李可秀走近陳家洛身邊，作了一揖，道：「恭喜，恭喜，陳兄得皇上如此恩寵，眞是異數。」陳家洛謙遜了幾句。李沅芷和余魚同一起過來，李沅芷叫了一聲：「爹！」李可秀一驚，回頭見是失蹤近年、自己日思夜想的獨生女兒，這時仍穿男裝，眞是喜從天降，拉住了她手，眼中濕潤，顫聲道：「沅兒，沅兒，你好麼？」李沅芷道：「爹……」可是話卻說不下去了。李可秀道：「來，你跟我同席！」拉她到偏席上去。李沅芷和余魚同知他是愛護女兒，防她受到損傷。兩人互相使了個眼色，分別就坐。

遲玄和武銘夫兩人走到中間席上，對陳家洛道：「哥兒，將來你做了大官，可別忘了咱倆啊！」陳家洛道：「還要請兩位公公多加照應。」遲玄手一招，叫道：「來呀！」兩名小太監托了一隻盤子過來，盤中盛著一把酒壺和幾隻酒杯。遲玄提起酒壺，在兩隻杯中斟滿了酒，自己先喝一杯，說道：「我敬你一杯！」放下空杯，雙手捧著另一杯酒遞給陳家洛。

羣雄注目凝視，均想：「皇帝沒來，咱們如先動手，打草驚蛇，再要殺他就不容易。這杯酒雖是從同一把酒壺裏斟出，但安知他們不從中使了手腳，瞧總舵主喝是不喝？」

陳家洛早在留神細看，存心尋隙，破綻就易發覺，果見酒壺柄上左右各有一個小孔。遲玄斟第一杯酒時大拇指捺住左邊小孔，斟第二杯酒時，拇指似乎漫不經意的一滑，捺住了右邊小孔。陳家洛心中瞭然，知道酒壺從中分爲兩隔，捺住左邊小孔時，左邊一隔中的酒流不出來，斟出來的是盛在右邊一隔中的酒，捺住右邊小孔則剛剛相反。遲玄捧過來的這杯從右隔中斟出，自是毒酒，心想：「哥哥你好狠毒，你存心害我，怕我防備，先賜我一個進士，叫我全心信你共舉大事。若非喀絲麗以鮮血向我示警，這杯毒酒是喝定的了。」

他拱手道謝，舉杯作勢要飲。遲玄和武銘夫見大功告成，喜上眉梢。陳家洛忽將酒杯放下，提起酒壺另斟一杯，斟酒時捺住右邊小孔，杯底一翻，一口乾了，把原先那杯酒送到武銘夫前面，說道：「武公公也喝一杯！」武銘夫和遲玄兩人見他識破機關，不覺變色。陳家洛又捺住左邊小孔，斟了一杯毒酒，說道：「我回敬遲公公一杯！」

遲玄飛起右足，將陳家洛手中酒杯踢去，大聲喝道：「拿下了！」大殿前後左右，登時湧出數百名手執兵刃的御前侍衛和御林軍來。

陳家洛笑道：「兩位公公酒量不高，不喝就是，何必動怒？」武銘夫喝道：「奉聖旨：紅花會叛逆作亂，圖謀不軌，立即拿問，拒捕者格殺不論。」

陳家洛手一揮，常氏雙俠已縱到遲武二人背後，各伸右掌，拿住了兩人的項頸。這一下出其不意，兩人武功雖高，待要抵敵，已然周身痲木，動彈不得。陳家洛又斟一杯毒酒，笑道：「這眞是敬酒不吃吃罰酒了。」駱冰和章進各拿一杯，給遲武兩人灌了下去。衆侍衛與御林軍見遲武被擒，只是吶喊，不敢逼近。

紅花會羣雄早從衣底取出兵刃，無塵身上只藏一柄短劍，使用不便，縱入侍衛人羣之中，夾手奪了一柄劍來，連殺三人，當先直入後殿，羣雄跟著衝入。

李可秀拉著女兒的手，叫道：「在我身邊！」他一面和白振兩人分別傳令，督率侍衛攔截，一面拉著女兒，防她混亂中受傷。余魚同見狀，長嘆一聲，心想：「我與她爹勢成水火，她終究非我之偶！」一陣難受，揮笛衝入。

李沅芷右手使勁一掙，李可秀拉不住，當即被她掙脫。李沅芷叫道：「爹爹保重，女兒去了！」反身躍起，縱入人叢。李可秀大出意外，急叫：「沅兒，沅兒，回來！」她早已衝入後殿，只見余魚同揮笛正與五六名侍衛惡戰，形同拚命。李沅芷叫道：「師哥，我來了！」余魚同一聽，心中大喜，精神倍長，唰唰唰數笛一輪急攻，李沅芷仗劍上前助戰，將衆侍衛殺退。兩人攜手跟著駱冰，向前直衝。

這時火光燭天，人聲嘈雜，陳家洛等已衝到綏成殿外，遊目四顧，甚是驚異。只見數十名喇嘛正和一羣清兵惡戰，眼見衆喇嘛抵敵不住，白振卻督率了侍衛相助喇嘛，把眾清兵趕入火勢正旺的殿中。陳家洛怎知乾隆與太后之間的勾心鬥角，心想這事古怪之極，但良機莫失，忙傳令命羣雄越牆出宮。

李可秀與白振已得乾隆密旨，要將紅花會會眾與綏成殿中的旗兵一網打盡，但二人一個念著女兒，一個想起陳家洛的救命之恩，都對紅花會放寬了一步，只是協力對付守殿的旗兵。過不多時，旗兵全被殺光燒死。綏成殿中大火熊熊，將雍正的遺詔燒成灰燼。

羣雄躍出宮牆，不禁倒抽一口涼氣，只見雍和宮外無數官兵，都是弓上弦，刀出鞘，數千根火把高舉，數百盞孔明燈晃來晃去，射出道道黃光。陳家洛心想：「他布置得也真周密，惟恐毒藥毒不死我們！」轉眼之間，無塵與陳正德已殺入御林軍隊伍。四下裏箭如飛蝗，齊向羣雄射來。霍青桐大叫：「大家衝啊！」羣雄互相緊緊靠攏，隨著無塵與陳正德衝殺。但清兵愈殺愈多，衝出了一層，外面又圍上一層。

無塵劍光霍霍，當者披靡，力殺十餘名御林軍，突出了重圍，等了一陣，見餘人並未隨出，心中憂急，又翻身殺入，只見七八名侍衛圍著章進酣鬥。章進全身血污，殺得如痴如狂。無塵叫道：「十弟莫慌，我來了！」唰唰唰三劍，三名侍衛咽喉中劍。餘人發一聲喊，退了開去，無塵道：「十弟，沒事麼？」忽然呼的一聲，章進揮棒向他砸來。無塵吃了一驚，側身讓過。章進連聲狂吼，叫道：「眾位哥哥都給你們害了，我不要活了！」狼牙棒著地橫掃。無塵叫道：「十弟，十弟，是我呀！」章進雙目瞪視，突然撇下狼牙棒，叫道：「二哥啊，我不成了！」無塵在火光下見他胸前、肩頭、臂上都是傷口，處處流血，自己只有單臂，無法相扶，咬牙道：「你伏在我背上，摟住我！」蹲下身子，章進依言抱著他頭頸。無塵只覺一股股熱血從道袍裏直流進去，當下奮起神威，提劍往人多處殺去。

劍鋒到處，清兵紛紛讓道，忽見前面官兵接二連三的躍在空中，顯是被人提著拋擲出來的，無塵心想：「除四弟外，別人無此功力，莫非城門有變？」仗劍衝去，果見文泰來、駱冰、余魚同、李沅芷四人正與衆侍衛惡戰。無塵叫道：「總舵主他們呢？」余魚同道：「不見啊，咱們到那邊去找！」無塵心中一寬，心想章進受傷甚重，是以胡言囈語，未必大夥都已死傷。文泰來刀砍掌劈，殺開了一條血弄堂，四人隨後趕去。

無塵奔到文泰來身旁，叫道：「城門口怎樣？」文泰來道：「那邊沒事。我不放心，過來瞧瞧！」無塵道：「來得正好！」他雖然負了章進，仍是一劍便殺一人，長劍起處，清軍兵將無人能避。

突然李沅芷高聲叫道：「總舵主！」只見陳家洛從火光中掠過，東竄西晃，似乎在尋人。陸菲青從西首殺出，叫道：「大夥退向宮牆！」遙見遠處火光中一根翠羽不住晃動。陸菲青道：「總舵主，你領大夥退到牆邊，我去接她出來！」說著手揮長劍，往霍青桐那邊殺去。陳家洛與文泰來當先開路，又退回到牆邊。

無塵叫道：「十弟，下來吧！」章進只是不動，駱冰去扶他時，只覺他身子僵硬，原來已經氣絕。駱冰伏屍大哭。文泰來正在抵敵衆侍衛，接應趙半山、常氏雙俠等過來，聽得駱冰哭聲，不由得灑了幾點英雄之淚，怒氣上衝，揮刀連斃三敵。

羣雄逐漸聚攏，這時陸菲青和霍青桐已會合在一起，人叢中只見那根翠羽慢慢移來，但到相隔數十步時，再也無法走近。常氏雙俠奪了兩桿長槍，衝去接了過來。霍青桐臉色蒼白，一身黃衫上點點斑斑盡是鮮血，她雖穿男裝，却在帽上插了一根翠色羽毛。陳家洛叫道：「咱們再衝，這次可千萬別失散了。」話聲方畢，雍和宮內颼颼颼數聲，連射了幾枝箭出來。原來李可秀和白振手下人衆殺盡了綏成殿中守殿的旗兵後，蜂擁而至。紅花會這一來前後受敵，處境更是險惡。

正危急間，正面御林軍忽然紛紛退避，火光中數十名黃衣僧人衝了進來，當先一人白鬚飄動，金刀橫砍直斬，威不可當，正是鐵膽周仲英。羣雄大喜，只聽周仲英叫道：「各位快跟我來！」文泰來抱起章進屍身，隨著衆人衝出。只見天鏡禪師率著大苦、大顚、大癡、元痛、元悲、元傷等少林僧人，正與御林軍接戰。

霍青桐見衆人殺敵甚多，但不論衝向何處，敵兵必定跟著圍上，抬頭四望，果見鼓樓屋頂上站著十多人，內中四人手提紅燈分站四方，羣雄殺奔西方，西方那人高舉紅燈，殺奔東方，東方便有紅燈舉起。霍青桐對陳家洛道：「打滅那幾盞紅燈便好辦了！」

趙半山聽了，從地下撿起一張弓，拾了幾枝箭，弓弦響處，四燈熄滅。

羣雄喝一聲采。清兵不見了燈號，登時亂將起來。霍青桐又道：「屋頂上諸人之中，必有主將在內，咱們擒賊先擒王！」衆人知她在回部運籌帷幄，曾殲滅兆惠四萬多名精兵，眞是女中孫吳，說話必有見地。無塵叫道：「四弟、五弟、六弟，咱們四個去！」文泰來和常氏雙俠齊齊答應。四人有如四頭猛虎，直撲出去，御林軍那裏攔阻得住？

陳家洛與天鏡禪師等跟著殺出，眼見就要衝出重圍，突然喊聲大振，李可秀和白振率領親兵侍衛圍了上來。一陣混戰，又將羣雄裹在垓心。李沅芷、駱冰，以及七八名少林僧人都受了傷。

無塵等衝到牆邊，躍上鼓樓，早有七個人過來阻攔。這些人竟是武功極好的高手，常氏雙俠合敵三人，一時未分勝敗。無塵與文泰來都是以一對二，在屋頂攻拒進退，打得十分激烈。無塵心中焦躁，想道：「怎麼這裏竟有這許多硬爪子？」

只見屋角上衆人擁衛之中，一名頭戴紅頂子的官員手執佩刀令旗，正在指揮督戰。無塵叫道：「這些鷹爪都交給我！」左一劍「心傷血污池」直刺敵人胸膛，右一劍「膽裂奈何橋」逕斬對手雙足。這兩人或縮身，或縱躍，無塵長劍已指向纏著文泰來的兩名侍衛，「千刃刀山」斜戮左股，「萬斛油鍋」橫削右腰，招招快極狠極。

文泰來緩出手來，向那紅頂子大官直衝過去。左右衛士見他來勢兇猛，早有四人挺刀阻截。文泰來在火光中猛見那官員回過頭來，吃了一驚，險些失聲叫出：「總舵主！」這官員面貌幾乎與陳家洛一模一樣，若不是服色完全不同，眞難相信竟是兩人。他斗然想起，妻子曾說到徐天宏設計取玉瓶、捉拿王維揚之事，總舵主喬扮官員，竟被衆人誤認爲驍騎營統領兼九門提督福康安，那麼這人必是福康安無疑。眼下羣雄身處危境，如不抓到此人，只怕無法脫難，當下身形一縮，從兩柄大刀的刃鋒下鑽過，逕向福康安撲去。

統率御林軍兜捕紅花會的，正是乾隆第一親信的福康安。乾隆因火燒雍和宮之事萬分機密，是以命他總領其事。但怕他遇到兇險，特選了十六名一等侍衛，專門負責護他一人。衆侍衛中又有兩人上前阻擋，餘人擁著福康安避到另一間屋子頂上。無塵數招之下，已傷了兩名侍衛，突然斜奔橫走，在衆侍衛中穿來揷去，這裏一劍，那裏一腳，片刻間已連施七八下毒招。文泰來再度緩出手來，雙足使勁，躍在半空，向福康安頭頂猛撲而下。

這時地下驍騎營官兵與衆侍衛已見到主帥處境兇險，他身旁雖有十多名高手侍衛保護，兀自攔阻不住這兩個怪傑所向無敵的狠撲，又有七八人躍上屋來相助。餘人也暫不向紅花會餘人進迫，都舉頭凝視屋頂的激鬥，突見文泰來飛撲而下，不由得齊聲驚呼。

福康安只略識武功，危急之際，也只得舉起佩刀仰砍，同時兩枝長槍、兩柄大刀齊向文泰來身上刺砍。文泰來心想：這一下抓不到，他後援即到，再無機會了。雙臂力振，兩桿長槍騰在空中，一足踹在左邊一名侍衛胸前，右手一拳擊中右邊一名侍衛面門，大喝一聲，兩名剛躍上屋頂的侍衛嚇得跌了下去。福康安驚得手足都軟了，被文泰來一把當胸揪住，舉在半空。四下裏的清兵不約而同的又是大聲驚叫。

這時常氏雙俠已打倒三名侍衛，雙雙躍到，往文泰來身旁一站，取出飛抓，亮光閃閃，舞成徑達兩丈的一個大圈子，清兵那敢過來？只見福康安舉起令旗，顫聲高叫：「大家住手！各營官兵與衆侍衛各歸本隊！」

驍騎營官兵與衆侍衛見本帥被擒，都是大驚失色。奉旨衛護福康安的侍衛中有三人不理會常氏雙俠飛抓厲害，奮勇衝上。無塵叫道：「五弟、六弟，放這三個鷹爪過來！」雙俠一收飛抓躍開，只道無塵要親自取他們性命，那知無塵長劍直指福康安咽喉，笑道：「來吧，來吧！」三名侍衛停步遲疑，互相使個眼色，又都躍開。文泰來雙手微一用力，福康安臂上痛入骨髓，只得高聲叫道：「快收兵，退開！」清兵侍衛不敢再戰，紛紛歸隊。

陳家洛叫道：「咱們都上高處！」羣雄奔到牆邊，一一躍上。趙半山點查人數，除章進傷重斃命外，其餘尚有八九人負傷，幸喜都不甚重。

火光中又見孟健雄與徐天宏扶著周綺躍上屋頂。只見她頭髮散亂，臉如白紙。周仲英罵道：「你怎麼也來了？不保重自己身子！」周綺叫道：「我要孩子，孩子，還我孩子來！」

陳家洛見她神智不清，忙亂中不及細問，悲憤之下，用紅花會切口傳令：「咱們攻進宮去，殺了皇帝給十哥報仇！」羣雄轟然叫好，駱冰把這話譯給陸菲青、天鏡禪師、天山雙鷹、霍青桐等人聽了，衆人舉刀響應。天鏡禪師道：「少林寺都教他毀了，老衲今日要大開殺戒！」陳家洛驚問：「怎麼，少林寺毀了？」天鏡禪師道：「不錯，已然燒成白地。天虹師兄護法圓寂了。」陳家洛一陣難受，愈增憤慨。衆人擁著福康安，從御林軍的刀槍劍戟中走出去，只見走了一層又是一層，圍著雍和宮的兵將何止萬人。羣雄饒是大膽，也不覺心驚，暗想要不是擒住了他們頭子，無論如何不能突出重圍。

待走出最後一層清兵，見心硯領著紅花會的頭目，牽了數十匹馬遠遠站著等候。各人紛紛上馬，有的一人一騎，有的一騎雙乘，縱聲高呼，一陣風般向皇宮衝去。

徐天宏跑在陳家洛身旁，叫道：「總舵主，退路預備好了麼？」陳家洛道：「九哥他們在城門口接應。你們怎麼也剛巧趕到？」徐天宏恨道：「方有德那奸賊，那奸賊！」陳家洛道：「怎麼？」徐天宏道：「他和白振奉了皇帝密旨，指揮衆侍衛，調兵夜襲少林寺。天虹老禪師不肯出寺，在寺中給燒死了。」原來乾隆查知于萬亭出身於南少林，生怕寺中留有自己的身世證據，密囑辦事能幹的福建藩台方有德，調兵燒滅南少林寺。徐天宏憤憤的道：「他們還搶了我的兒子去！」陳家洛聽見他生了個兒子，想說句「恭喜」，卻又縮住。徐天宏道：「天鏡師伯率領僧衆找這幾個奸賊報仇，直追到北京來。咱們去雙柳子胡同找你，才知你們在雍和宮。」

這時衆人已奔近禁城，御林軍人衆緊緊跟隨。徐天宏轉頭對天山雙鷹道：「要是皇帝得訊躲了起來，深宮中那裏去找，請兩位前輩先趕去探明如何？」他想二老最是好勝，適才無塵與文泰來擒拿福康安大顯威風，他們夫婦卻未顯技立功。天山雙鷹齊聲應道：「好，我們就去！」關明梅隨手扯去身上男裝衣帽。徐天宏從衣袋裏摸出四枚流星火炮，交給陳正德道：「見到皇帝，能殺馬上就殺，如他護衛衆多，請老前輩放流星爲號。」關明梅道：「好！」雙鷹躍過宮牆，直往內院而去，身手快捷，直和鷹隼相似。

天山雙鷹在屋頂上飛奔，只見宮門重重，庭院處處，怎知皇帝躲在何處？關明梅道：「抓個太監來問。」陳正德道：「正是！」兩人一躍下地，隱身暗處，側耳靜聽，想查到聲息，過去抓人，忽聽腳步聲急，兩人直奔而來。陳正德低聲道：「這兩人有武功。」關明梅道：「不錯，跟去瞧瞧。」語聲方畢，兩個人影已從身邊急奔過去。

雙鷹悄沒聲的跟在兩人身後，見前面那人身裁瘦削，武功甚高，後面那人是個胖子，腳步卻沉重得多。前面那人時時停步等他，不住催促：「快，快，咱們要搶在頭裏給皇上報訊。」雙鷹一聽大喜，他們去見皇帝，正好帶路，暗暗感激後面那胖傢伙，要不是他腳步笨重，夫婦倆在後跟躡勢必給前面那人發覺。四人穿庭過戶，來到寶月樓前。前面那人道：「你在這裏等著。」那胖子應了站住，那瘦子逕自上樓去了。

雙鷹一打手勢，從樓旁攀援而上，直上樓頂，雙足鉤住樓簷，倒掛下來，見一排長窗，外面是一條畫廊，欄干上新漆的氣味混著花香散發出來，窗紙中透出淡淡的燭光。兩人縱身落入畫廊，只見一個人影從窗紙上映了出來。關明梅用食指沾了唾液，輕輕濕了窗紙，附眼往裏一張，果見乾隆坐在椅上，手裏搖著摺扇，跪在地上稟報的瘦子原來便是白振。

只聽白振奏道：「綏成殿已經燒光了，看守的親兵沒一個逃出來。」乾隆喜道：「很好！」白振又叩頭道：「奴才該死，紅花會的叛徒卻擒拿不到。」乾隆驚道：「怎麼？」白振道：「太后身邊的暹玄與武銘夫兩人要敬甚麼毒酒，洩漏了機關，動起手來。奴才正在管綏成殿的事，給暹武兩人放了他們出去。」乾隆嗯了一聲，低頭沉吟。

陳正德指指白振，又指指乾隆，向妻子打手勢示意：「我鬥那白振，你去刺殺皇帝。」關明梅點了點頭，兩人正要破窗而入，白振忽然拍了兩下手掌。關明梅一把拉住丈夫手臂，左手搖了搖，示意只怕其中有甚麼古怪，瞧一下再說，果然床後、櫃後、屏風後面悄沒聲的走出十二名侍衛來，手中各執兵刃。天山雙鷹均想：「保護皇帝的必是一等高手，我兩人貿然下去，如刺不到皇帝，反令他躲藏得無法尋找，不如等大夥到來。」只見白振低聲向一名侍衛說了幾句，那侍衛下樓，把那胖子帶了上來。

那胖子一身黃衣，叩見皇帝，等抬起頭來，雙鷹大出意外，原來是一名喇嘛。乾隆道：「呼音克，你辦得很好，沒露出甚麼痕跡麼？」呼音克道：「一切全遵皇上旨意辦理，綏成殿連人帶物，沒留下一丁點兒。」乾隆道：「好，好，好！白振，我答應他做活佛的。你去辦吧。」白振道：「是！」呼音克大喜，叩頭謝恩。

兩人走下樓來，白振道：「呼音克，你謝恩吧！」呼音克一楞，心想我早已謝過恩了，但皇帝的侍衛總管既如此說，便又向寶月樓跪下叩頭，忽覺得項頸中一陣冰涼，兩名侍衛的佩刀架在頸中。呼音克大驚，顫聲道：「怎……怎麼？」白振冷笑道：「皇上說讓你做活佛，現在就送你上西天做活佛。」手一揮，兩名侍衛雙刀齊下，跟著兩名太監拿了一條氈毯過來，裹了呼音克的屍身去了。

忽然遠處人聲喧嘩，數十人手執燈籠火把蜂擁而來。白振疾奔上樓，稟道：「有叛徒作亂，請皇上退回內宮。」乾隆在杭州見過紅花會羣雄的身手，知道衆侍衛實在不是敵手，也不多問，立即站起。

陳正德放出一個流星，嗤的一聲，一道白光從樓頂升起，劃過黑夜長空，大聲喊道：「我們等候多時，想逃到那裏去？」兩人知道羣雄趕到還有一段時候，這時先把皇帝絆住要緊，當下破窗撲入樓中。

衆侍衞不知敵人到了多少，齊吃一驚，只見樓梯口站著一個紅臉老漢、一個白髮老婦。兩名侍衞當先衝下迎敵。白振把乾隆負在背上，四名侍衞執刀前後保護，從欄干旁跳下，逕行奔向第三層樓。關明梅揚手打出了三枚鐵蓮子，白振一避，她已縱身站在三四兩層之間的欄干上，挺劍直刺乾隆左肩。

白振大駭，倒縱兩步，早有兩名侍衞挺刀上前擋住。陳正德與三名侍衞交手數合，立知均是高手勁敵，當即施展輕身功夫，在樓房中四下遊走，不與衆侍衞纏鬥。白振一聲唿哨，四名侍衞從四角兜抄過來，後面又是三人，七人登時將陳正德困在中間。鬥了十餘回合，陳正德回劍擋開左邊一桿短槍、一個鏈子錘，右面一鞭掃到，啪的一聲，打中了他右臂，陳正德數十年來對敵，連油皮也未擦傷過一塊，這一下又痛又怒，當即劍交左手，一招「旋風捲黃沙」把衆人逼退數步，低頭一劍直刺，戳死了那名揮鞭傷他的侍衞。

關明梅見丈夫受傷，猛衝上前接應，兩人退到第二層樓。陳正德見羣雄尚未到達，只怕自己夫婦纏不住這十多名高手侍衞，被他們衝下樓去，忙乘隙搶到樓外又放了個流星，回進樓中，見妻子守在樓梯上，鬥數合，退一級，扼險拒敵，當眞是寸土必爭。幸而樓梯狹窄，最多容得下三四名敵人同時進攻，但仰面拒戰，甚爲吃力。陳正德心想何不以攻爲守？當下仗劍撲向乾隆。衆侍衛搶上抵禦，他早已退開，向攻擊關明梅的侍衛背後連刺數劍，待得有人上來相助，他又向乾隆攻去，衆侍衛忙不迭的過來護駕。這般反客爲主，立時爭到了機先。衆侍衛心慌意亂，被他刺傷了兩名。關明梅也搶上了四級樓梯。

白振見情勢不利，對一名侍衛道：「馬兄弟，你背皇上。」這人便是在杭州曾被紅花會抓去過的馬敬俠。他蹲下身子，把皇帝負在背上。白振一聲長嘯，雙手向陳正德抓去。兩人一交上手，陳正德就無法脫身，心中暗暗叫苦，加之右臂受傷，越戰越痛，單敵白振已是勉強，何況還有四五名侍衛圍攻。白振雙掌翻飛，招招不離敵人要害。陳正德全神貫注的招架，不提防背後一名侍衛突然冷劍偷襲，刺入他後心。

那侍衛正喜得手，被陳正德奮力回肘猛撞，登時頭骨撞破而死。陳正德所受這一劍正中要害，料知今日要畢命於斯，縱聲大喝，神威凜凜。白振吃了一驚，倒退一步。陳正德提劍向乾隆猛力擲去。馬敬俠見長劍疾飛而至，要待退讓，卻已不及，他只怕傷了皇帝，拚著手掌重傷，舉手去格，但這劍正是陳正德臨終一擲，那是何等功力？何等義憤？馬敬俠的肉掌怎能擋格得開？波的一聲，手掌被削去半隻，長劍直刺入胸膛之中，對穿而過。

陳正德大喜，心想這一劍也得在乾隆胸前穿個透明窟窿，自己一條命換了一個皇帝，雖死也值得了！

白振及衆侍衛見長劍沒入馬敬俠胸膛，關明梅見丈夫受傷擲劍，個個大驚失色，顧不得互鬥，各自過來搶救。

白振忙把乾隆抱起，問道：「皇上，怎樣？」乾隆已嚇得臉色蒼白，強自鎮定，微笑道：「總算我先有防備。」白振見那劍從馬敬俠身後穿出半尺，乾隆胸口衣服數層全被刺破，不覺駭然，但皇帝竟未受傷，又驚又喜，道：「皇上洪福齊天，眞是聖天子有百神呵護。」他那知乾隆變盟之後，深恐紅花會前來報復，想起二十多年前雍正皇帝半夜裏被刺客傷害性命的慘狀，甚是寒心，因此這幾日來外衣之內總是襯了金絲軟甲，果然救了一命。

白振把乾隆負在背上，見樓梯上已無人阻攔，唿哨一聲，衆侍衛前後擁衛，直奔下樓。將出寶月樓門，乾隆忽然驚呼，掙下地來，只見樓下門口當先一人正是陳家洛。他身後火光劍影，數十名英雄豪傑站在當地。乾隆反身急奔上樓。衆侍衛蜂擁而上。兩名侍衛走得稍慢，被常氏雙俠截住，鬥不數合，三個少林僧上前夾攻，立時擊斃。

陳家洛等見了流星訊號，急向寶月樓奔來，但一路有侍衛相拒攔阻，邊打邊進，阻延了時刻，殺到寶月樓時，皇帝被天山雙鷹絆住，竟未逃出。羣雄大喜，急搶上樓。文泰來虎吼一聲，叫道：「啊哈，原來在此！」卻是成璜和瑞大林手執兵刃，站在床前。陳家洛一上樓，立即分派各人守住通道。無塵仗劍站在第三層通下來的梯口，常氏雙俠守住上來的梯口，趙半山、大苦、大顛、大癡分守東南西北四面窗口。

霍青桐見師父抱住師公不住垂淚，忙走過去，只見陳正德背上傷口中的血如泉湧，汩汩流出。陸菲青也搶了過來，拿出金創藥給他敷治。陳正德苦笑搖了搖頭，對關明梅道：「我對不住你……累得你幾十年心中不快活，你回到回部之後，和袁……袁大哥去成爲夫妻……我在九泉，也心安了。陸兄弟，你幫我成全了這樁美事……」

關明梅雙眉豎起，喝道：「這幾個月來，難道你還不知道我對你的一片心嗎？」陸菲青心想：「他人都快死了，你們這對冤家還吵甚麼？就算口頭上順他幾句又有何妨？」正要開言相勸，關明梅叫道：「這樣你可放了心吧！」橫劍往喉中一勒，登時氣絕。霍青桐和陸菲青雖近在身旁，但那裏料想得到她如此剛烈，都是不及相救。陳正德放聲大哭，突然回手一劍，也勒了自己脖子。陸菲青俯身下去，只見他抱著妻子身體，兩人都死在血泊裏了。霍青桐伏在雙鷹身上，痛哭不已。

陳家洛手執短劍，指著乾隆道：「且不說六和塔中盟言如何，我們在海寧塘上曾擊掌爲誓，決不互相加害，你卻用毒酒暗算於我，今日還有甚麼話說？」說著走上兩步，短劍劍尖寒光閃閃，對準他的心口，凜然說道：「你認賊作父，殘害百姓，乃是天下仁人義士的公敵！你我兄弟之義，手足之情，再也休提。今日我要飲你之血，給所有死在你手裏的人報仇。」乾隆嚇得臉無人色，全身發抖。

天鏡禪師踏步上前，喝道：「我們在少林寺清修，與世無爭，你何以派了贓官，將佛門勝地燒得片瓦不存？今日老衲要開殺戒了。」成璜忽地竄出，舉起齊眉棍當頭猛砸下來。天鏡不閃不避，右手撩住棍梢一拖。成璜收腳不住，向前跌來。天鏡反手一掌，啪的一聲，把他半個頭打進脖子裏去，登時斃命。天鏡右手一抖，齊眉木棍斷成三截。衆侍衛見這個老和尚如此神威，那個再敢上前。

白振到此地步，只得挺身而出，叫道：「待我來接老禪師幾招。」天鏡哼了一聲，待要進招，陳家洛道：「師叔，待弟子來。」天鏡道：「好！」陳家洛道：「白老前輩請！」呼的一掌橫劈過來。白振舉臂欲格，不料陳家洛手掌忽然轉彎，啪的一聲，打在他肩頭。白振大吃一驚：「我與他在杭州交手時勢均力敵，怎麼不到一年，他武功陡然大進？」轉念未畢，陳家洛又是兩掌打到。白振避開一掌，接了一掌，知道不是敵手，跳開一步，叫道：「陳總舵主，我不是你對手。」陳家洛道：「我敬重你是條漢子，只要你不再給皇帝賣命，那就去吧！」趙半山守在東面窗口，往旁側一讓。白振淒然一笑，道：「多謝兩位美意。在下到此地步，還有甚麼面目再混跡于江湖？」縱身從窗口跳出，遠遠去了。

陳家洛扶起霍青桐來，把短劍遞在她手裏，說道：「你爹爹媽媽、哥哥妹妹、兩位師父，以及無數同族父老兄弟姊妹，都死在此人手裏。你親手殺了他吧！」霍青桐接過短劍，向乾隆走去。

瑞大林挺著鋸齒刀來攔，文泰來斜刺裏躍到，左手抓住他背心提起，右拳如擂鼓般在他胸口連擊八九拳，手一鬆，瑞大林胸骨脊骨齊斷，軟軟的一團掉在地下。當日他與七名侍衛捉拿文泰來，先施偷襲，令他身受重傷，此仇這時方始得報。文泰來見霍青桐持劍上來，乾隆身旁只剩下寥寥五六名侍衛，哈哈一笑，讓在一旁監視。

霍青桐走上數步，忽聽得樓下人聲鼎沸。趙半山回頭外望，只見得寶月樓外火把齊明，御林軍、侍衛、太監等等何止三四千人，齊來救駕。文泰來走到窗口，高聲喝道：「皇帝在這裏。誰敢上來，老子先把皇帝宰了。」他威風凜凜，聲若雷震，這一聲大喝，樓下衆人登時肅靜無聲。徐天宏和心硯將瑞大林、馬敬俠、成璜等人的屍體擲將下來。衆侍衛見這些高手都死於非命，更加不敢亂動，只怕傷了皇帝。

寶月樓上羣雄也是默不作聲，凝視霍青桐手持寒光閃閃的短劍，一步步走向乾隆。

突然間床帳後人影一晃，一個人奔出來擋在乾隆身前，霍青桐一楞停步，見這人是個白鬚老者，左臉上一大塊黑記，手中卻抱著一個嬰兒。那老者右手將嬰兒舉在面前，微微冷笑，左手伸出五指，虛揑在嬰兒喉頭。那嬰兒又白又胖，吮著小指頭兒，十分可愛。周綺撲了出來，大叫：「還我孩子！」縱身上去就要奪那嬰兒。那老頭叫道：「你上來吧，你要死孩子，你上來。」周綺失神落魄般呆在當地。

這老人便是原任福建藩台的方有德。他奉了皇帝交由白振等人傳來的密旨，和白振等大內高手率領軍馬夜襲少林寺，燒死了天虹老方丈，還把周綺的兒子搶了來。乾隆命他宮中暫候，這晚召見，想細問少林寺中是否還留下甚麼和他身世有關的痕跡。詢問未畢，天山雙鷹等殺到。方有德躲在帳後不敢露面，這時見事勢緊急，他雖不會武藝，但陰鷙果決，立即抱了嬰兒出來。

僵持片刻，方有德道：「你們都退出宮去，我就還你們孩子！」霍青桐罵道：「你這魔鬼，你騙人！」她激動中說的是回語，方有德不懂。羣雄眼見乾隆已處在掌握之中，就是天下所有的精兵銳甲一齊來救，也要先把皇帝殺了再說，那知忽然出來一個手無寸鐵、不會武藝的老人，懷抱一個嬰兒，就把衆人制得束手無策。羣雄望著陳家洛，等他示下。

陳家洛瞧著霍青桐，想起香香公主爲乾隆逼死，霍青桐全家的血海深仇，豈可不報？再見到天山雙鷹與章進的屍身，不覺悲憤衝心。但一轉眼見徐天宏滿臉又是驚惶又是擔心的神色，不禁又望了一眼抱在方有德手裏的那個孩子。這嬰兒還只有一個月大，憨憨的笑著，伸出小手，去摸按在他頸裏方有德那隻乾枯凸筋的大手。陳家洛心中一凜，回過頭來，只見天鏡眼中閃爍著慈和的光芒，陸菲青輕輕嘆息，周仲英白鬚飄動，身子微顫。周綺張大了口，一副神不守舍的模樣。

陳家洛心想：「周老爺子為了紅花會，斬了周家血脈，這孩子是他傳種接代的命根……但今日不殺皇帝，以後他加意防備，只怕再無機緣報此大仇，那便如何是好？」正自沉吟，忽聽周綺一聲呼叫，又要撲上前去，卻被駱冰和李沅芷拉住，只是拚命掙扎，連無塵、文泰來、常氏雙俠等素來殺人不眨眼的豪傑，臉上也均有不忍之色。趙半山手扣暗器，隨便一枚發出，必可制方有德死命，只是這孩子實在太過脆弱，萬一方有德臨死之時手指使勁捏死了他，那便如何是好？他扣著暗器的手微微發顫，饒是周身數十種暗器，竟是一枚不敢妄發。

霍青桐回過身來，將短劍還給陳家洛，低聲道：「死了的人已歸天國！要教這孩子長大之後，記得咱們的大仇！」陳家洛點點頭，朗聲對方有德道：「好吧，我們不傷皇帝性命，把這孩子給我。」說著還劍入鞘，伸出雙手去接孩子。

方有德陰森森的道：「哼，誰信你？你們出宮之後，才能把孩子還你。」陳家洛大怒，喝道：「我們紅花會言出必踐，難道會騙你這老畜生？」方有德道：「我就是信不過。」陳家洛道：「好，那麼你跟我們出宮。」方有德遲疑不答。

乾隆聽陳家洛饒他性命，心中大喜，那裏還顧方有德的死活，說道：「你跟他們出宮好了。你今日立此大功，我自然知道。」方有德心頭一寒，聽皇帝口氣，是要在他死後給他來個追贈封蔭之類，只得說道：「謝皇上恩典。」

方有德轉頭向陳家洛道：「我跟你們出去，這條老命還想要麼？」他是想陳家洛再答允饒他不死。陳家洛知他心意，怒道：「你作惡多端，早就該進地獄啦。」乾隆怕夜長夢多，對方心意又變，催道：「快跟他們出去。」方有德道：「我一出去，只怕你們留下幾人又害皇上。」陳家洛怒道：「依你說怎樣？」方有德道：「請皇上聖駕先下樓去，我再隨你們出宮。」陳家洛心想到此地步，只得放人，向乾隆道：「好，去吧！」

乾隆再也顧不得皇帝尊嚴，拔足向樓門飛奔。陳家洛突然伸右手一把拉住，左掌啪啪啪啪，正手反手，連打他四記耳光，甚是清脆響亮。乾隆兩邊面頰登時腫了起來。羣雄出其不意，隔了一陣才轟然喝采。陳家洛罵道：「你記不記得自己發過的毒誓？」乾隆那裏還敢答話？陳家洛手一揮，乾隆打個踉蹌，急奔下樓去了。陳家洛喝道：「拿孩子來！」

趙半山扣住毒蒺藜，望著窗外，只等陳家洛接到孩子，乾隆在樓下出現，就要大顯身手，數十枚餵毒暗器齊往皇帝身上射去。

方有德環顧周遭，籌思脫身之計，說道：「我要親眼見到皇上太平無事，才能交出孩子。」說著慢慢走向窗口。常伯志罵道：「你這龜兒是死定了的。」緊跟在他身後，只待他一交出孩子，要搶先一掌將他打死。只見乾隆走出樓門，衆侍衛一擁而上，團團圍住。趙半山喃喃罵道：「奸賊，奸賊！」

方有德見數十名侍衛集在樓下，心想與其在樓上等死，不如冒險跳下，必有侍衛接住，突然抱著孩子，踴身跳出。

羣雄出其不意，驚叫起來。常伯志飛抓抖出，已繞住方有德左腿，用力上甩。方有德身子飛起，孩子脫手，兩人分別落下。趙半山雙足力蹬，如箭離弦，躍在半空，頭朝下，腳向上，左手前伸，已抓住孩子的一隻小腿，同時右手三枚毒蒺藜飛出，打在方有德頭頂胸前。

這時樓上羣雄、樓下侍衛，無不大叫。趙半山凝神提氣，左手裏彎，已把孩子抱在懷裏，雙足穩穩落地，一招太極拳「雲手」，把撲上來的兩名侍衛推了出去。餘人紛紛攻來。常氏雙俠、徐天宏、周仲英、文泰來齊從樓上躍下，四下護住。趙半山俯首瞧那孩子，只見他手舞足蹈，咯咯大笑，顯然對剛才死裏逃生那空中飛躍大感有趣，還想再來一下。

陳家洛把福康安推到窗口，高聲叫道：「你們要不要他的性命？」乾隆在衆侍衛重重擁衛之下，再無懼怕，火光中突見到福康安被擒，大驚失色，連叫：「住手，住手！」衆侍衛退了下來。周仲英等也不追擊。

原來乾隆的皇后是大臣傅恆的姊姊。傅恆之妻十分美貌，進宮來向皇后請安之時，給乾隆見到了，就和她私通而生了福康安。傅恆共有四子，三個兒子都娶公主爲妻。傅恆懵懵懂懂，數次請求讓福康安也尚主而爲額駙，乾隆只是微笑不許。他兒子不少，對這私生子偏生特別鍾愛。福康安與陳家洛面貌相似，只因兩人原是親叔姪，血緣甚近。

陳家洛不知內中尚有這段怪事，但見皇帝著急，已想好了計謀，當下押著福康安，與衆人一齊下樓。周綺搶到趙半山身邊把孩子抱在手裏，喜得如痴如狂。

一邊是紅花會羣雄與少林寺衆僧，另一邊是淸宮侍衛與御林軍。寶月樓前本已拆成一片白地，這時猶如兩軍在戰場上列陣對圓一般，只是衆寡懸殊。李可秀明白皇帝心思，叫道：「陳總舵主，你放下福統領，就讓你們平安出城。」陳家洛道：「皇帝怎麼說？」

乾隆剛才吃了四記耳光，面頰腫得猶如熟爛了的桃子，疼痛難當，但見愛子落在對方手裏，只得擺手道：「放你們走，放你們走！」陳家洛道：「福統領送我們出城。」高聲對乾隆道：「天下百姓恨不得食你之肉，寢你之皮，你就是再活一百年，也叫你一百年中日日提心吊膽，夜夜魂夢難安！」轉過身來，說道：「走吧！」

衆人擁著福康安，抱了天山雙鷹和章進的屍身，逕向宮外而去。衆侍衛與御林軍眼睜睜的不敢追趕。

出宮不遠，兩騎馬飛馳追來，李可秀在馬上高聲叫道：「陳總舵主，李可秀有話相商。」羣雄勒馬等候，李可秀和曾圖南縱馬走近。李可秀道：「皇上有旨，如放福統領平安歸去，你有甚麼意思，都可答允。」陳家洛雙眉一揚，道：「哼，還有誰會相信皇帝的鬼話？」李可秀道：「務求陳總舵主示下，小將好去回稟。」

陳家洛道：「好！第一，要皇帝撥庫銀重建福建少林寺，佛像金身，比以前更加宏大。朝廷官府，永遠不得向少林寺滋擾。」李可秀道：「這事易辦。」陳家洛道：「第二，皇帝不可再加重回部各族百姓征賦，放歸全部俘虜的回部男女。」李可秀道：「這也不難。」陳家洛道：「第三，紅花會人衆散處天下，皇帝不得報復捕拿。」李可秀沉吟不語，陳家洛道：「哼，眞要捕拿，難道我們就怕了？這位奔雷手文四爺，不在李軍門衙門裏住過一時麼？」李可秀道：「好，我也斗膽答允了。」

陳家洛道：「明年此日，我們見這三件事照辦無誤，就放福統領回來。」李可秀道：「好，就是這樣。」向福康安道：「福統領，陳總舵主千金一諾，請你寬心。皇上一定下旨辦理這三件事。小將盡心竭力，刻刻以福統領平安爲念，自當監督儘快辦成。陳總舵主或能提前讓福統領回來。」福康安默然不語。

陳家洛想起白振與李可秀攻打綏成殿旗兵之事，雖然不明原因，但想內中必有重大隱情，大可嚇他一跳，說道：「你對皇帝說，綏成殿中之事，我們都知道了。要是他再使奸，可沒好處。」李可秀一驚，只得答應。陳家洛一拱手道：「李軍門，咱們別過了。你升官發財，可別多害百姓呀。」李可秀拱手道：「不敢！」

李沅芷和余魚同雙雙下馬，走到李可秀跟前，跪了下去。李可秀一陣心酸，知道此後永無再見之日，低聲道：「孩子，自己保重！」伸手撫摸她頭髮，兜轉馬頭，回宮去了。李沅芷伏地哭泣，余魚同扶她上馬。

羣雄馳到城門，與楊成協、衛春華等會合。福康安叫開城門。

鐘樓上巨鐘鏜鏜，響徹全城，正交四更。

衆人出得城來，只見水邊一片蘆葦，殘月下飛絮亂舞，再走一程，眼前盡是亂墳。

忽聽一羣人在邊唱邊哭，唱的卻是回人悼歌。陳家洛和霍青桐都是一驚，縱馬上前，問道：「你們悲悼誰啊？」一個老年回人抬起頭來，臉上淚水縱橫，說道：「香香公主！」

陳家洛驚問：「香香公主葬在這裏麼？」那回人指著一座黃土未乾的新墳，道：「就在這裏。」霍青桐流下淚來，道：「咱們不能讓妹子葬在這裏。」陳家洛道：「不錯，她最愛那神峯裏面的翡翠池，常說：『我能永遠住在那裏就高興了！』咱們把她遺體運去葬在池邊。」霍青桐含淚道：「正是。」

那老年回人問道：「兩位是誰？」霍青桐道：「我是香香公主的姊姊！」另一個回

人叫了起來：「啊，你是翠羽黃衫。」

霍青桐道：「咱們把墳起開來吧。」當下與陳家洛、幾名回人、心硯、蔣四根等一齊動手。少林僧中以方便鏟作兵器的甚多，各人鏟土，片刻之間已把墳刨開，撬起石塊，先聞到一陣幽香，衆人都吃了一驚，墳中竟然空無所有。

陳家洛接過火把，向壙中照去，只見一灘碧血，血旁卻是自己送給她的那塊溫玉。衆人驚詫不已。衆回人道：「我們明明親送香香公主的遺體葬在這裏，整天沒離開過，怎麼她遺體忽然不見了？」駱冰道：「這位妹妹如此美麗神異，自是仙子下凡。現今又回到了天上。總舵主和霍青桐妹妹不必傷心。」

陳家洛拾起溫玉，不由得一陣心酸，淚如雨下，心想喀絲麗美極清極，只怕眞是仙子。

突然一陣微風過去，香氣更濃。衆人感歎了一會，又搬土把墳堆好，只見一隻玉色大蝴蝶在墳上翩躚飛舞，久久不去。

陳家洛對那老回人道：「我寫幾個字，請你僱高手石匠刻一塊碑，立在這裏。」那回人答應了。心硯取出一百兩銀子給他，作爲立碑之資，從包袱中拿出文房四寶，把一張大紙鋪在墳頭。

陳家洛提筆醮墨，先寫了「香塚」兩個大字，略沉吟，又寫了一首銘文：

「浩浩愁，茫茫劫，短歌終，明月缺。鬱鬱佳城，中有碧血。碧亦有時盡，血亦有時滅，一縷香魂無斷絕！是耶非耶？化為蝴蝶。」

羣雄佇立良久，直至東方大白，才連騎向西而去。

（作者註：「浩浩愁，茫茫劫」銘文係民間傳誦之詞，非作者金庸所撰，自更非陳家洛所作。）

魂歸何處

在回疆的大漠之中，天上一彎新月，冷冷的月光洒在一望無際的黃沙上，在帳篷中，一張駱駝鞍子當作了小几，上鋪羊毛薄氈，氈上橫放一柄極鋒利的長劍，劍刃閃著青光，映出半刃乾了的血跡。

阿凡提一抹鬍子，森然說道：「陳兄弟，這柄長劍，是禿鷲陳正德老爺子用來自殺的。還有一柄，雪鵰陳夫人用來抹了自己脖子。翠羽黃衫託我將這柄劍帶來給你。她說你再要自殺，不要懸樑，就用陳老爺子這把劍。翠羽黃衫一得知你的死訊，她就用她師父陳夫人的短劍自殺。我們穆斯林說一是一，說二是二，從來沒有說了不算數的。」

陳家洛驚道：「請問老爺子，翠羽黃衫在那裏？請你帶我去見一見她！」阿凡提冷笑一聲，說道：「有甚麼好見？你只要不死，將來有幾十年時光好見。你再要自殺，大家在地獄的火窟裏相會好了。」陳家洛黯然道：「喀絲麗自殺了來給我們報信，救了紅花會的幾十條性命。她要墮入火窟，這孩子孤苦伶仃的，我也要入火窟去陪她。」阿凡提哈哈大笑，直笑得彎下了腰，直不起身子。

陳家洛躬身行禮，說道：「請問老爺子，我說錯了甚麼？請你指教。」阿凡提道：「你曾跟喀絲麗說，要皈依穆斯林，不過你說了不做。我們可蘭經上說，安拉要罰自殺的人，要判他們墮入火窟，永遠受苦。可蘭經第三十九章五十五節說：『安拉的僕人啊，你犯了罪，褻瀆了你的靈魂，但對安拉的大慈大悲不要失望，安拉會寬恕罪行。祂對祂所喜歡的人會大發恩慈，安拉會原諒眞正的信徒。』可蘭經第四章第六十七節說：『凡是遵奉安拉與使徒的人，將和先知及聖人們住在一起，爲了安拉而戰死、殉難的人，安拉會大大獎賞他們。』又說：『爲了安拉而死的義人，放棄了今世的生命，不論是死亡了還是勝利了，安拉一定賜給他們最豐厚的獎賞。』獎賞甚麼？『他們死後一定進入天堂，在清流不絕的花園裏侍奉安拉……』你沒有受過我們阿訇的教導，只知其一，不知其二。喀絲麗爲了穆斯林的朋友而死，就是爲了安拉而戰死，安拉早派了天使接她上了天堂……」

陳家洛將信將疑，喃喃的道：「難怪她的墳墓中沒有屍體，她是上了天嗎？」阿凡提道：「這個我就不知道了。你做了穆斯林，爲了安拉而死，得到安拉的慈悲，說不定在天堂中就能見到她了。」

陳家洛精神大振，求道：「老爺子，請你帶我去見一位你們的阿訇，求他教導我。我一輩子讀孔夫子的聖賢書，原來都是不對的。唉，百無一用是書生，我讀錯了書，說甚麼忠孝仁義，害死了不少好兄弟。」

一直坐在帳篷角落裏的一位白髮老者站起身來，走上幾步，說道：「陳總舵主，話不是這樣說，孔孟聖賢之道，也並沒有錯。」陳家洛躬身道：「陸前輩，晚輩臉皮再厚，也不能當這紅花會的首領了。晚輩愚蠢無比，信了皇帝的話，以為他眞有兄弟之情、夷夏之見，會得信守盟約，驅滿復漢，還我河山。豈知書獃子無知之極，害死了天山雙鷹兩位前輩，害死章十哥和不少兄弟，以及少林寺的許多位高僧。晚輩所以不得不自盡，一來是無顏生於天地之間，要向死難者謝罪，二來是想到地獄去陪伴那位為我而死的紅顏知己；更重要的是，可以讓出位來，卸此重任，另請賢能統領天下紅花會的數萬兄弟。」

那老者乃武當派名宿陸菲青，他文武全才，退隱時武功固然沒有荒廢，更多讀詩書，以致去做了李可秀總兵府中的教書先生，說道：「子曰：『暴虎馮河，死而無悔者，吾不與也。必也臨事而懼，好謀而成者也。』孔夫子並不許可一勇之夫。」陳家洛點頭道：「晚輩最近在北京的舉動，眞是鹵莽滅裂之至，既不臨事而懼，事先也未跟各位前輩商量請教，謀定而後動。」陸菲青道：「陳總舵主，你懸樑自盡，卻又犯了急躁的毛病。你遺書要無塵道長、趙半山兄弟共任紅花會之主。衆兄弟呼天搶地，人人悲傷。無塵道長說道：如果你自盡不治，大家都要相從於地下，到陰世再幹紅花會去。這次北京失利，是大夥兒一起幹的，又不單是你一個兒的主意。推想起來，最初的主意還是你義父起的。你不過是遵奉義父之命而已。」

陳家洛默然不語。陸菲青緩緩搖頭，嘆道：「『一朝之忿，忘其身，以及其親，非惑與？』紅花會的衆位兄弟，今日都是你的『親』了，你自暴自棄的自盡，只不過出於一朝之忿，把他們全都忘了。」陳家洛道：「晚輩也不是出於一朝之忿，而是前後思量，實在無德無能、無智無勇，愚而信人，可說是罪不容誅，非自盡不足以謝天下……」說著不禁流下淚來，言語中已帶嗚咽。陸菲青輕拍他肩頭，說道：「『君子之過也，如日月之食也：過也，人皆見之；更也，人皆仰之。』這是《論語》中的話。」陳家洛道：「前輩教訓得是。不過我們一敗塗地，已經無可更改的了。」

陸菲青凜然道：「孟子說：『居天下之廣居，立天下之正位，行天下之大道。得志，與民由之，不得志，獨行其道。富貴不能淫，貧賤不能移，威武不能屈，此之謂大丈夫。』何況紅花會衆兄弟跟我們這些人，個個都是捨生忘死，爲國爲民，行的是天下之大道，並非單只你『獨行其道』。雖然前途艱難，未必有成，但大丈夫知其不可而爲之，自反而縮，雖萬千人，吾往矣！」伸掌大力在胸口拍了幾下，說道：「總舵主，咱們英雄好漢，又怕了甚麼？」

陳家洛飽讀詩書，知他所引述的話都出自《論語》、《孟子》、《公羊春秋》，是中華古聖賢的教誨，含義至大至剛，不由得胸中浩氣登生，縱聲長嘯，一揖到地，說道：「老前輩當頭棒喝，令我登悟前非。」說著展開輕功，向前直奔。

他這一發力狂奔，月光下在沙漠中掀起長長一條沙龍，滾滾而前，直奔出數十里之遙，不知不覺間奔到了一座湖邊，只覺得腿腳酸軟，口乾舌燥，撲在湖邊，狂飲湖水，飲了半晌，雙臂浸在湖水之中，就此伏著喘氣休息。

迷迷糊糊中半醒半睡，忽覺有人拿了一塊浸了水的布帕在他額頭輕輕抹了幾下，陳家洛一驚坐起，下身坐入湖水之中，只見一個女郎俏生生的站在身邊，頭上翠羽，身上黃衫，正是霍青桐，右手中拿著一塊濕淋淋的手帕，微笑說道：「阿凡提老爺子不放心，叫我來瞧瞧你，心中明白了些沒有？」陳家洛道：「喀絲麗那裏去了？喀絲麗，喀絲麗！」突然放聲大哭，撲在地下。

霍青桐和他一起從北京西來，沿路只見他默默無言，有時暗暗流淚，從未放聲一哭，知他把悲情憋在心裏，這天自盡獲救，再這般縱聲大哭，當稍能發洩強壓下的傷痛之情，當下也不勸慰，拉著他走到湖邊乾地坐下，自己坐在他身畔，想起妹子逝去，從此不能見面，忍不住也哭出聲來。

兩人並肩而坐，慟哭良久，陳家洛突然提起右掌，在自己右頰猛擊一掌，叫道：「是我不好，罪大惡極，害死了喀絲麗！」跟著反手又在左頰猛擊一掌，如此接連拍擊，兩頰登時腫了起來，濺出點點鮮血。霍青桐也不阻止，心想：「你多虐待一下自己，就不會自盡了。」陳家洛突然問道：「喀絲麗現今在那裏？她這樣嬌滴滴的一個小姑娘，孤身一人，有誰照顧她、保護她啊？」

霍青桐站起身來，悠悠的道：「安拉會照顧她、保護她，你倒不用擔心。」陳家洛道：「阿凡提說她是在天堂的花園裏，那是眞的嗎？」霍青桐道：「你成了穆斯林，自然就知道了。」陳家洛問道：「天上眞有安拉嗎？我們人世的一切，是好是壞，都是安拉賜給我們的，都是安拉安排的，決定的，是不是眞的？」霍青桐道：「每一個好的穆斯林，都知道是眞的。」

陳家洛抬起頭來，望著天邊遠處，忽然似乎瞧見了甚麼，大聲叫道：「喀絲麗！喀絲麗！我在這裏，你姊姊也在這裏！」一面大叫：「喀絲麗！」一面發足向前奔跑。霍青桐搖了搖頭，生怕他悲傷過度，神智不清之餘又生意外，跟在後面奔去。

只見陳家洛奔了一陣，停住腳步，雙臂舉起向天，喃喃的道：「喀絲麗，你下來啊！我在這裏！」霍青桐順著他眼光向天望去，但見新月在天，星光燦爛，一朵白雲在新月之前緩緩飄過，此外甚麼也沒有，柔聲道：「家洛，喀絲麗不在這裏。」

陳家洛大聲道：「她在那裏，坐在白雲上，你沒瞧見嗎？喀絲麗，你跳下來好了，我接著你，不要怕！」張開雙臂，向前奔跑。但那塊白雲相距甚遠，說甚麼也跑不到白雲之下。

陳家洛叫道：「喀絲麗，安拉眷顧你，你沒有墮入火窟，那真正……真正好極了！喀絲麗，你不要哭。我很好，你姊姊也很好。」

霍青桐奔到他身後，只見他身子虛虛晃晃，怕他摔倒，伸手在他背後虛扶，只聽陳家洛輕輕說道：「喀絲麗，請你請問安拉：我們反對皇帝，去打滿洲人，那是錯了麼？」

他側過了頭，似乎傾聽天上傳下來的聲音，好像聽得香香公主清脆的聲音清清楚楚的說道：「安拉吩咐：普天下的男人女子，都是安拉造出來的，都是我們的兄弟姊妹，大家應當和睦相處，親親愛愛，不可以打來殺去，不可以互相欺侮傷害。」

陳家洛問道：「那麼滿洲人來打我們，我們應當抵抗麼？」

只聽得香香公主在雲上說道：「我們平平安安住在這裏，遵守安拉的規律，不去冒犯他們。滿洲人來打我們、殺我們、搶我們的東西和姑娘，安拉吩咐，我們應當抵抗，安拉保佑勇敢抗敵的義人。」

陳家洛問道：「滿洲人來侵犯我們，他們是壞人，不聽安拉的吩咐。他們不也是安拉造的嗎？」

只聽得香香公主道：「滿洲人也是安拉造的。安拉所造的男人女子，有許多不信奉安拉，不遵從安拉的規律，安拉最後會懲罰他們，叫他們失敗。安拉吩咐，世上有好人壞人，漢人中有好人，也有壞人，滿洲人中有好人，也有壞人；回吾爾人中也有好人、壞人。凡是幫助兄弟姐妹的人，是好人，凡是殺害欺壓搶奪兄弟姐妹的，都是壞人。」

陳家洛道：「我們只知道信奉上天，不知道信奉安拉，上天保祐善人，懲罰惡人，那跟安拉是一樣的，是不是？」

只聽得香香公主道：「你們的上天是甚麼，我就不知道了。我只知道安拉要人信奉安拉，信奉公義，只做善事，不做惡事！」

陳家洛大聲叫道：「上天賞善罰惡，我從小就相信，這跟信奉安拉是一樣的。」

陳家洛抬起頭來，只見香香公主一身白衣，有如雲綃霧縠，站在雲端，似飛非飛，陳家洛心裏一驚，生怕見到的只是幻影，出於自己心中幻覺，問道：「喀絲麗，眞是你嗎？」只見香香公主溫然一笑，輕輕的道：「當然是我啊。安拉教導了穆聖，寫進了《可蘭經》中，第三章第三十節教導我們：『凡是殺了一個人的，若不是懲罰殺人犯或者執行死刑，那就是殺害了所有的人；凡是救了一個人的性命，那就是救了所有的人。凡是挑起戰爭，殺害同胞，在地方上製造騷亂與動亂的，應當處死，或驅逐出境。他們會在世上蒙受恥辱，死後更受重罰。』」

陳家洛道：「你用你的性命，來救了我以及紅花會衆兄弟幾十人的性命。安拉說那是好事，所以祂派天使來接了你上天，是不是？」

香香公主道：「那算不了甚麼好事。不過安拉慈悲爲懷，寬恕了我的過失。」

陳家洛胸中突然充滿了感激之情，跪倒在地，伸手向天，說道：「感謝安拉的大慈大悲。」只聽得香香公主道：「大哥，你知道對安拉感恩，那就很好。安拉吩咐：大家要善待鄰人，幫助孤兒寡婦，給他們吃的、穿的，要款待旅人，要公正對待別人，遵照可蘭經中的規條行事。不可以聽了壞人的挑撥，起來攻打旁人，安拉說那是不好的。所有的人都是兄弟姊妹，要愛護別人，幫助別人。決不可以去侵犯別人，殺傷別人。」

陳家洛只見她身形隱隱約約，越來越淡，似乎便要消失，心中大急，氣急敗壞的叫道：「喀絲麗，你不要走……」

香香公主俯下身子，臉上滿是愛憐之情，溫言道：「大哥，我時時會見到你的。我們回吾爾人、你們漢人，他們滿洲人，大家都是一樣的，不過說的話不同而已。大家要永遠和睦共處、平等相待，大家不可敵對仇視，所有鄰人都是好兄弟。你幫助我們，安拉很喜歡，說你是義人，將來你、姊姊，都可以永遠跟我在一起。大哥，現在我要離開你了，很對不起，你別傷心難過。我在天上，你跟姊姊在地上，我的心跟你們同在。我不哭，你也不要哭，眞的，大哥，你不要哭……」

陳家洛張開雙臂，快步追去，只見白雲飄飄，漸飛漸遠，再也追趕不上，空中忽然洒下一陣小雨，雨點落在他臉上，陳家洛叫道：「你說你不哭，怎麼又哭了，我不哭，我不哭……」急奔幾步，雙膝一軟，摔倒在地。

霍青桐見他高舉雙手，向著白雲，自言自語，似乎是在和雲上的妹子說話，但雲端淡淡霧氣，並無人影，當是他思念妹子，幻覺陡生，但所說的話合情合理，並不違背教義，此後順著這條思路去，也是好事，當即搶上扶起，只聽他喃喃的道：「我不哭，喀絲麗，你也不要哭……」雨點漸大，洒在兩人身上……

（全書完）

（作者註：本書中所引《可蘭經》之經義、經文，均係根據中文譯本、或阿拉伯文原文及英國企鵝版英文譯文對照本——*The Koran*, Translated by N.J.Dawood。皆有可靠根據。）

註：

一、據記載：陳世倌之妻姓徐名燦，字湘蘋，世家之女，能詩詞，才華敏贍，並非如本書中所云爲貧家出身。筆記中云：「京城元夜，婦女連袿而出，踏月天街，必至正陽門下摸釘乃回。舊俗傳爲『走百病』。海寧陳相國夫人有詞以紀其事。詞云：『華燈看罷移香屧。正御陌，遊塵絕。素裳粉袂玉爲容，人月都無分別。丹樓雲淡，金門霜冷，纖手摩挲怯。三橋婉轉凌波躡。斂翠黛，低迴說。年年長向鳳城遊，曾望蕊珠宮闕。星橋雲爛，火城日近，踏遍天街月。』」

二、乾隆向陳家洛立誓，若生異心，死後陵墓給人發掘。乾隆死後，所葬陵墓稱爲「裕陵」。民國十七年（一九二八）五月，軍閥孫殿英部以火藥爆開乾隆及慈禧太后陵墓，搜獲大批寶物而去，乾隆遺體全遭損毀。後溥儀派「內務府總管大臣」寶熙、「侍郎」陳毅等去辦理善後。寶熙有「于役東陵日記」，七月十六日記云：「幸將高宗元首及后妃顱骨，全行覓得，其四體百骸，則十不存五。」陳毅所作「東陵紀事詩」有句云：「帝共后妃六，軀惟完其一，傷哉十全主，遺骸不免析」，其註云：「……確爲男體，即高宗也……下頷已碎爲二，檢驗吏審而合之。上下齒本共三十六，體幹高偉，骨皆紫黑色，股及脊猶黏有皮肉……腰肋不甚全，又缺左脛，其餘手指足趾諸零骸，竟無以覓。高宗……自稱『十全老人』，乃賓天百三十年，竟嬰此奇慘……」香港高伯雨先生輯有《乾隆慈禧墳墓被盜紀實》一書。

三、《清宮詞》中，有兩首與本書故事有關，摘錄於下：

鉅族鹽官高渤海，異聞百載每傳疑。冕旒漢制終難復，曾向安瀾駐翠蕤。（原註：

海寧陳氏有安瀾園，高宗南巡時，駐蹕園中，流連最久。乾隆中嘗議復古衣冠制，不果行。）（按：海寧舊名鹽官，海寧陳氏原姓高，郡望爲渤海。）

家人燕見重椒房，龍種無端降下方。丹闈幾曾封貝子，千秋疑案福文襄。（原註：福康安，孝賢皇后之胞侄，傅恆之子也，以功封忠銳嘉勇貝子，贈郡王銜，二百餘年所僅見。滿洲語謂后族爲「丹闈」。）

四、趙翼記乾隆喜作詩及用僻典云：「……詩尤爲常課，日必數首，皆用硃筆作草，令內監持出，付軍機大臣之有文學者，用摺紙楷書之，謂之『詩片』。遇有引用故事，而御筆令註之者，則諸大臣歸，遍繙書籍，或數日始得，有終不得者，上亦弗怪也。余扈從木蘭時，讀御製『雨獵』詩，有『著製』二字，不知所出，後始悟《左傳·齊陳成子帥師救鄭》篇：『衣製杖戈』，註云：製，雨衣也。又用兵時諭旨，有硃筆增出『埋根首進』四字，亦不解所謂，後偶閱《後漢書·馬融傳》中始得之，謂『決計進兵』也。聖學淵博如此，豈文學諸臣所能仰副萬一哉……御製詩每歲成一本，高寸許。」」乾隆從古書中隨手翻到一個生僻典故，用在詩中，文學侍從之臣自然難解所謂；而縱明出處，也必佯作不知，或假裝回家查書數日，斯知聖學淵博如此。大概乾隆一意要得香香公主，因此下旨：「埋根首進」。（金庸按：「埋根首進」之原意似非如趙翼之解爲「決計進兵」，《後漢書·馬融傳》：「臣願請……關東兵五千，……盡力率厲，埋根行首，以先吏士，三旬之中，必克破之。」《後漢書注》：「埋根，首不退。」「埋根」爲「深植其根於地」，意爲決不退後一步，「首進」爲樹枝樹幹則向前推進，意爲「有進無退」。這段文字的意思是說：「臣請皇上派關東兵五千名，由臣率領，竭盡全力，奮勇進攻，有進無退，身先將士，三十天之內必可破敵。」）

五、關於陳家洛、無塵道人、趙半山、福康安等人事蹟，拙作《飛狐外傳》中續有敘述。

後記

《書劍恩仇錄》是我所寫的第一部小說。從一九五五年到現在，整整二十多年了。

我是浙江海寧人。乾隆皇帝的傳說，從小就在故鄉聽到了的。小時候做童子軍，曾在海寧乾隆皇帝所造的石塘邊露營，半夜裏瞧著滾滾怒潮洶湧而來。因此第一部小說寫了我印象最深刻的故事，那是很自然的。但陳家洛這人物是我的杜撰。香香公主也不是傳說中或歷史上的香妃。香香公主比香妃美得多了。本書中所附的香妃插圖，只是讓讀者們看到，乾隆有這樣的一個嬪妃。

海寧在清朝時屬杭州府，是個海濱小縣，只以海潮出名。宋代有女詞人朱淑眞。近代的著名人物有王國維、蔣百里、徐志摩等，他們的性格中都有一些憂鬱色調和悲劇意味，也都帶著幾分不合時宜的執拗。陳家洛身上，或許也有一點這幾個人的影子。但海寧不大出武人，即使是軍事學家蔣百里，也只會講武，不大會動武。歷史上海寧出名的武人，是唐時與張巡共守睢陽的許遠。

歷史學家孟森作過考據，認爲乾隆是海寧陳家後人的傳說靠不住，香妃爲皇太后害死的傳說也是假的。他主要的理由是「與正史不合」。歷史學家當然不喜歡傳說，但寫小說的人喜歡。再者，對皇室不利的任何傳說，決計不會寫入「正史」。

乾隆修建海寧海塘，全力以赴，直到大功告成，這件事有厚惠於民。我在書中將他寫得過份不堪，有時覺得有些抱歉。他的詩作得不好，本來也沒多大相干，只是我小時候在海寧、杭州，到處見到他御製詩的石刻，實在很有反感，現在在博物院中參閱名畫，仍然到處見到他的題字，不諷刺他一番，悶氣難伸。

除了小學時寫過描紅格子之外，我從來沒練過字，封面上所寫的書名和簽名，不值書法家一哂。對詩詞也是一竅不通，直到最近修改本書，才翻閱王力先生的《漢語詩律學》一書而初學平平仄仄。擬乾隆的詩也就罷了，擬陳家洛與余魚同的詩就幼稚得很。陳家洛在初作中本是解元，但想解元的詩不可能如此拙劣，因此修訂時削足適履，革去了他的解元頭銜。余魚同雖只秀才，他的詩也不該是這樣的初學程度。不過他外號「金笛秀才」，他的功名，就略加通融，不予革除了。本書的回目也做得不好。本書初版中的回目，平仄完全不叶，現在也不過略有改善而已。

本書最初在報上連載，後來出版單行本，現在修改校訂後重印，幾乎每一句句子都曾改過。第三版又再作修改。內地、港台、海外讀者大量給作者來信，或撰文著書評論，指正錯字或提意見，熱誠可感。

《書劍恩仇錄》是我平生所寫的第一部長篇小說，既欠經驗，又乏修養，行文與情節中模仿前人之作頗多，現在將這些模仿性的段落都刪除或改寫了，但初作與幼稚的痕跡仍不可免，至少，那是獨立的創作。

本書第三版修改時，曾覓得伊斯蘭教《可蘭經》全文，努力虔誠拜讀，希望本書所述，不違伊斯蘭教教義，蓋作者對普世宗教，均懷尊崇虔誠之意。唯各宗教教義深奧，淺學者不易入門也。

《金庸作品集》每一冊中都附印彩色插圖，希望讓讀者們（尤其是身在外國的讀者）多接觸一些中國的文物和藝術作品。如果覺得小說本身太無聊，那就看看圖片吧。書後那枚「金庸作品集」的印章是香港金石家易越石先生所作。本書之出版，好友沈寶新兄、王榮文兄、同事陳華生先生、許孝棟先生、吳玉芬女士、徐岱先生、李佳穎小姐、鄭祥琳小姐、蔣放年先生等各位賜助甚多，謹誌感謝之意。嚴家炎、馮其庸、陳墨三位先生多賜教言，大都已嘉納而收入改正版中，極感。

一九七五年五月初版

二〇〇二年七月三版